Diogenes Taschenbuch 23583

Viktorija Tokarjewa
Glücksvogel

Roman

Aus dem Russischen von
Angelika Schneider

Diogenes

Titel des Originals:
›Ptica sčastija‹
Die deutsche Erstausgabe
erschien 2005 im Diogenes Verlag
Umschlagillustration:
Henri Matisse, ›Die Dame mit
dem roten Caraco‹, 1937

Veröffentlicht als Diogenes Taschenbuch, 2007

www.diogenes.ch
60/07/8/1
ISBN 978 3 257 23583 8

1

Der Glücksvogel des morgigen Tages, flog vorbei mit den Flügeln schlagend, flieg zu mir, flieg zu mir, du Vogel des Glücks…« So heißt es im Volkslied.

Und wenn er nicht zu einem fliegt, dann fliegt er vorbei. Oder zu jemand anderem, und man selbst bleibt mit offenem Mund stehen.

Man muß die Initiative ergreifen: ganz hoch springen und den Vogel am Schwanz packen, und zwar schneller als all die anderen.

Nadka hatte gelesen, daß die Frau eines berühmten russischen Bildhauers die Geliebte von Albert Einstein gewesen war und außerdem für den sowjetischen Geheimdienst gearbeitet hatte. Einstein mit der hohen Stirn hatte sich wohl kaum von selbst für diese Russin interessiert. Er war viel zu sehr mit seiner Relativitätstheorie beschäftigt gewesen, um nach rechts oder links zu schauen. Wahrscheinlich hatte die Frau des Bildhauers die Initiative ergriffen, sich bis zum großen Einstein vorgearbeitet, und er war einverstanden gewesen. Warum auch nicht, wenn sie sich in seine Arme warf. Da hast du deinen Glücksvogel! Er war ein dummes Vieh, denn schließlich war er nur ein Vogel. Flog einfach so planlos durch die Gegend und flatterte mit den Flügeln. Auf den Zufall zu warten war lächerlich. So einen Zufall mußte man vorbereiten.

Nadka war noch in der Breschnjew-Ära in Rostow am Don geboren worden. Ihre Eltern hatten sich bei einem Universitätsball heftig umarmt – und dann ein Kind gezeugt. Das Kind kam zur völlig falschen Zeit, genau vor dem Abschlußdiplom der werdenden Mutter. Aber dann war sie da, die kleine Nadka. Kein Mädchen, sondern ein Faß ohne Boden: man mußte sein ganzes Leben hineinstecken, ob man wollte oder nicht.

Der Papa machte sich ziemlich schnell aus dem Staub. Es war eine Sache, jemanden nach dem Tanzen zu umarmen und dabei vor Leidenschaft zu vergehen. Aber eine ganz andere, jeden Morgen in die Küche zu rennen, um Fläschchen aufzuwärmen.

Der junge Vater zog sich zuerst ins Studentenwohnheim zurück, dann verschwand er nach Moskau und ließ ewig nichts mehr von sich hören.

Nadkas Mutter, sie hieß Xenia, stillte das Kind brav, bis es sieben Monate alt war. Dann händigte sie den unbezahlbaren Schatz ihrer Mutter aus und entschwand ebenfalls nach Moskau. Aber sie lief nicht etwa ihrem Mann hinterher. Xenia hatte nur schnell begriffen, daß ihre lebendige, gesunde Heimatstadt tiefste Provinz war. Die wirklich guten Sachen passierten in Moskau.

Xenia kam dort an und ließ sich in einer Kunstgewerbeschule aufnehmen. Es hatte ihr schon immer gefallen, etwas mit den Händen zu machen. Sie dachte mit den Händen. Natürlich dachte sie auch mit dem Kopf, aber ihre Hände waren klüger.

Xenia lernte, Rahmen für Gemälde herzustellen, mit Ton zu arbeiten und Keramik zu brennen. Besonders gut gelangen ihr Teller mit einer speziellen blauen Glasur.

Xenia war nicht faul, sie lernte arabische Kalligraphie, und schon liefen ineinander verschlungene Schriftzeichen um den Tellerrand. Und es waren nicht einfach nur Buchstaben, sondern es war eine Zeile aus einem Gedicht.

Alle waren entzückt, alle, außer dem Meister, der den Kurs leitete.

»Zu glatt«, sagte der Meister. »Das ist wie ein Stempel. Wenn wenigstens ein Splitterchen drin wäre…«

Xenia begriff nicht: Wozu sollte ein Splitter drin sein? War glatt denn nicht besser?

Xenia war eine Blondine mit braunen Augen – eine seltene Mischung. So einer Mischung hätte man vieles verzeihen können, anstatt so ein Getöse zu machen wegen eines Splitters. Aber der Meister hatte eine Macke: Er erkor sich manche Schüler als Lieblinge, und die anderen ließ er wie einen staubigen Pantoffel unterm Sofa liegen.

Zu seinen Lieblingen gehörte German Glebow, ein Talent und Säufer, und ein Schönling dazu. Xenia konnte die Augen nicht von ihm lassen. Ihr Blick klebte förmlich an seinem Gesicht, und die Zeit blieb dann stehen. German hatte weitstehende Augen mit hohen Brauenbögen. Sein Hinterkopf war knabenhaft und sein Hals rührend dünn. Man munkelte, er stamme von Adeligen ab. Ein wiedergeborener Aristokrat. Man hätte ihm den Arm reichen mögen, um ihn zu stützen. Und Xenia reichte ihm natürlich diesen Arm…

German ging manchmal einen ganzen Monat lang nicht zu den Kursen. Dann kam er und zog eine Skizze heraus: eine Katze mit menschlichem Gesicht. Was war daran Besonderes? Alle Tiere ähnelten Menschen, und die Menschen den Tieren. Der Meister beispielsweise sah gleichzeitig einem Bären ähnlich und dem Künstler Papanow. Aber der Meister machte ein Riesentrara um diese Katze, hielt sie allen unter die Nase: Seht euch das an, unter uns ist ein leibhaftiger Pirosmani! Doch der leibhaftige Pirosmani betrank sich zielstrebig, als hätte er ein Selbstzerstörungsprogramm eingelegt. Er brannte wie eine Fackel – und verglühte.

»Für Russen ist das normal«, seufzte der Meister schwer. »In Rußland säuft jeder richtige Künstler wie ein Loch.«

Offensichtlich mußte man richtige Laster haben, wenn man zu den echten Künstlern gehören wollte, aber Xenia hatte keine Laster. Nur Tugenden. Sie war schön, bescheiden, fleißig, ordentlich. Wenn sie sich etwas lieh, gab sie es rechtzeitig wieder zurück.

Wenn sie sich verliebte, dann geschah es völlig uneigennützig und gereichte ihr sogar eher zum Nachteil. German zum Beispiel. Sie ernährte ihn, behütete ihn; ja sie trug ihn sogar wie einen Sack Kartoffeln auf dem Rücken, wenn er nicht mehr fähig war, auf den eigenen Beinen zu stehen.

Ansonsten hielt sie ihn fest an der Hand. German lachte und sagte: »Was hältst du mich so fest? Ich bin das einzige, was du sowieso nie verlieren wirst...«

Und das stimmte tatsächlich. Er starb, und sie verlor ihn nicht: Er war in ihr.

German hatte Xenia weit mehr gegeben als der Meister. Der Meister ließ kein gutes Haar an ihr, und von all der Kritik ließ sie die Hände sinken.

Wenn man Xenia heruntermachte, glaubte sie es sofort, war innerlich gleich einverstanden: Ja, ich kann nichts, ich bin ein Nichts und ein Niemand.

Xenia wuchs nur durch Liebe und Bestätigung. Wenn German sagte: ›Du bist besser als alle anderen …‹, dann glaubte sie auch das sofort. Ja, sie war die Beste! Und es würde ihr alles gelingen …

Im letzten Jahr hatten sie sich viel gestritten. Xenia hatte seine Sauferei satt und schleuderte ihm Beleidigungen ins Gesicht. Einmal erwiderte German: »Eines Tages wirst du alles haben, nur mich nicht mehr. Und dann wird es dir schlechtgehen …«

Nachdem German Glebow gestorben war, fand eine Ausstellung statt. Allen wurde klar, was für ein Verlust sein früher Tod war. Und Xenia erkannte, daß von nun an ihre Seele sich für immer wie ein obdachloser Teenager auf Bahnhöfen und in Kellern herumtreiben würde. Etwas war ein für alle Mal zu Ende gegangen.

Xenia lebte von einem Tag zum anderen, ohne besondere Pläne. Irgendwo würde es schon hingehen. ›Du wirst alles haben, nur mich nicht. Und es wird dir sehr schlechtgehen …‹

Während sich Xenias Schicksal fügte und zerbrach, wuchs Nadka in Rostow am Don im Haus ihrer Großeltern auf. So vergingen ihre Kinderjahre, sie kam in die Pubertät. Nadka wurde dreizehn Jahre alt, und plötzlich bemerkte sie, daß ihre Großmutter und ihr Großvater nicht nur alte, sondern auch altmodische Menschen waren. Sie erlaubten ihr aber auch rein gar nichts. Dies war verboten, jenes nicht erlaubt. Geh dort nicht hin, red nicht mit jenem. Und bei schlechten Schulnoten versteckten sie ihr die Schuhe, damit sie zu Hause blieb. Was für Idioten!

So schlich sich Nadka ohne Schuhe aus dem Haus. Dann eben barfuß. Ein paar Tage lang wohnte sie bei Freundinnen, nur um es den Großeltern mal richtig zu zeigen. Sollten sie sich ruhig aufregen.

Und sie regten sich auch auf. Großmutter hatte erhöhten Blutdruck, der Großvater schrie wie angestochen. Alles endete damit, daß die Großeltern Xenia anriefen: »Hol deine Tochter nach Moskau, und erzieh sie selbst. Wie sollen wir noch atmen können mit so einer Enkelin…«

Xenia wußte wohl, daß sie ihre Tochter irgendwann zu sich nehmen mußte. Aber doch nicht gerade jetzt.

Gerade jetzt hatte sie nämlich einen guten Auftrag erhalten: Souvenirteller für das Geschäft ›Usbekistan‹. Das war ein Riesenerfolg – und bedeutete endlich Geld.

Nun mußte sie wohl heiraten. Nicht aus Liebe,

leider. Nur eine Scheinehe, damit sie die Daueraufenthaltsgenehmigung für Moskau erhielt. Aber diese Genehmigung war erst der Anfang vom Anfang. Danach konnte sie in eine Wohnungsgenossenschaft eintreten, sich auf eine Warteliste eintragen, später in die eigene Wohnung einziehen und dann endlich Nadka zu sich nehmen.

Xenia bat ihre Eltern, doch noch ein, zwei Jahre durchzuhalten. Sie waren einverstanden, was blieb ihnen auch übrig? Wen hatten sie denn sonst, außer der Tochter und der Enkelin? Und im großen und ganzen waren sie ja bereit, sich für die Enkelin aufzuopfern, aber es wurde immer klarer, daß der Altersunterschied, die Kluft zwischen den Generationen, einfach zu groß war. Das Mädchen brauchte junge Eltern.

Xenia verwirklichte Schritt für Schritt ihre Träume: ›Langsam, aber sicher‹, das war ihr Motto. Sie heiratete fiktiv, verdiente Geld, trat einer Wohnungsgenossenschaft bei. Dann zog sie in ihre Zweizimmerwohnung. Die Wohnung war leider nicht sonnig, denn die Fenster gingen nach Norden. Xenia betrachtete jeden Morgen, wie die Sonne das Haus gegenüber beschien. So hatte doch wenigstens jemand anderer Glück. Xenia freute sich für die anderen. Ihr fehlte der Stachel des Neides völlig, und ebensowenig kannte sie die Gier. Sie feilschte nicht mit ihren Auftraggebern, so viel sie ihr boten, so viel nahm sie, und danke. Es war angenehm, mit ihr zu tun zu haben: Sie war zuverlässig, feinfühlig, und sie war hübsch. Ihre Ware war Qualität auf höchstem Niveau. Deshalb war sie nie ohne Auftrag. Es bewahrheitete sich bei ihr das russische Sprichwort: ›Je langsamer du fährst, um so weiter kommst du.‹

Das Einzige, was Xenia wirklich fehlte, war Liebe. Es wäre so schön gewesen, sich zusammen schlafen zu legen, zusammen die Wohnung zu putzen, gemeinsam die Schwierigkeiten zu bewältigen, die ihre Arbeit barg. Und gemeinsam zu schweigen. Es war so schwer, allein zu schweigen...

Xenia war an ihre Tochter nicht mehr gewöhnt und bemühte sich, deren Einzug bei ihr hinauszuzögern. Aber Nadka wurde nun schon fünfzehn und entfaltete ihre ganze Größe. Sie kam nach der anderen Seite der Familie, den Warlamows. Mit Xenia hatte sie äußerlich gar nichts gemeinsam. Xenia war eine Slawin, und Nadka war eine junge Asiatin. Es hieß, daß bei den Warlamows mal ein Mongole dazwischengekommen wäre. Und bei Nadka trat er offen zutage. Die leicht gewölbte Fläche über den Oberlidern, die starken, fast schwarzen Haare und die Augen von der Farbe einer Avocado. Nadka war schön und gleichzeitig nicht schön, wie der Alexandrit, ein Halbedelstein, dessen Farbe sich je nach Lichteinfall ändert. Hatte sie schlechte Laune, sah man nur ihre hängende Nase. Ging es ihr aber gut, sah sie aus wie eine Japanerin in einem teuren Kalender. Der einzige Unterschied war der Augenausdruck. Im Blick der Japanerin aus dem Kalender lag weibliche Fügsamkeit. In Nadkas Blick aber war wachsame Erwartung: Von woher würde jemand auf sie zukommen, wen sollte sie angreifen…

Als Nadka dann zu ihr zog, betrachtete Xenia ihre Tochter mit gemischten Gefühlen. Einerseits war sie ihr eigen Fleisch und Blut, andererseits war sie wie ein Baumstamm, den man ihr in den Weg gelegt hatte. Man konnte nicht drüberklettern, ihn nicht umfahren und nicht wegziehen. Sie konnte nun niemanden mehr in die Wohnung mitbringen, denn sie wollte ihrer Tochter ja kein schlechtes Beispiel geben. Und zurück nach Rostow konnte sie sie auch nicht schicken.

Xenia brachte Nadka in der nächstgelegenen Schule unter, sie ging nun in die neunte Klasse.

Nadka fand schnell Freundinnen, Nelly und Nina. Sie hatte Umgang mit allen möglichen Altersgenossen und richtete sich im Nu ihr eigenes Leben ein.

Abends ging Nadka die Freundinnen besuchen. Mal war sie bei Nelly, mal bei Nina.

Bei Nelly war es interessanter. Ihre Mutter war auf der Arbeit, die Wohnung leer, und es gab ganze Regale voll mit der raren Zeitschrift ›Amerika‹. Man konnte stundenlang dasitzen und geheimnisvolle Schwarzweißfotos ansehen, die Kreidepapierseiten umblättern und in das verbotene Leben schauen.

Eines Tages fiel Nadkas Blick auf ein Interview mit Jackie Onassis. Der Journalist fragte, wie sie nach dem schönen John Kennedy den kahlköpfigen kleinen Onassis habe heiraten können. Jackie antwortete: »Wenn sich Aristoteles Onassis auf seine Brieftasche stellt, wird er sehr, sehr groß.«

Recht hatte sie, diese Jackie. Sie hatte sich nicht geniert, sondern einfach das getan, was sie für nötig gehalten hatte.

Nadkas Augen glühten wie die einer Katze in der Nacht. Sie wußte: Das war ihr Weg. Sie würde nicht dem ausgetrampelten Arbeitspfad ihrer Vorfahren folgen.

Ihr Großvater und die Großmutter hatten einen Hochschulabschluß. Sie waren beide Ärzte. Und wie armselig lebten sie doch! Bloß gut, daß sie noch nie was anderes gesehen und somit keinen Vergleich hatten. Sie wußten einfach nicht, wie schlecht sie lebten.

Und Xenia: Zehn Jahre waren vergangen, seit sie die Wohnung gekauft hatte. Und sie würde noch weitere zehn Jahre brauchen, um es halbwegs zu etwas zu bringen. Und dann war die Jugend vorbei. Und wenn man erst mal alt war – dann war doch sowieso alles egal...

Nadka legte die Zeitschrift hin, aber irgend etwas hatte bei ihr geklickt. Jackies Gesicht mit der flachen Nasenwurzel und den weitstehenden Augen wurde ihr Leitbild.

Neben den ausländischen Zeitschriften besaß Nellys Mutter eine ganze Ausrüstung an französischer Kosmetik und einen aufklappbaren dreiteiligen Spiegel.

Die Mädchen machten sich schön und betrachteten sich aus drei verschiedenen Perspektiven. Von vorn, von der Seite, von hinten. Dann zogen sie sich nackt aus und schauten sich wieder in drei Dimensionen an. Vor lauter Kühnheit und Scham blieb ihnen die Luft weg.

Der einzige Nachteil war, daß es bei Nelly kein gutes Essen gab: immer nur Grütze und Wurst. Bei Nina dagegen gab es immer ein komplettes Menü, und die Haushälterin Njura dazu, die einem die vollen Teller unter die Nase stellte, und später wieder wegräumte.

Nadka versuchte immer, um die Mittagessenszeit

bei Nina aufzukreuzen. Njura gab ihnen etwas zu essen, stellte aber auch unbequeme Fragen, in der Art von: »Und wo ist eigentlich dein Vater?«

Und sie mußte antworten, daß ihr Vater eine andere Familie und andere Kinder hatte.

»Und siehst du ihn ab und zu?«

Wie sollte man jemanden ab und zu sehen, der inzwischen in den Niederlanden wohnte? Schon allein das Wort war kostbar: Niederlande…

»Und was willst du mal werden?« bohrte Njura eines Tages.

»Keine Ahnung«, sagte Nadka schlau.

In Wirklichkeit wußte sie es ganz genau: Sie wollte die Frau eines Millionärs werden. Aber wenn sie das laut sagen würde, würden alle lachen.

Nelly wollte Filmwissenschaftlerin werden und lernte Sprachen, um Filme im Original zu verstehen. Nina wollte Architektur studieren und nahm Zeichenstunden. Aber wie lang müßten sie sich krummlegen, um genug Geld für ein anständiges Leben zu verdienen? Mindestens zwei Generationen lang. Wenn man aber einen Onassis heiraten würde, bekäme man alles sofort, ohne einen einzigen Tag zu verlieren.

Nach dem Essen mußte Nadka gehen. Nina bereitete sich auf die Aufnahmeprüfung vor, darum kamen Privatlehrer zu ihr.

Nadka ging heim. Zu Hause fing Xenia auch noch an: »An welches Institut willst du?«

»Wozu denn?« fragte Nadka.

»Wieso, wozu?!« Xenia war entsetzt. »Schau mich an, ich habe sogar zwei Ausbildungen.«

»Und was nützen einem zwei Ausbildungen?«

»Ich habe ein interessantes Leben. Und ich liebe meine Arbeit.«

»Du weißt bloß nicht, wie andere leben.«

»Wieso, wie leben sie denn?«

»Kommt drauf an, wer es ist. Manche haben ein eigenes Flugzeug und ihre eigene Insel.«

»Wozu braucht man eine eigene Insel?« fragte Xenia verständnislos.

»Man kann sich nackt ausziehen und dort ganz ungeniert herumspazieren. Weißt du, wie toll das ist, nackt herumzulaufen?«

»Nein, weiß ich nicht. Und woher weißt du das?« fragte Xenia erschrocken. Die Großeltern hatten ihr ganzes Leben lang in einem zwanzig Quadratmeter großen Zimmer gelebt. Und Nadka wollte eine ganze Insel. Woher hatte sie das bloß? Wessen Gene waren das? Doch nicht etwa die des Mongolen… Aber vielleicht waren es genau die. Die Mongolen waren ein Steppenvolk, da kamen auf viele Quadratkilometer anderthalb Menschen. Das Bedürfnis nach Weite blieb wohl in den Genen gespeichert.

Xenia wollte, daß ihre Tochter ihr eigenes Schicksal wiederholte: immer langsam, aber sicher voran. Und alles aus eigener Kraft. Im Alter konnte man sich dann an den Früchten seiner Mühe laben.

Aber Nadka wollte es nicht langsam haben, Jahr um Jahr. Nadka wollte es hier und heute. Laben konnte man sich auch an fremden Früchten, und das nicht erst im Alter, sondern in der Jugend, wenn die Wünsche in den Himmel wuchsen.

Ninas Mutter, eine Sängerin mit riesigem Mund, kam aus Ungarn zurück und brachte Nina ein Paar Hosen mit. Karottenform mit Taschen auf den Knien und am Hintern. Die Mädchen probierten sie der Reihe nach an. Sie waren ganz aus dem Häuschen vor Freude. Nadka drehte und wendete sich vor dem Spiegel, und ihr wurde klar, daß sie sich schon nicht mehr sehen konnte in ihren alten, ausgebeulten Jeans. Nelly und Nina gaben zu, daß Nadka die Karottenhose bei weitem am besten stand. Sie hatte die längsten Beine und den rundesten Po.

Abends weinte Nadka. Xenia wurde böse.

»Wir haben dazu einfach nicht die Möglichkeiten«, sagte Xenia dezidiert. Sie war eine strenge Mama.

»Wieso hat dann Nina die Möglichkeiten und ich nicht?«

»Weil sie eine Mutter *und* einen Vater hat, die beide arbeiten. Und ich bin allein.«

»Und warum habe ich keinen Vater?«

»Das hat sich so ergeben. Wir waren zu verschieden.«

»Ninas Eltern sind auch sehr verschieden.«

Ninas Mutter, die Schlagersängerin, fuhr ständig in verschiedenen Autos vor dem Haus vor. Ninas Vater kam immer mürrisch und zu Fuß von der Arbeit nach Hause. Es schien, als könnten zwei Menschen nicht verschiedener sein. Es war unverständlich, was sie verband. Nina, das war es, was sie verband. Jeder liebte Nina, von seiner Seite aus, mehr als alles auf der Welt. So eine Liebe, die man in der Kindheit bekommen hat, gibt einem einen Vorrat an Sicherheit fürs ganze Leben.

Aber Nadka wurde von niemandem geliebt. Großvater und Großmutter waren weit weg, der Vater war in den Niederlanden, und die Mutter steckte bis über beide Ohren in ihrer Arbeit mit den Tontöpfen.

Xenia bedauerte es manchmal selbst: Warum hatte sie sich von Warlamow scheiden lassen? Warum war sie ihren unreifen Gefühlen gefolgt – Eifersucht, Narzißmus, Ungeduld… Damals schien es ihr, als hätte sie das ganze Leben und vor allem die ganz große Liebe noch vor sich. Aber nichts kam zustande, weder die ganz große Liebe noch eine mittelgroße. Offensichtlich hatte der Oberste Richter beschlossen: Gesundheit und beruflicher Erfolg – ja. Aber Glück im Privatleben – nein. Das brauchst du gar nicht erst zu fordern.

Es war unmöglich, alles gleichzeitig zu haben. Bloß eine Sache, oder auch zwei... Und das war doch schon was. Andere hatten nicht mal das.

Die Mädchen beendeten die neunte Klasse. Sie trennten sich, um in die Ferien zu fahren. Nelly und ihre Mutter fuhren ins Baltikum. Nina nach Sotschi zu den Großeltern väterlicherseits. Und Nadka sonnte sich zu Hause auf dem kleinen Balkon, der voller Farbkanister stand.

Nadka stellte sich Nelly am baltischen Meer vor, zwischen all den zurückhaltenden blauäugigen Balten; und Nina am Schwarzen Meer bei den heißblütigen Südländern. Und sie selbst hockte hier auf diesem winzigen Balkon! Warum war das Leben so ungerecht?

»Wieso fahren wir nicht in Urlaub?« wollte Nadka von der Mutter wissen.

»Ich sitze nicht gern rum, ohne was zu tun. Das langweilt mich.« Xenia fand ihr Gleichgewicht nur in der Arbeit, wenn die Hände beschäftigt waren und der Kopf auch. Hatten aber Hände und Kopf nichts zu tun, dann jagten die Gedanken einander nach, einer trauriger als der andere. Ihr früherer Freund Kolja, der arme Künstler mit dem Wirbel auf dem Oberkopf, dessen Haare sie nie hatte glattstreichen können, hatte jetzt eine Zwanzigjährige geheiratet. Er telefonierte ab und zu mit ihr und erzählte ihr aus seinem Leben. Und dann kam noch Nadka, nörgelte herum und wußte nichts mit sich anzufangen.

Aus lauter Langeweile schrieb Nadka Gedichte, merkwürdigerweise aus der Perspektive eines Mannes.

›Ich sehe deine Knie, mein Blick ist rein und zärtlich und kühn. Ich kann mich nicht satt sehen und bedaure, daß ich solche nie hatte.‹

Xenia las es und sagte: »Blödsinn.«

»Wieso Blödsinn?«

»Alles. Wer hat auf deine Knie geschaut? Wo?«

»Überall. Im Bus. In der Metro.«

»Ach, du lieber Himmel ...«

Xenia konnte sich in Nadka nicht hineinversetzen. Und sie wollte sich auch nicht krummlegen deshalb. Um einen anderen Menschen zu spüren, muß man sich von den eigenen Gedanken und Taten ablenken lassen. Man muß einen Schritt zur Seite treten und alles mit Abstand betrachten. Aber einander nahestehende Menschen sitzen oft zu eng aufeinander, und wenn man sich zu dicht gegenübersteht, kann man nicht das ganze Gesicht erkennen, sondern nur einen Teil sehen.

Nadka zeigte ihr Gedicht auch Nellys Mutter. Sie war schließlich Redakteurin und arbeitete bei einer Zeitschrift.

Nellys Mutter las es und sagte: »Das Gedicht ist noch nicht ausgereift, aber es hat Temperament, Energie. Ein kühner Wurf.«

Na, bitte! Ein fremder Mensch hielt es für einen ›kühnen Wurf‹, und die eigene Mutter sagt ›Blödsinn‹, drückte sie runter, zog sie an den Beinen unter Wasser.

Nellys Mutter war Witwe. Ihr Mann, ein Pilot, war unter ungeklärten Umständen verschwunden. Das Flugzeug hatte irgendeine Fracht nach Afrika transportiert. Flugzeug, Fracht und Besatzung waren verschwunden. Niemand wußte etwas über ihren Verbleib. Vielleicht waren sie über dem Dschungel abgestürzt, und wilde Tiere hatten ihre Körper gefressen. Kein Mensch wußte etwas. Man hatte nichts herausbekommen können.

Der umgekommene Vater und Ehemann wurde zum Stolz der Familie, zur Familienlegende, zur Ikone. Sein Porträt hing mit einer getrockneten Rose an einem gut sichtbaren Platz in der Wohnung. Nelly maß all ihre Taten an der Meinung des Vaters:

Das würde Vater gefallen. Oder: So würde Vater nicht handeln… Der Vater war ihr Leuchtturm, nach dem sie sich immer ausrichten konnte.

Aber einen Vater, der seine Familie im Stich gelassen hatte, wollte man verstecken wie eine große Schande. Nadka beneidete Nelly darum, daß sie eine Orientierung hatte. Sie hatte keine, sie trieb durchs Leben ohne Steuer und ohne Kompaß. Wohin es sie trug, dort landete sie.

Nadka ging oft auf die Leninberge. Es gefiel ihr, auf der Aussichtsplattform zu stehen und das Panorama von Moskau zu betrachten. Moskau war groß, war, wie ein Planet, nicht zu umfassen. Und Nadka war ein Sandkorn, eine armselige Hälfte. Sie wünschte sich so sehr, mit jemandem zusammen ein Ganzes zu werden… Mit dem Präsidenten zum Beispiel. Die First Lady werden. Oder mit Onassis, dann könnte sie ganz Moskau in die Tasche stecken. Lilafarbene Wolken zogen von der Sonne beschienen vorbei, und änderten mit jedem Moment ihre Form.

2

Ein Jahr später machten die Mädchen Aufnahmeprüfungen fürs Institut. Nina am Architektur-Institut, Nelly an der Filmhochschule und Nadka am Pädagogischen Institut. Xenia hatte dort Bekannte, aber auch die konnten nicht helfen. Nadka fiel mit Pauken und Trompeten durch.

Aus lauter Angst, nach Hause zu kommen, ging Nadka mit zu Awet. Sie hatten die Prüfung zusammen gemacht und waren zusammen durchgefallen, waren Freunde im Unglück geworden.

Awet überredete sie, bei ihm zu übernachten, denn er hatte ein eigenes Zimmer.

So verlor Nadka ihre Unschuld auf ganz dumme Weise, ohne jegliche Liebe. Denn dieser Awet begriff gar nicht, daß sie noch Jungfrau gewesen war, und bot ihr morgens nicht einmal einen Tee an.

Awets Mutter, eine sonnengegerbte Armenierin, sah sie von der Seite an und fragte: »Na, hat dir das Techtelmechtel gefallen?«

Nadka wußte nicht, was sie auf diese Frage antworten sollte und sagte: »Wieso, Awet ist doch ein netter Kerl...«

Was das ›Techtelmechtel‹ anbetraf, so hatte es auf Nadka keinen großen Eindruck gemacht, und gefühlt hatte sie auch nichts. Küssen war interessanter.

Nadka eilte zu ihren Freundinnen, um die betrübliche Neuigkeit mitzuteilen. Sie diskutierten die Sache ernsthaft.

»Du hast einfach keine Ahnung, wie's geht«, kommentierte Nina. »Das Zentrum der Lust befindet sich im Gehirn.«

Nadka riß die Augen auf. Sie konnte sich nicht vorstellen, wie das ›Techtelmechtel‹ bis ins Gehirn vordringen sollte.

Nina nahm ein Blatt Papier, einen Bleistift, skizzierte das Becken und erogene Zonen. Und malte Ziffern daran: was, wo und in welcher Reihenfolge. Nina war gut in Theorie. Und vielleicht nicht nur in der Theorie. Dieses Geheimnis blieb im dunkeln. Nelly verbreitete sich auch nicht über den Gegenstand ihrer Zuneigung. Die beiden waren Geheimniskrämerinnen. Und so was nannte sich Freundinnen!

Eine Freundschaft war doch dazu da, daß man die Seele umstülpen konnte wie eine Jackentasche. Wozu gab es Freundschaft denn sonst? Nadka war ein offenherziger Mensch, oft zu ihrem eigenen Schaden, versteht sich …

»Du kannst kein Wasser im Arsch halten«, sagten die Freundinnen oft zu ihr.

»Wozu braucht man es auch da?« entgegnete Nadka bloß.

Die Freundinnen begannen ihre Berufslaufbahn. Nina wurde wirklich im Architektur-Institut aufgenommen, Nelly in der Filmhochschule, in der Filmwissenschaftlichen Abteilung. Als wenn irgend jemand je ihre Artikel über Film lesen würde. Und wenn doch, dann würden sie ihr nichts dafür bezahlen. Sie würde einen Mann heiraten, der ebenfalls Filmwissenschaftler war, sie würden sich klug miteinander unterhalten und mit billigen Pelmeni aus den staatlichen Lebensmittelgeschäften ernähren.

In der bewußten Zeitschrift ›Amerika‹ hatte Nadka gelesen: Die Tochter von Onassis, Christina, hatte einen Russen geheiratet. War das nicht irre! Christina hatte sich so verliebt, daß sie sogar nach Moskau, in eine Vierzimmerwohnung übergesiedelt war.

Nadka sah sich das Foto des Glückspilzes an: Gar nichts Besonderes, er hatte sogar irgendein Problem mit dem Auge. Na, bitte sehr, das hieß doch, daß der Glücksvogel tatsächlich umherflog und sich irgendwem auf die Schulter setzte.

Xenia arrangierte für Nadka, daß sie als Sekretärin in der Kunstgewerbeschule arbeiten konnte. Aber

Nadka fand es dort öde. Oft legte sie die Arme auf den Tisch, den Kopf auf die Hände und schlief. Die Chefin der Lehrabteilung konnte das nicht übersehen. Wann immer sie die Tür öffnete, lümmelte Nadka am Schreibtisch, und ihr Gesicht machte sich fast selbständig vor Langeweile. Sie drohte Nadka mit Rauswurf, aber Nadka klammerte sich sowieso nicht an diese mickrig bezahlte Stelle. Sie hatte ganz andere Pläne.

Wo gingen die Ausländer hin? Ins Bolschoj-Theater, auf den Roten Platz, in den Zirkus, auf die Aussichtsplattform auf den Leninbergen.

Ins Bolschoj-Theater kam man ohne Beziehungen nicht rein, der Rote Platz war zu weit weg von ihrem Zuhause. Aber die Aussichtsplattform auf den Leninbergen lag nur vier Bushaltestellen entfernt.

Nadka kam auf die Plattform wie zu einem Wachdienst, und jedesmal blieb ihr Herz fast stehen: vielleicht heute…

Es war an einem Dienstag. Nadka erinnerte sich daran, weil es an diesem Tag Lohn gegeben hatte.

Leichter Regen fiel. Es war kaum jemand auf der Aussichtsplattform, wenn man die Souvenirverkäufer nicht mitrechnete.

Neben den Matrioschkas stand ein blasser Deutscher und feilschte. Der Verkäufer zeigte ihm vier

Finger und er, als Antwort, drei. Der Verkäufer gab nach, er winkte ab. Lieber für drei Dollar verkaufen als gar kein Geschäft.

Der Deutsche nahm die Matrioschka. Er war zufrieden, weil er einen ganzen Dollar gespart hatte, das waren anderthalb Mark. Und das war in Rußland viel Geld.

Nadka ging auf ihn zu und fragte: »Wieviel Uhr ist es?« Sie hatte die Initiative ergriffen. Besser ein weißblonder Deutscher als gar nichts.

Der Deutsche starrte Nadka an. Er begriff nicht, was sie wollte. Und Nadka betrachtete derweil sein Gesicht, seine Pubertätspickel auf der Stirn, seinen mageren Körper. Er war nicht gerade stattlich, eher dürr. Wie ausgehungert.

Nadka zeigte auf seine Uhr. Der Deutsche dachte wohl, daß die Russin seine Uhr kaufen wollte, und schüttelte heftig den Kopf, nein, er wolle nicht verkaufen.

»Nein!« sagte er auf deutsch.

»Ich will doch deine Uhr gar nicht. Ich will nur die Zeit wissen...« Nadka zeigte mit dem Finger auf das Zifferblatt.

Der Deutsche schaute Nadka genauer an, versuchte herauszufinden, was die Frau wollte. Und plötzlich sah er eine nie gesehene Schönheit: Schwarze, seidige Haare umrahmten ihr Gesicht, die asiatischen Jochbeinbögen und die grünen Augen, die leuchteten wie ein Stachelbeerstrauch in der Sonne. Er sah das strahlende Weiß ihrer Zähne, das hinter den vollen Lippen hervorblitzte.

Der Mongole in ferner Zeit hatte sich lange mit slawischem Blut gemischt, bis dieses Resultat zustande gekommen war.

Nadka stand in voller Schönheit da, der Deutsche konnte die Augen nicht von ihr wenden. Er schaute sie nur an und fürchtete, sie würde gleich wieder verschwinden. Dann zog er die Uhr vom Arm und hielt sie Nadka hin. Es war das erste und einzige Geschenk, das er ihr je machte.

3

Ein Jahr später heiratete Nadka den Deutschen. Er hieß Günther. Xenia hatte nichts gegen die Verbindung. Günther war ein anständiger Junge aus einer guten Familie. Er hatte eine Ausbildung und war Ingenieur. Und Ingenieur im Westen war etwas ganz anderes als in Rußland. Dort schätzte man diesen Beruf und bezahlte ihn so gut wie einen Anwalt oder Arzt.

Nadka empfand nichts für Günther, für sie war er nur die Räder, auf denen sie in den Westen rollen würde. Er würde sie aus dem Lande der Sowjets hinausbringen und ihr eine Aufenthaltsgenehmigung beschaffen.

Damals konnte man nur auf drei Arten in den Westen gelangen: als Flüchtling ohne Rückkehrmöglichkeit, als Dissident oder per Trauschein. Eine Flucht war gefährlich und mühevoll. Ein berühmter Dissident zu werden, war schwierig. Dazu mußte man ein herausragender Mensch sein, ein Solschenyzin oder Rastropowitsch. Die Heirat war noch am ehesten möglich. Man mußte nur die nötigen Papiere zusammenbekommen und ausreisen. Sich umsehen, und auf ging's zu schimmernden Berghöhen. Die ganze Welt lag einem dann zu Füßen. Das war doch gleich ein ganz anderer Aussichtsplatz als auf den Leninbergen.

Eine große Hochzeit wollten sie nicht, sie wollten den Ehemann nicht groß bekannt machen. Xenia hatte Angst, daß es herauskäme und sie irgendwelche Nachteile hätte. Sie hatte immer vor irgend etwas Angst. Als Künstler war man so abhängig. Wenn sie einem den Sauerstoff abstellten, wenn sie einem keine Aufträge mehr gaben, was dann? Xenia war keine Kämpferin, und schon gar keine gegen den Staat. Der Staat war so groß, und sie selbst war so klein ...

Aus Rostow kamen die Großeltern. Ihnen gefiel Günther sehr, so ein bescheidener, wohlerzogener junger Mann! Er würde Nadka schon bändigen und ihr Manieren beibringen. Er würde einen anständigen Menschen aus ihr machen. Hier in Rußland würde es Nadka mit ihrer Faulheit sowieso zu nichts bringen.

Sie machten Musik, Nadka forderte ihren Großvater zum Tanz auf. Er hatte sich immer gut bewegt, und auch jetzt setzte er die Füße sicher aufs billige Parkett. Nadka trug ein wunderschönes weißes Satinkleid, das ihre schlanke Figur umschmeichelte.

Und plötzlich brach Xenia in Tränen aus. Nadka tat ihr auf einmal leid. Wohin ging ihre Tochter bloß? In ein fremdes Land, begab sich in fremde Hände. Und Xenia tat sich auch selbst leid – ihre Jugend ging dahin und winkte ihr noch einmal zu. Und dieser gutgläubige Dummkopf Günther, blind vor Liebe ...

Was war das nur für ein Leben: Du willst das eine und bekommst etwas ganz anderes ... Der einzige Trost war, daß es allen so ging. Niemand um sie herum war völlig glücklich.

Die Stadt Münster hatte im Zweiten Weltkrieg nicht viel abbekommen. Die feindlichen Bomben hatten sie verschont. Vielleicht hatten sie es nicht mehr geschafft. Deutschland hatte kapituliert, und es entfiel die Notwendigkeit, diese Schönheit zu zerstören.

Das Zentrum der Stadt war eine gewundene Straße, die rechts und links von frisch renovierten Fachwerkhäusern gesäumt war. Jedes Haus mit den dunklen Balken im weißen Putz war wieder anders, jedes war ein Original. Die Fenster blitzten vor Sauberkeit. Den Deutschen waren die Fenster wichtig, sie waren die Visitenkarte der Hausfrau.

Nadka verstand diese deutsche Leidenschaft nicht. Sie räumte nicht gern auf, und sie kochte auch nicht gern. Günther kochte selbst – gut und schnell. Was blieb ihm auch anderes übrig.

Nadka streifte lieber durch die Geschäfte und sah sich die Auslagen an. Was es da nicht alles gab! Es war das reinste Paradies, die Gärten der Semiramis. Es gab sportliche Kleidung, Alltagskleidung, festliche Kleidung, Schuhe, Taschen, Pelze… es gab billige Geschäfte, mittlere und teure… Das war doch ganz was anderes als in Moskau bei den Schwarzhändlern. Die hatten nur Ramsch, der schon durch zehn andere Hände gegangen war. Hier war alles aus erster Hand, man konnte es anschauen und aussuchen.

Nadka suchte Geschenke für ihre Verwandtschaft und ihre Freunde aus und kleidete sie von Kopf bis Fuß neu ein. Aber nur in Gedanken, denn

Günther gab ihr kein Geld. Er verstand überhaupt nicht, warum man Geld für Kleidung ausgeben sollte. Die Deutschen gaben eher Geld fürs Reisen aus und für die Wohnungseinrichtung. Und wer was anhatte, war doch völlig nebensächlich.

Nadka ging in die teuren Geschäfte und verbrachte Stunden mit Anprobieren. Die Verkäuferinnen sahen sie schon schief an. Sie wußten bereits, daß diese Russin sowieso nichts kaufen würde, sondern alles in Unordnung bringen und dann wieder gehen. Und dann mußten sie ihr hinterher räumen, alles an seinen Platz zurückbringen. Die Verkäuferinnen hatten natürlich keine Ahnung vom russischen Verkaufssystem, vom Mangel an fast allem und von dem Wort ›auftreiben‹. Wieso sollte jemand etwas ›auftreiben‹, wenn er Geld hatte? Man ging los und kaufte es. Das war doch ganz einfach.

Günther verstand es ebenfalls nicht, und wollte sich auch gar nicht damit beschäftigen. Als die Telefonrechnung kam wurde er blaß. Sein Einkommen hielt dieser Belastung nicht stand. Die Gespräche mit Moskau hatten ein Drittel seines Monatslohnes aufgefressen. Günther hatte kein schlechtes Gehalt, aber die Hälfte ging für die Miete drauf, für die Krankenkasse und die Steuern. Das, was blieb, reichte zum Leben. Er hätte gern etwas für den Urlaub zur Seite gelegt oder einfach ein bißchen gespart. Man mußte doch ein kleines Polster für Notzeiten haben. So hatte man es ihm beigebracht.

Nadka wollte an gar nichts denken, sie wollte nur die Stimme ihrer Mutter hören, die ihrer Freundinnen und die russische Sprache. Günther und Nadka stritten sich, warfen sich Beleidigungen an den Kopf – jeder in seiner Sprache. Als Günther die Argumente ausgingen, jagte er Nadka durch die Wohnung. Nadka rannte vor ihm weg, aber am Ende fiel sie ihm doch noch in die Hände. Ihr Mann zwickte sie wie eine Gans, und zwar so fest, daß Nadka blaue Flecken davon bekam.

Günther kochte selbst. Das war in Deutschland nicht schwer, man mußte nicht lange schlechtes Fleisch für Frikadellen durch den Wolf drehen, sondern konnte ein gutes Stück in die Pfanne werfen. Nach fünf Minuten war es fertig, und schon hatte man ein Abendessen. Und natürlich gab es dazu einen Salat. Vitamine waren schließlich genauso wichtig wie Eiweiß.

Günther stand neben der Pfanne und dachte darüber nach, daß die Ehefrau, die er erwischt hatte, wirklich nicht das Übliche war: Sie war faul und verschwenderisch. Schlimmer ging's nicht. Aber dann gab es wieder Momente, in denen er bereit war, ihr alles zu verzeihen. Und das tat er auch.

Im Alltag paßte Nadka überhaupt nicht zu

Günther, sie war sein völliges Gegenteil. Aber körperlich gesehen, war sie *die* Frau für ihn. Und da Günther erst sechsundzwanzig war, dominierte das Körperliche alles andere.

Die Zeit verging. Nadka lernte allmählich Leute kennen.

Bei C&A – sie nannte dieses Geschäft ›Sowjetarmee‹, weil die Buchstaben, sah man sie als kyrillische an, die Abkürzung dafür ergaben – lernte Nadka die Verkäuferin Greta kennen. Greta war eine Deutsche aus Kasachstan, die mit ihrer Mutter, dem Mann und zwei Kindern nun in ihre historische Heimat umgesiedelt war.

Die Bekanntschaft mit einer Verkäuferin brachte einem in Deutschland – im Gegensatz zu Moskau – keinerlei Privilegien ein. Hier hielt man nichts unter dem Ladentisch zurück. Nadka und Greta verkehrten rein freundschaftlich miteinander. Es ging nur um die Möglichkeit, miteinander russisch zu reden und die Seele baumeln zu lassen.

Greta lud Nadka zu ihrem Geburtstag ein.

Am Tisch saßen Aussiedler aus Kasachstan, die russisches Essen aßen und lauthals russische Lieder sangen. Vor dreihundert Jahren hatte Katharina die Große die Deutschen nach Rußland geholt, und sie waren dreihundert Jahre lang mit der russischen

Kultur zusammengewachsen. Deutsch waren an ihnen nur noch die Namen.

Gretas Mann betrank sich langsam und starrte auf den Tisch. Er bedauerte, daß er ausgereist war. In Kasachstan war er Instruktor des Kreiskomitees gewesen, ein geachteter Mann. Und hier war er einer von vielen Arbeitern in einer Zementfabrik, der Armaturen hin und her schleppte. Ständig stand er gebückt mit irgendwelchen Lasten in den Händen. Man bezahlte ihn gut, aber seine Wirbelsäule fiel bald auseinander. Ein Bandscheibenvorfall drohte. Das war der Preis für die Emigration.

Gretas Mutter war glücklich, daß sie hergekommen waren. Hier behandelten sie gute Ärzte, stellten ihr eine anständige Diagnose und gaben ihr die entsprechenden Medikamente.

In Kasachstan wäre sie bestimmt zehn Jahre früher gestorben. Aber hier in Deutschland konnte sie ihre Gesundheit und ihr Leben verlängern. Das allein war es schon wert, daß sie ausgereist waren. Was konnte wichtiger sein als das Leben selbst?

Greta saß mit verträumtem Gesichtsausdruck da. Sie wollte eine Geschäftsfrau werden und wiederholte ein paarmal wie für sich selbst: »Geschäftsfrau, Geschäftsfrau...« Man spürte, daß diese Wortverbindung sie hypnotisierte.

Nadka lachte in sich hinein: Was war schon eine

Geschäftsfrau im Vergleich zu den Möglichkeiten eines Onassis?

Aristoteles Onassis geschah derweil ein großes Unglück. Sein jüngster Sohn stürzte mit einem kleinen Privatflugzeug ab. Hätte der Vater bloß nicht so viel Geld gehabt, hätte er seinem Sohn bloß nicht so ein teures Spielzeug geschenkt! Der arme, arme Onassis …

Nadkas nächste Bekanntschaft war eine intellektuelle: Klaus und Tanja. Sie waren deutsche Slawisten, Spezialisten für slawische Literatur.

In Münster gab es eine sehr alte Universität – ein eindrucksvolles Backsteingebäude. Darin hatte einst Lomonossow studiert, Pasternak war einmal hier gewesen, worüber eine Bronzetafel informierte.

Nadka ging in die Universität wie auf einen Ausflug. Wieso auch nicht? Man konnte ja nicht immer nur in Geschäften herumlaufen. Dort traf sie Klaus und Tanja. Nadka ging auf die beiden zu und stellte sich vor. Sie ergriff die Initiative.

»Ich bin Nadka Warlamowa«, sagte sie. »Und wer sind Sie?«

»Sind Sie Russin?« wunderte sich Tanja. »Das ist ja prima. Eine Muttersprachlerin.«

Tanja war dick, hatte ein gutmütiges Gesicht und lachte viel. Sie traf sich gern mit Nadka, um ihr Russisch zu trainieren. Nadka hatte ihre eigenen

Gründe. Sie wollte über Tanja und Klaus Deutsche kennenlernen. Das wäre doch was anderes als kasachische Aussiedler. Klaus und Tanja machten Nadka mit ihren Freunden bekannt, auch sie waren Slawisten. Ein Onassis war nicht unter ihnen. Nicht einmal normal reiche Leute.

Münster war die Stadt der Studenten und Blinden. Die Blinden kamen aus ganz Deutschland hierher, denn hier war eine spezielle Schule. Sie liefen mit erhobenem weißem Stock durch die ganze Stadt. Alles war so gemacht, daß es für die Blinden bequem war.

Manchmal kam es Nadka so vor, als würden die Blinden, die mit tastenden Fingern umherliefen, sie gleich in ihre ausgestreckten Arme nehmen, sie fest umarmen und dann würde sie ebenfalls mit durch die Luft tastenden Fingern herumlaufen.

Nelly und Nina schrieben Briefe, sie beklagten sich über das Chaos der Perestroika. Sie beneideten Nadka darum, daß sie in einem Land leben konnte, in dem alles klar geregelt war. Wenn die wüßten... Aber Nadka gab ihr Fiasko um keinen Preis zu. Der *Schein* war ihr wichtiger als das *Sein.*

Eine Aussichtsplattform gab es in Münster nicht. Und Ausländer gab es auch nicht. Hier waren schließlich alle Ausländer.

Am Rande der Stadt war eine Großbaustelle. Die Gebäude waren zwar nicht so schön wie im Zentrum, aber auch nicht so häßlich wie am Stadtrand von Moskau. Offensichtlich leistete man in der Zementfabrik, in der Gretas armer Mann schwere Lasten hin und her schleppte, gute Arbeit. Die Deutschen hatten eben eine hohe Arbeitskultur.

Auf der Baustelle waren hauptsächlich Türken beschäftigt. Da hatte sie ihre Ausländer. Und das Temperament war auch ein anderes als bei den Deutschen.

Ein junger Türke bedachte Nadka mit einem klebrigen Blick. Sie verstanden einander. Nadka rechnete nicht mit einer romantischen Geschichte, sondern einfach mit Geld. Ein schwarzes Lederkostüm in der Auslage einer Boutique ließ ihr keine Ruhe. Außerdem wollte sie nach Moskau anrufen. Sie brauchte die Stimme ihrer Mutter wie ein Taucher die Sauerstoffflasche. Günther verstand nicht, wie ein erwachsener Mensch so von seiner Mutter abhängig sein konnte.

Das Kostüm jedenfalls wurde gekauft. Und nicht nur das.

Wer fröhlich ist, der lacht, wer etwas wirklich will, der bekommt es, wer sucht, der findet. Nadka kaufte sich alles: Sportsachen, Alltagskleider und Ausgehkleider. Und für ihre Mutter ebenfalls etwas Schickes und etwas Sportliches. Etwas für jeden Tag hatte sie schon. Dafür brauchte sie zwei Türken. Mittel und Zweck. Der Zweck war, sich und ihre Mutter einzukleiden. Das Mittel – zwei Türken. Das Mittel war nicht gut angesehen, aber das Wichtigste war doch, was dabei herauskam. Nicht das Wie war wichtig, sondern das Resultat. Als Resultat schickte Nadka zwei Pakete nach Moskau.

Die Pakete trafen ein. Ihre Mutter rief an, ihre Stimme vibrierte vor Glück. Sie war schließlich erst vierzig. Im neunzehnten Jahrhundert war man mit vierzig eine alte Frau gewesen, aber im zwanzigsten stand man da noch in der Blüte seiner Jahre. Mit vierzig fing alles erst an.

Nadka log Xenia vor, daß sie als Übersetzerin für russische Reisegruppen arbeitete. Sie schmiedeten weit in die Zukunft reichende Pläne: Nadka würde als Touristin nach Moskau kommen und Xenia nach Münster eingeladen.

Aber alles brach unerwartet zusammen, als ihr Geheimnis ans Tageslicht gezerrt wurde. Eine Ahle kann man eben nicht in einem Sack verstecken.

Eines schönen Abends kam Günther von der Arbeit zurück. Die Hausmeisterin ging auf ihn zu und berichtete ihm ›im Vertrauen‹: »Ich will mich ja nicht in ihr Privatleben mischen. Aber in Ihrer Abwesenheit kommen Männer zu Ihrer Frau. Einer nach dem anderen.«

Günther begriff noch nicht ganz, was ›einer nach dem anderen‹ bedeuten sollte.

»Was meinen Sie damit?« fragte er, aber in ihm riß bereits etwas entzwei, es war, als ob sich der Magen nach oben stülpte und das Herz nach unten fiel.

»Um zwölf der eine und um zwei der andere«, sagte die Hausmeisterin.

Günther antwortete nicht. Was hätte er auch sagen sollen? Etwa ›danke‹? Für so was dankte man schließlich nicht.

Günther betrachtete voller Abscheu das schnurrbärtige Gesicht der Hausmeisterin. Er nahm nicht den Lift, sondern ging die Treppe hinauf. Er wollte nur schnell allein sein. Es war ihm unangenehm, neben einem Menschen zu stehen, der Zeuge seiner Erniedrigung gewesen war, seines Lebensbankrotts. Wen hatte er da bloß aus Rußland mitgebracht? Er hatte sich verliebt, hatte ihr vertraut, er war ein Idiot. Wie hatte er nur so blöd sein können? Aber er konnte für seine Taten Verantwortung übernehmen, er würde es nicht zulassen, daß sein Leben so bankrott ging.

Günther lief die Stufen hinauf, steckte den Schlüssel ins Schloß und öffnete die Wohnungstür.

Nadka konnte gerade noch sein schmerzverzerrtes Gesicht erkennen, dann stieß er sie auch schon mit beiden Händen vor die Brust. Nadka konnte sich nicht halten und fiel nach hinten. Günther packte sie geschickt an den Füßen und zog sie in den Flur. Nadka wußte nicht, wie ihr geschah, leistete aber keinerlei Widerstand. Sie wollte abwarten, bis sein Wutanfall verraucht war, vielleicht könnte man dann noch etwas klären. Aber es gab nichts mehr zu klären. Günther riß die Wohnungstür auf und schleppte Nadka hinaus auf den Treppenabsatz. Am liebsten hätte er sie die Treppe hinuntergestoßen, ihr Tempo gemacht, so daß sie kopfüber, kopfunter hinuntergerollt wäre und mit dem Kopf die Stufen gezählt hätte. Doch er beherrschte sich. Er ließ einfach Nadkas Beine los, stieg über sie hinweg und schloß sich in seiner Wohnung ein. Den Schlüssel drehte er zweimal im Schloß.

Das alles war blitzschnell und völlig ohne ein Wort abgelaufen.

Nadka kam auf die Beine, sie würde doch nicht hier herumliegen. Unschlüssig stand sie da. Sie hätte wenigstens einen Mantel und die Handtasche mit ihren Dokumenten mitnehmen sollen, aber sie hatte Angst vor Günther. Er hätte ihr ja noch etwas Schweres über den Kopf hauen können.

Hinter der Tür war das Zerschlagen von Geschirr zu hören. Und das bei seinem Geiz... Günther tobte, er ließ seiner Wut freien Lauf.

Nadka seufzte und ging die Treppe hinunter.

Die Hausmeisterin sah sie feindselig und mißtrauisch an wie eine alte Ratte. Da ging Nadka ein Licht auf, und sie sagte mit einem breiten Lächeln auf russisch: »Du Miststück, du Nutte, du Scheißdreck…«

»Danke«, sagte die Ratte.

Nadka trat auf die Straße. Es war November. Zwar war es in Münster nicht so kalt wie in Moskau, sondern immer um die zehn Grad wärmer, aber es war eben doch nicht mehr Sommer. Nadka trug nur eine kurzärmelige Bluse. Die war hellgrün, was diese Saison sehr modern war. In letzter Zeit hatte sich Nadka sehr gut angezogen, die Türken hatten dabei geholfen – Maksud genauso wie Rustam. Sie waren beide jung, geschickte Liebhaber und fröhlich. Sie hatten sie türkische Lieder singen gelehrt, doch Nadka konnte diese schwierigen Tonlagen nicht nachsingen, dazu mußte man wohl Türkin sein.

Die moralische Seite kümmerte Nadka nicht weiter. Man mußte doch blöd sein, um sich nur mit einem Mann zu begnügen. Und zweitens: Ihr Körper gehörte ihr. Sie konnte damit machen, was sie wollte. Und drittens: Sie hätte sich geschämt zu stehlen. Aber Geld zu verdienen, schämte sie sich nicht.

Nadka setzte sich auf eine Bank vor dem Haus. Wohin sollte sie gehen? Sie war allein, in einem fremden Land... Nadka wartete und hoffte, Günther würde sie suchen, wenn er erst mal Dampf abgelassen hätte. Und dann müßte er nicht weit gehen, sie wäre schon da.

Wenn er heruntergekommen wäre, hätte sich Nadka ihm an die Brust geworfen wie einem Retter. Und sie hätte darüber vielleicht sogar Aristoteles Onassis vergessen, ganz zu schweigen von Rustam und Maksud.

Aber Günther kam nicht herunter. Er fing den Moment nicht auf, er fühlte es nicht.

Nadka blieb drei Stunden lang auf der Bank sitzen. Sie war schon ganz durchgefroren. Mit beiden Armen umfing sie sich, um irgendwie die Wärme zu halten. Aber sie sah ein, daß es sinnlos war, weiter hier zu sitzen. Sie mußte sich bewegen.

Nadka stand auf und ging die bucklige Straße hinunter. Ihr Weg führte sie zu den Slawisten Tanja und Klaus.

Sie erzählte nichts von den beiden Türken und der Hausmeisterin, etwas hielt sie davon ab. Sie sagte nur, daß Günther sie geschlagen hatte.

Tanja brach der Schweiß aus vor Entsetzen. Sie war eine aktive Feministin und kämpfte für die Rechte der Frauen. Häusliche Gewalt – das war ein

Verbrechen. Tanja schlug vor, sich an die Polizei zu wenden. Aber Nadka wollte nicht. Sie verstand sehr wohl, daß sie besser nicht zu viel Lärm um die Geschichte machte. Sonst käme alles noch schlimmer. Man würde sie zwar nicht einsperren, aber vielleicht ausweisen. Kein Mann, keine Arbeit, was machte sie also in Deutschland? Ab nach Hause, nach Rußland... Nach Hause wollte sie zwar schon, aber sie schämte sich, mit eingezogenem Schwanz zurückzukommen. Sie war weggefahren, um einen Millionär zu finden, und hätte nichts als einen Tritt in den Hintern bekommen... Schließlich war Günther nur das Vehikel gewesen. Er hatte sie hierhergebracht. Und ausgesetzt. Und nun mußte sie sehen, wie sie weiterkam. Sie mußte die Initiative ergreifen.

Tanja stellte Nadka ihr Bett zur Verfügung. Aber das Essen kostete Geld, und Nadka sollte auch ihren Beitrag leisten, nicht nur herumhocken. Tanja teilte ihren Standpunkt nach einer Woche laut mit und schlug Nadka Hausarbeit vor: Sie könnte aufräumen, staubsaugen, Fenster putzen, kochen. Und sie bekäme fünf Mark die Stunde. Zweimal die Woche je sechs Stunden.

Nadka überlegte: Für ein paar Groschen arbeiten und in einer engen Wohnung leben – das wäre eine Sackgasse. Dann noch lieber Günther.

Nadka rief Günther an, nur um mal auf den Busch zu klopfen. Aber Günther sagte nur, sie könne ihre Kleider und Dokumente abholen. Und in sieben Monaten bekomme sie die Scheidungsurkunde. Er habe die Scheidung schon beantragt. Die Hausmeisterin werde alles bezeugen.

Nadka begriff, daß sich Günther panisch beeilte, damit er es sich nur ja nicht noch anders überlegte. Er liebte sie trotz allem und hatte Angst vor seinen Gefühlen. Und Nadka liebte ihn trotz allem nicht. Sie hatte ihn in seiner Funktion als Vehikel geheiratet, doch die Räder waren in den Graben gerollt.

Günther überlegte einen Moment, dann fügte er hinzu, daß er ihre Sachen bei der Hausmeisterin hinterlegen werde, sie bräuchten sich ja nicht unbedingt zu sehen. Es sei auch so alles klar.

4

Nadka fand einen Job als Kellnerin in einem Café. Der Besitzer erlaubte ihr, in einer Mansarde im zweiten Stock zu übernachten. Dort standen ein Sofa und ein kleiner Fernseher.

In der ersten Zeit war Nadka so müde, daß ihr sowieso nicht nach fernsehen zumute war. Am Ende des Tages konnte sie kaum noch zum Sofa kriechen und fiel dort in Schlaf, kaum daß ihr Kopf das Kissen berührt hatte. Ihr träumte, daß sie die Arbeit nicht schaffte. Mit der Zeit gewöhnte sie sich aber ein und wurde geschickter. Die Deutschen gaben ihr Trinkgeld: zehn Prozent von der Rechnungssumme. Nicht mehr, aber auch nicht weniger.

Der Rücken tat ihr weh, sie mußte schwere Tabletts schleppen. Nadka erinnerte sich an den unglücklichen Mann von Greta und seine schweren Armaturen. Die Deutschen wälzten derartige Arbeiten auf die Emigranten ab, und sie wußten, warum.

Dem Personal war es gestattet, sich im Café zu verpflegen, aber nur von den billigen Lebensmitteln: Aufschnitt, Würstchen, Kartoffeln. Das war doch lächerlich: Man sah gegrillte Krevetten vor sich, und selbst mußte man ungesunde Würstchen essen.

Nadka schob sich gute Essensreste in eine Tüte, alles das, was unberührt auf den Tellern geblieben war: Krevetten, Fisch, Schinken. Und nach der Arbeit aß sie mit Genuß, schön langsam, während sie allein in ihrer Mansarde saß.

Ein Onassis kam nie ins Café. Die normalen Kunden waren mittelmäßig bezahlte, langweilige Deutsche oder Schwule und Lesben. Nadka lernte, sie zu erkennen. Die Schwulen trugen Ohrringe und waren kokett wie die Fräuleins aus früheren Zeiten. Und die Lesben saßen paarweise da und hielten Händchen.

Manchmal füllte sich das Café abends mit Studenten, die grölten deutsche Lieder, rhythmisch, marschähnlich. Nadka erinnerte das an Kriegsfilme. Genau solche großen und blonden Männer waren vor sechzig Jahren durch Rußland gezogen, und sie hatten ähnliche Lieder gesungen. Trotzdem wollte sich Nadka manchmal zu ihnen hinsetzen, sich an ihrer jugendlichen Energie auftanken. Aber das durfte sie nicht. Der Chef hätte sie sofort rausgeschmissen.

Der Chef selbst hätte nichts dagegen gehabt, sich an Nadkas jugendlicher Energie aufzutanken. Aber was hätte Nadka das gebracht? Wenn sie sich verliebt hätte, wäre es was anderes gewesen. Aber von Liebe konnte keine Rede sein. Und von Geld auch nicht. Wozu also dann? Es wäre nur die übliche Ausbeutung eines Menschen durch einen anderen gewesen.

Eines Tages kam der Chef in ihre Mansarde. Er kam genau in dem Moment, als sie aus einem Beutel übriggebliebene Königskrevetten nahm, die so lang waren wie ihr Handteller.

Der Chef beachtete die Krevetten nicht, denn er schaute auf Nadkas Knie in glänzenden Strumpfhosen. Nadka konzentrierte sich, sie war bereit, sich zu verteidigen... Der Chef sah nicht mal schlecht aus, er war groß und nicht dick, aber sein Gesicht hatte so etwas Ekelhaftes, als hätte man ihm graue Farbe übergepustet.

Er legte Nadka die Hände auf die Knie und versuchte sie auseinanderzudrücken. Nadka trat ihm mit einem Fuß in den Bauch. Der Mann verlor das Gleichgewicht und krachte auf den Boden. Nadka lachte laut auf. Das war für ihn wohl die größte Demütigung.

Der Chef verstand nicht, wie sich diese Russin – ohne Geld, ohne Wohnung, ohne offiziellen Status – so aufzuführen wagte, als wäre sie die Tochter des Bundeskanzlers, die beschlossen hatte, mal zum Spaß jobben zu gehen.

Nadka wurde wegen Faulheit und Diebstahl gekündigt, so sagte jedenfalls der Chef. Weder das eine noch das andere stimmten. Aber das hatte keine Bedeutung.

Man hatte sie gefeuert, und sie ging. Nadka nahm diesen Zickzack-Kurs gleichmütig hin. Es war nun mal so: Ja hieß ja. Und nein hieß nein.

An diesem Abend klingelte Nadka an der Tür der Kasachstan-Deutschen. Und sie kam geradewegs zu einem Fest. Thomas, Gretas Mann, war befördert worden, und sie hatten beschlossen, dieses Ereignis zu feiern.

Thomas' Chef, ein ›echter‹ Deutscher, kein Kasachstan-Aussiedler, war auch da. Er war Bayer und hieß Rainer. Rainer war zu allen freundlich, man kam schnell mit ihm ins Gespräch, wobei er beim Reden lebhaft mit den Händen gestikulierte.

Greta freute sich über Nadkas Anwesenheit, denn Nadka war jung und hübsch. Sie schmückte den Tisch wie ein Strauß Blumen.

Nadka wurde neben Greta gesetzt. Es war eng und familiär. Und es gab sehr gute Sachen zu essen. Nadka entspannte sich zusehends.

Greta informierte Nadka leise, daß Rainer nicht verheiratet war, aber eine Verlobte hatte. Diese Verlobte wohnte in einer anderen Stadt und kam nur am Wochenende. In Deutschland machten das viele so.

Nadka ihrerseits flüsterte Greta zu, daß sie sich mit ihrem Mann zerstritten hatte und nicht wußte, wo sie übernachten sollte.

»Kann ich nicht bei dir übernachten?« fragte Nadka direkt.

Greta überlegte. Sie hatte kein Gästezimmer, was

hieß, daß man Nadka in der Küche ein Klappbett aufstellen müßte. Und ihr Mann mußte morgen früh aufstehen. Das wäre alles ziemlich umständlich.

»Frag doch mal Rainer«, schlug Greta vor. »Heute ist doch Montag, die Wohnung ist frei.«

»Aber ich kenne ihn nicht. Frag du.«

»Das kann ich doch nicht«, lehnte Greta ab. »Der Mann ist zum ersten Mal bei uns zu Besuch, da kann ich ihn doch nicht gleich um was bitten.«

Nadka bestand nicht darauf. Aber sie wußte wirklich nicht, wo sie übernachten sollte. Sie konnte sich ja wohl kaum in ein Treppenhaus hocken. Also beschloß sie, die Initiative zu ergreifen.

Als sich die Uhrzeiger auf elf zu bewegten, stand Rainer auf. Er ging in den Flur. Nadka schlüpfte hinter dem Tisch heraus und ging ihm nach: jetzt oder nie.

»Kann ich vielleicht bei Ihnen übernachten?« fragte Nadka leichthin, so als sei das nichts Besonderes.

Es war ja auch wirklich nichts Besonderes, wenn man es sich richtig überlegte… Was war schon dabei, bei jemanden zu übernachten? Was sollte denn passieren? Würden davon etwa die Wände einstürzen? Aber Rainer machte kugelrunde Augen. Er war in höchstem Maße verwundert.

»Ich weiß einfach nicht, wo ich schlafen soll«, erklärte Nadka.

»Aber ich kann doch nicht ...«

»Warum denn nicht?« fragte Nadka.

»Meine Braut wird das nicht verstehen.«

»Und woher soll sie es erfahren?«

»Na, von mir.«

»Dann sagen Sie es ihr nicht.«

»Das kann ich nicht. Ich habe keine Geheimnisse vor ihr. Ich sage ihr alles.«

Nadka beneidete ihn sehr um so eine Beziehung... Zwei Menschen wie ein Ganzes. Keinerlei Geheimnisse. Nadka wurde traurig. Sie wollte auch eine solche Liebe.

»Entschuldigen Sie ...«, Rainer sah schuldbewußt drein.

Nadka hakte bei diesem Schuldgefühl ein und versuchte es noch einmal. »Ich lege mich ja nicht zu Ihnen. Bloß irgendwo auf ein Sofa ...«

»Das kann ich nicht. Das ist eine sehr zweideutige Situation.«

»Das eine ist eine ›Situation‹ – und das andere ist, daß ein Mensch nicht weiß, wo er schlafen soll.«

Rainer schwieg. Nadka fühlte, daß er schwankte.

»Ich stehe morgen früh auf und verschwinde«, versprach Nadka. »Es wird sein, als hätte es mich gar nicht gegeben ...«

»Na gut…«, gab Rainer nach. »Aber am Morgen gehen Sie wieder. Ich glaube, Susie wird mich verstehen. Sie sind doch schließlich ein Mensch und keine Katze.«

Rainer richtete Nadka in seinem Arbeitszimmer ein Bett her. Susies Porträt prangte auf dem Bücherregal. Susie schaute mit ihren hellblauen Augen von oben herab auf das Geschehen.

»Es geht auch ohne Bezug«, schlug Nadka vor. Sie war es gewohnt, sich direkt mit der Decke zuzudecken.

»Deutsche Gastfreundschaft«, entgegnete Rainer und zog ein Spannbettuch glatt.

Nadka sah, wie er sich anspannte, sich bückte und wieder aufrichtete. Rainer war ein bißchen füllig, sein Gesicht war international. Diesen Typ hätte man genausogut in der Türkei wie in Rußland, ja sogar in Indien treffen können. Es hing nur von der Kopfbedeckung ab.

»Bist du Deutscher?« fragte Nadka.

»Meine Mutter ist Ungarin.«

»Und wo lebt sie? In Ungarn?«

»Nein. In England.«

Na, bitte. Das waren Leute von Welt. Wo es sie hinzog, da lebten sie auch.

»Und wieso bist du nicht in England?«

»Weil ich hier arbeite.«

Man lebte also dort, wo man arbeitete. Und die Russen lebten dort, wo ihr Zuhause war.

Nadka beobachtete, wie er eine grellbunte Unterdecke festzog. Rainer gefiel ihr nicht sonderlich. Aber sie hatte keine Wahl. Sie mußte sich um jeden Preis an jemandem festkrallen, um ihr Leben in Deutschland zu legalisieren. Und dann würde man schon sehen. Bloß nicht traurig sein, sie hatte ja noch das ganze Leben vor sich. Das ganze Leben vor sich, nur der Schwanz war hintendran, wie man so sagte.

Mitten in der Nacht legte sich Nadka zu Rainer. Sie ergriff die Initiative.

Rainer war verlegen, aber er protestierte nicht. Er wartete ab. Nadka spielte auf seinem Körper wie auf einem Klavier, sie drückte die entsprechenden Tasten. Es entstand ein bezaubernder Akkord. Diese Symphonie erklang fünf Tage lang, von Montag bis Freitag. Und am Freitag abend erhielt Susie einen Anruf von Rainer mit dem Inhalt: Komm nicht. Bei Rainer hatten sich die Interessen verschoben. ›Die Liebe erblühte und blühte, und schließlich verblühte sie‹, wie es in einem Lied hieß.

Susie wollte sofort kommen, um mit Rainer zu reden. Aber worüber? War denn nicht alles klar?

Nadka nahm den Hörer ab und riet Susie mit ihrer schönen Stimme, nicht mehr anzurufen.

Susie rief trotzdem an, sie erwischte Rainer in der Firma. Rainer sagte den merkwürdigen Satz: »Seht selber zu, wie ihr miteinander klarkommt.« Susie verstand überhaupt nichts. Miteinander, wer sollte das sein? Sie und die Russin? Aber was hatte die Russin damit zu tun? Rainer war doch derjenige, der den Verrat begangen hatte. Sie glaubte zu träumen...

Nadka verspürte leichte Schadenfreude. Sie hatte die Rivalin besiegt. Das war der Sieg des Lebens, der weibliche Hauptsieg. Der Rest war unwichtig. Susie konnte klüger, bescheidener, besser erzogen und gebildeter sein, aber all diese Tugenden waren keine drei Kopeken wert im Vergleich zu dem Haupttalent, ihrem Talent als Frau...

Rainer stellte abends Musik an und sang dazu. Er brummte wie ein Elch. Sein ganzes Männerglück brach aus ihm hervor.

Nadka rief Xenia in Moskau an und erzählte ihr, sie habe ihre Ehe ›renoviert‹, sie habe jetzt einen anderen Mann. Xenia stockte kurz der Atem vor Überraschung, als hätte man ihr kaltes Wasser ins Gesicht gespritzt. Doch dann kam sie schnell wieder zu sich, so als hätte sie das Gesicht mit den Handflächen trockengerieben, und lud die jungen Leute nach Moskau ein.

Xenia hatte zu dieser Zeit gerade eine wilde

Affäre mit einem Kaukasier. Er taugte von Anfang nicht zum Ehemann, aber er war ein hervorragender Liebhaber. Eine solche Sinneslust hatte Xenia noch nie im Leben verspürt. Doch das war ihr nicht genug. Xenia schätzte an einem Mann die Persönlichkeit, nicht nur die Sinnlichkeit. Natürlich war es am besten, wenn beides vorhanden war. Aber in der Regel gab es nicht beides zusammen. Der Schöpfer verteilte gerecht: dem einen dies, dem anderen jenes.

Rainer nahm Urlaub, und so fuhren sie zusammen nach Moskau. Das war ihre Hochzeitsreise.

Diesmal richtete Xenia die Hochzeit in einem georgischen Restaurant aus. Und sie lud einfach alle ein, die sie in ihrem Leben umgaben. Es war eine Siegesparade: Xenia hatte alles, was andere hatten, ja sogar noch mehr. Ihre Tochter hatte einen richtigen Ausländer, und zu dieser Zeit war das ein echter Trumpf im Spiel.

Um den Tisch hatten sich Freunde und Nachbarn versammelt, auch Nina und Nelly mit ihren Eltern.

Nina war inzwischen mit einem Mitstudenten ihres Kurses verheiratet, einem fähigen Architekten. Er war sympathisch und ordentlich und daher langweilig. Interessant sind nur Schufte.

Nellys Leben kam nicht in die rechten Bahnen. Sie hatte sich in ein verheiratetes Genie verliebt. Einerseits war er ein Genie, aber andererseits war er verheiratet. Es gab also keinerlei Perspektiven, nur die Liebe als solche.

In der Filmhochschule blühte und gedieh ein verzerrtes Weltbild. Man schätzte nur Leute wie Tarkowskij, den hungernden Künstler. Und Werte wie Familie, Treue, materielles Wohlergehen galten als spießbürgerliche Überbleibsel, deren man sich schämte. Deshalb wollte Nelly nur die Muse des Genies sein, die zweite in der Reihe, denn eine erste gab es ja schon.

So ergab es sich, daß Nadka die beste Position von allen drei Freundinnen hatte. Sie lebte mit einem Ausländer in einem wohlhabenden Land. Und bis der Wohlstand in Rußland einzog, würden wohl noch hundert Jahre vergehen. Wenn nicht sogar zweihundert. Und wer hatte schon Lust, zweihundert Jahre abzuwarten? Dabei war noch nicht einmal klar, was man danach bekäme. Am Anfang des Jahrhunderts hatte Lenin gesagt, daß die Russen einen eigenen Weg gingen. Nach achtzig Jahren stellt sich nun heraus, daß man diesen Weg besser nicht gegangen wäre.

Rußland – das war das Land der Experimente. Im globalen Sinne war das natürlich interessant. Aber für jeden einzelnen Menschen, der dort lebte, war es eher unangenehm, ja manchmal sogar tragisch.

Nadka hatte sich in eine andere Richtung bewegt. Und warum? Weil sie nicht dasitzen wollte und die Hände in den Schoß legen. Sie hatte etwas riskiert. Und wer nichts riskiert, der gewinnt auch nicht.

Alle saßen und tranken, sprachen Toasts aus, riefen gemäß dem russischen Brauch ›*Gorko!*‹, worauf sich Nadka und Rainer erhoben und sich vor allen küßten. Rainer machte dabei einen Mund, der dem Schnabel einer Gans glich. Nina und Nelly schauten sich schweigend an. Der Bräutigam gefiel ihnen nicht. Wieso mußte man wegen so einem so weit fahren? Im Ausland war es gut, was das Materielle betraf. Aber in Sachen Liebe... Und es gab doch nichts Wichtigeres als die Liebe. Es war doch völlig egal, was man anhatte und was auf dem Teller lag. Aber die Liebe – ihr heißer Atem, ihre Chemie, ihre Elektrizität...

Nadka wurde es zu warm. Rainer nahm sie bei der Hand, und sie gingen zusammen hinaus. Moskau war damals dunkel und unaufgeräumt, als wäre es schwer, Laternen anzuzünden und einmal gründlich zu fegen. Und alle verhielten sich so, als ginge sie das gar nichts an, so wie sie ein fremdes Kind nichts anging. Moskau war ein Waisenkind, das im Dunkeln verkam.

Rainer stand neben Nadka, vom Wodka umnebelt. Nadka sah sehr wohl, wie weit entfernt er von ihrem Ideal war. Aber er stand immerhin neben ihr. Und später würde man schon sehen. Wer wußte schon, was morgen war? Morgen würde vielleicht der Glücksvogel geflogen kommen und Nadka auf seinen Schwingen davontragen.

5

Aber der Glücksvogel beeilte sich nicht. Es schien, als vergesse er Nadka.

Die Zeit verging und brachte Überraschungen. Die erste Überraschung: Nadka wurde schwanger und gebar ein Mädchen. Sie nannte es Mascha. In Deutschland klang dieser Name extravagant. Nicht so wie in Rußland, wo jede zweite eine Mascha ist.

Die zweite Überraschung: Rainer wurde entlassen. Wegen Trunkenheit.

Man hatte ihn zuerst verwarnt. Der Chef kam auf ihn zu und sagte: »Sie riechen permanent nach Alkohol. Wenn das so weitergeht, verlieren Sie Ihre Stelle.«

Nadka hatte schon länger bemerkt, daß Rainer den Tag mit einem Glas Whisky begann, und bis zum Ende des Tages gluckerte ein ganzer Liter in ihm. Dabei veränderte sich Rainers Verhalten jedoch wenig, es schien, als bliebe er nüchtern, nur daß er immer mehr Grimassen zog. Er überprüfte wahrscheinlich, ob sein Gesicht noch am richtigen Ort war. Außerdem mußte er mitunter an die vierzig Mal hintereinander niesen. Er hatte wohl eine Alkoholallergie.

Nadka dämmerte langsam, daß Susie Glück gehabt hatte. Susie hatte sich wie durch ein Wunder retten können, wie ein Passagier, der zu spät zur ›Titanic‹ gekommen war. Aber Nadka saß jetzt in der Patsche und mußte sehen, wie sie da wieder herauskam. Sie drängte Rainer zu einer Entziehungskur. Man machte eine ganze Serie von Blutanalysen, die bekundeten, daß sein Organismus schon ernsthaft angeschlagen war. Rainer war, wie sich herausstellte, schon seit zwanzig Jahren Alkoholiker.

»Wieso hast du es mir verheimlicht?« fragte Nadka.

»Du hast mich ja nicht gefragt«, antwortete Rainer.

»Du hättest mir das von Anfang an sagen sollen …«

»*Du* hast dich ja an *mich* rangemacht, nicht umgekehrt. Erinnere dich nur …«

Nadka telefonierte mit Rainers Mutter in London. Sie wollte Unterstützung. Sie dachte, daß sie zusammen Berge versetzen könnten.

Aber so dachten nur naive Dilettanten. Einem gesunden Menschen scheint es immer so, als sei der Alkoholismus nur eine Nachlässigkeit. Wenn man sich zusammennehmen, wenn man sich streng den Schnaps verbieten würde, dann käme schon alles wieder in rechte Bahnen. Aber das ist eine riesige Illusion. Beim Alkoholismus stimmt die ganze Körperchemie nicht mehr. Vielleicht ist das ein Fabrikationsfehler des Schöpfers. Oder vielleicht auch ein Experiment...

Rainers Mutter, Eva, kam aus London und ging mit Nadka zu dem behandelnden Arzt, der ihr die Analysen des letzten halben Jahres zeigte. Eva griff sich an den Kopf, aber sie wunderte sich nicht. Sie wußte, woher der Wind wehte. Rainers Vater hatte an derselben Krankheit gelitten. Es war eine Erbkrankheit.

Evas einziger Trost war die Enkelin Mascha. Sie und Eva ähnelten sich wie ein Ei dem anderen: Beide waren hellhäutig und hatten große hellblaue Augen. Mascha war ein richtiger Engel. Ganz im Gegensatz zu Nadka. Nadka gefiel Eva weder äußerlich noch charakterlich. Wo hatte ihr Sohn die bloß ausgegraben? Als wenn es nicht genug normale deutsche Mädchen gäbe. Was mußte er eine Russin, noch dazu so eine verbitterte, unangenehme Person, heiraten...

Das Faktum, daß Rainer Alkoholiker, also eine ›Ausschußware‹, war, übersah Eva natürlich. Sie zog es einfach nicht in Rechnung. Er kam ihr ja so schön und so gutmütig vor. Und Fehler hatten doch schließlich alle. Ideale Menschen gab es nicht.

Eva reiste mit ihrer Sicht der Dinge wieder ab, und Nadka blieb mit ihrer eigenen da. Sie begriff, daß sie sich retten, daß sie die Beine in die Hand nehmen mußte. Je schneller, desto besser. Aber wie sollte man sich retten mit einem Kind auf dem Arm?

Rainer saß einer seiner geliebten Flaschen gegenüber und philosophierte, wobei er ausdrucksvoll mit den Händen gestikulierte. Genau so hatte Nadka ihn zum ersten Mal bei Greta gesehen. Und sie selbst hatte ihn überredet, sie bei sich übernachten zu lassen. Er hatte sich noch dagegen gesträubt. Und sie hatte auf ihn eingeredet, bis er schließlich nachgab. Sie Idiotin. Bitterkeit stieg in Nadka hoch wie eine Welle und überspülte ihren Kopf.

Im Supermarkt lernte sie zufällig einen russischen Juden mit dem Familiennamen Rubintschik kennen. Rubintschik heißt auf russisch ›kleiner Rubin‹. Ein kleiner wertvoller Stein. Rubintschik war nach Deutschland übergesiedelt, entsprechend dem Programm von Bundeskanzler Kohl. Die Deutschen fühlten eine historische Schuld den Juden gegenüber und wollten sich, soweit wie möglich, freikaufen. Allerdings traf die Wiedergutmachung nicht mehr diejenigen, denen sie eigentlich etwas schuldig waren. Aber immerhin ...

Rubintschik war allein ausgereist, seine Familie war noch in Rußland geblieben. Er wollte sich erst einmal einleben, zurechtkommen und dann die Familie nachholen. Er nahm die ersten Mühen der Emigration ganz allein auf sich. Aber er versagte sich auch keine der Freuden des Lebens, die sich boten. Er war ein besorgter untreuer Ehemann, die typische jüdische Variante des Ehebrechers.

Rubintschik ging mit Nadka in ein Café neben dem Supermarkt. Das war billig. Rubintschik – er hieß Ljowa – zog eine Fotografie seiner Frau und seiner Tochter heraus. Seine Frau stellte sich als ein richtiges Klasseweib heraus, eine Rassefrau wie eine junge Stute. Es war geradezu merkwürdig, daß sie so einen wie Rubintschik genommen hatte. Sie hätte jederzeit einen größeren und teureren Stein kriegen können. Die Tochter war das Abbild ihres Papas, geradezu jammerschade. Aber Rubintschik empfand das anders. Ihm gingen die Augen über von der Schönheit seiner Tochter. Nadka interessierte all das nicht – sie hatte ihre eigenen Probleme.

Rubintschik wollte die Bekanntschaft noch verlängern und lud Nadka zu sich ein. In seiner Wohnung roch es nach gekochtem Kohl. Das kam von einer alten Kanalisation. Aber Nadka roch es nicht mehr lange, denn sie lenkte sich ab.

Sie legten sich auf ein breites Bett, und Ljowa zeigte höchste Klasse in Sachen Liebeskunst. Er war ein talentierter Liebhaber. Man spürte, daß diese Seite des Lebens ihn interessierte, und er hatte auf diesem Gebiet bereits ungeahnte Fähigkeiten erreicht.

Rubintschik liebkoste Nadka auf erfinderische Weise, doch dabei sang er weiterhin das Hohelied auf die Schönheit seiner Frau. Das eine störte das andere nicht, ja vielleicht war es sogar förderlich.

Nadka kam vier Stunden später nach Hause. Rainer war weg. Das Baby hatte diese vier Stunden lang wohl pausenlos geschrien, denn Mascha war knallrot und schweißnaß.

Nadka wußte, daß so etwas für einen Säugling gefährlich war, die Kleine konnte sich überanstrengen und dehydrieren, denn das Kind verlor ja durch den Schweiß ständig Flüssigkeit. Es war lebensbedrohlich.

Aber Nadka schaffte es gerade noch. Sie zog das nasse, zitternde Mädchen aus dem Bett und drückte es an die Brust. Sie schämte sich. Sie stellte sich vor, wie ihre Verwandten und Freundinnen sie ausschimpfen würden. Aber die hatten gut reden, aus der Entfernung. Sollten die mal an ihrer Stelle allein in einem fremden Land mit einem heruntergekommenen Alkoholiker leben.

Eheleute – das waren doch zwei Ochsen in einem Gespann. Zu zweit zogen sie das Gefährt. Und wenn ein Ochse immer betrunken ist, dann muß der andere allein das Gespann und noch den anderen Ochsen dazu ziehen. Überleben konnte man natürlich so, aber mußte das alles so sein?

Nadka kaufte ein Flugticket nach Moskau, ließ – nach einigem Zögern – die heilige Familie im Stich und flog nach Hause.

Moskau hatte sich verändert. Es war ein neuer Bürgermeister gekommen, hatte die Stadt geputzt und Straßenlampen aufgetrieben. Moskau verwandelte sich Stück für Stück in ein glitzerndes Megapolis. Das war doch was ganz anderes als dieses hinterwäldlerische Münster.

Im Lande wirkte die Perestroika. Das Wort ›Business‹, das früher ein Schimpfwort gewesen war, kam nun in Mode.

Xenia hatte jetzt ihr eigenes Business: Sie renovierte und bemalte alte Möbel. Sie hatte mehr zu tun, als sie bewältigen konnte. Aber Xenia sagte nie nein. Es wäre schade gewesen, Geld zu verlieren.

Doch das Geld änderte nichts an Xenias Leben.

In ihrer Wohnung standen, genau wie früher, ramponierte Möbel. Und sie kaufte ihre Kleider, genau wie früher, in einem Secondhand-Laden. Ihr war es egal, auf was sie saß und was sie anhatte. Es war die alte sowjetische Gewöhnung an die Armut. Das einzige, was sich geändert hatte, war ihre Stimmung. Xenia hatte nun immer gute Laune, denn sie liebte ihre Arbeit. Besonders gut gelangen ihr Kommoden. Sie bemalte den Untergrund mit Firnis oder auch dunkelgrün. Und auf diesem Grund malte sie Blumen und Ranken in einem einfachen, fast naiven Stil. German hätte das gefallen. Alles, was Xenia schuf, sah sie auch durch Germans Augen; German, der nicht mehr da war – und der dennoch da war.

Als sie die Blumen und Ranken satt hatte, verlegte sich Xenia auf einen terrakottafarbenen Untergrund und verwandte ägyptische Motive.

Für sich selbst bemalte Xenia nichts. Wenn schon, dann hätte sie dazu eine ganz neue Wohnung, ein anderes Haus gebraucht. Aber sie brauchte keine neue Wohnung. Es ging ihr auch so gut. Bei der Wahl zwischen *Sein* und *Schein* bevorzugte Xenia das *Sein*.

Nadka erschien in Moskau wie die Morgenröte selbst. Ringsumher war Herbst und Schmutz, aber Nadka kam ganz in Weiß und Rosa. Ein teures Geschäft hatte seine alte Kollektion mit dreißig Prozent Rabatt abgestoßen. Aber von dem Preisnachlaß wußte ja niemand etwas, und die Kollektion war wirklich exklusiv.

Die Freundinnen erstarrten vor Bewunderung. Nadka ließ sich in ihrem Novembergrau wie ein Paradiesvogel nieder.

Nina lebte mit ihrem gutaussehenden Architekten zusammen. Es ging ihnen immer besser, denn nun wurden Aufträge für Privathäuser zugelassen. Und die brachten viel Geld. Nina und ihr Mann konnten in allen Kurorten der Welt Ferien machen. Aber sie hatten keine Kinder. Nadka dagegen hatte eine eigene Tochter. Das war ein großer Vorteil. Und die Nachteile ihres Lebens versteckte Nadka.

Es war ihr lieber, die anderen beneideten sie, als daß sie sie bemitleideten. Mitleid war erniedrigend, und das konnte sie nicht zulassen. Für sie mußte der Mensch äußerlich gutsituiert sein, was innendrin los war, ging niemanden etwas an.

Nelly war genau wie früher unverheiratet, aber verliebt. Keinerlei Perspektiven, aber die Gefühle! Und dazu noch von beiden Seiten.

Außereheliche Beziehungen werden jedoch in der Regel von der Gesellschaft nicht geachtet und vom Gesetz nicht berücksichtigt. Insofern war Nellys Verhältnis also vogelfrei.

Nadka riet Nelly, sich nicht in eine perspektivlose Liebe zu verbeißen, sondern etwas aus ihrem Leben zu machen. Sie, Nadka, galt als eine, die es geschafft hatte. Wenn die nur wüßten, *was* sie da geschafft hatte.

Nadka ging aus Nostalgiegründen zur Aussichtsplattform, doch der Platz hatte sich stark verändert. Vielleicht hatte sich aber auch Nadka verändert. Sie war älter und ernsthafter geworden. Also betrachtete sie das Panorama von Moskau – und ging wieder.

Nelly lud Nadka ein, mit ihr in die finnische Botschaft zur Filmpremiere einer russisch-finnischen Koproduktion zu gehen. Nadka ließ die Augen schweifen, immer auf der Suche nach einem Onassis. Aber was sollte ein Onassis in der finnischen Botschaft?

Eine Woche später packte Nadka wieder ihre Sachen, um nach Münster zu fahren. Sie wäre gern noch geblieben, aber das Kind…

Vor der Abreise gab Xenia Nadka Geld. Sie hatte es einfach in ihrer Schreibtischschublade aufbewahrt, genau wie zu Stalins Zeiten. Etwas auf der Bank zu haben war heutzutage riskant. Xenia traute den Banken nicht. Im Lande blähten sich Geldsummen auf und zerplatzten wieder wie Luftblasen in einer Pfütze.

Nadka riß beim Anblick der Dollarbündel die

Augen auf, und plötzlich wurde ihr klar, daß man jetzt in Rußland leben mußte. Das Hauptausland war jetzt das junge Rußland und nicht das alte Europa. Jetzt lebten die Onassisse auch hier, nur hatten sie andere Familiennamen.

Mascha war, Gott sei Dank, noch am Leben, aber an der Hüfte zeichnete sich ein großer Bluterguß ab. Rainer gab zu, daß er Mascha fallengelassen hatte. Sie hatte geschrien, er hatte das aufgeregte Kind aus dem Bettchen genommen und nicht richtig festgehalten.

Nadka erriet sofort, daß Rainer die Abstinenz nicht durchgehalten und ihre Abwesenheit ausgenutzt hatte, um wieder mit dem Trinken anzufangen. Aber was hatte sie auch erwartet? Daß er plötzlich, von jetzt auf nachher, nichts mehr anrühren und ein guter Familienvater werden würde?

Wie sollte man sich auf einen Menschen verlassen, der nicht einmal für sich selbst die Verantwortung übernahm?

Nadka sah angeekelt in sein aufgedunsenes Gesicht. Es sah aus, als hätte sich eine fingerdicke Schicht Glyzerin unter seiner Haut angesammelt, das Gesicht war angeschwollen und gelblich wie Aspik.

»Ich hasse dich!« schrie Nadka ihn an.

Die Gefühle ihrem Mann gegenüber hatten sich

entschieden in Abneigung verwandelt. Wenn Rainer jetzt näher gekommen wäre, hätte sie ihm mitten ins Gesicht geschlagen, hätte die Faust in dieses Glyzerin versenkt.

Rainer hielt sich beobachtend auf Abstand. Er war ein unglücklicher Mensch, und Nadka war es mit ihm ebenfalls. Aber sie wollte sein Los nicht teilen. Rainers Los war die Hölle. Ob es eine Hölle nach dem Tod gab, war ungewiß, aber eine Hölle im Leben, die gab es: diese Glyzerinfratze, ein trauriges Kind und der Geruch von zerschlagenen Hoffnungen.

›Nach Moskau, nach Moskau‹, wiederholte Nadka wie Čechovs *Drei Schwestern*. Sie wußte schon, daß sie zurückkehren würde, aber noch zögerte sie. Es hielt sie das ›Vielleicht-doch-noch‹. Dieses ›Vielleicht-doch-noch‹ konnte ganz unerwartet auftauchen, konnte wie ein Bus plötzlich um die Ecke kommen.

Aber die Ereignisse entwickelten sich ganz so, wie vorauszusehen war. Rainer wurde entlassen, seine Stelle bekam Gretas Mann, was auch völlig logisch war.

Rainer ging nun nicht mehr zur Arbeit, er hätte sich um das Kind kümmern können, aber nicht mal dazu war er fähig.

Eines schönen Tages kamen zwei junge Deutsche und trugen die Möbel aus dem Haus. Offensichtlich hatte Rainer die Miete nicht mehr bezahlt, und nun wurde gepfändet.

Die jungen Männer waren es gewohnt, daß ihre Tätigkeit mit Schreien und Seufzern aufgenommen wurde, manchmal sogar mit einer Schlägerei. Aber hier blieb alles still und gleichgültig. Der Hausherr schlief auf dem Sofa mit dem Gesicht zur Wand, die Hausfrau stand mit regloser Miene da, als hätte das alles nichts mit ihr zu tun. Um ihre Füße krabbelte ein Baby. Die Männer schauten sich um und ließen das Kinderbettchen stehen.

Um das Sofa heraus zu tragen, hätten sie Rainer auf den Boden legen müssen. Die Männer überlegten es sich anders und ließen auch das Sofa da.

Rainer döste alkoholselig vor sich hin. Irgendwo irrte sein Bewußtsein umher, versprühte das vergiftete Gehirn noch ein paar Funken. Aber es hatte keinen Bezug zur Wirklichkeit, fühlte keinerlei Verantwortung. So ging es ihm gut.

Zehn Tage später lag im Briefkasten ein Brief, der Rainer anwies, die Wohnung zu räumen. Als er das las, wurde er schlagartig nüchtern und sagte es Nadka.

»Ich habe einen Freund. Er hat ein Wochenendhaus. Wir könnten dort leben. Aber es hat nur Holzheizung, und das Klo ist auf dem Hof.«

»Was ist denn das für eine Datscha ohne Toilette?

Eine Scheune?« fragte Nadka verständnislos. Sie stellte sich eine Scheune mit Schlitzen in der Decke vor. Man könnte die Sterne betrachten, ohne hinauszugehen. Sie war hergekommen, um einen Onassis zu heiraten, und würde in einer Scheune hausen wie der letzte Clochard.

»Weißt du, was?« sagte Nadka ruhig. »Du kannst leben, wo du willst. Ich verlasse dich.«

»Wohin gehst du?« fragte Rainer verständnislos.

»Irgendwohin.«

Und das war die Wahrheit. Nadka wußte wirklich nicht, wohin. Sie wußte nur, daß sie nicht mehr bei Rainer bleiben würde, nicht eine Minute länger.

Sie hatte nichts außer Mascha. Nadka nahm eine Sporttasche und packte die Kinderkleider dort hinein, die Rassel, den Schnuller und das Fläschchen. Merkwürdigerweise hatte sie dabei gute Laune. Sie hatte eine weitere Phase ihres Lebens beendet, und dieser Teil mußte nun von ihr abfallen wie die verbrannte Stufe einer Rakete.

Aristoteles Onassis hatte auch Schwierigkeiten. Seine ganz enge Freundin, eine Opernsängerin, hatte abnehmen wollen und hatte einen Diamanten in einer Kapsel geschluckt. Der Diamant fraß sie von innen her auf. Die Sängerin nahm stark ab, erreichte, was sie wollte, aber sie starb. Im Sarg sah sie gut aus.

Die Reichen machten also auch Fehler. Und was für welche.

6

Nadka ging zu einer Telefonzelle und rief Greta an. Sie teilte ihr mit, daß sie mit dem Kind auf dem Arm auf der Straße stand.

»Das ist wohl dein Weg«, sagte Greta.

Sie war eine Anhängerin der harten Erziehung. Aber vielleicht wollte sie sich auch nur von Rainer distanzieren. Auch für sie war Rainer nur eine Raketenstufe gewesen. Er hatte sie auf die nötige Höhe gebracht und war dann abgefallen. Jeder hatte seinen eigenen Weg.

Nadkas Weg führte sie zu einem Bordell. Dort wäre ein Bett, etwas zu essen und sogar etwas zu trinken. Aber mit einem Kind auf dem Arm ließ man sie bestimmt nicht einmal da hinein.

Also suchte Nadka Ljowa Rubintschik und baute sich auf seiner Schwelle auf.

»Kann ich bei dir übernachten?« fragte sie direkt.

»Aber in einer Woche kommt meine Frau«, log Ljowa.

»Na, das ist doch erst in einer Woche... Bis dahin hab ich was gefunden.«

Nadka sah, daß Rubintschik log. Und auch er glaubte Nadka nicht. Wo sollte sie denn so schnell etwas finden? Doch einen lebendigen Menschen, besser gesagt, zwei lebendige Menschen, einfach auf der Straße stehenzulassen, das brachte er dann doch nicht übers Herz.

So zog Nadka bei Rubintschik ein. Er ging morgens aus dem Haus, kam später wieder, spielte abends mit dem Kind, und nachts schlief er mit Nadka.

Nadka ihrerseits führte den Haushalt, so gut sie konnte, und zog ihre Tochter auf. Es war alles sehr familiär und gemütlich, konnte aber nicht endlos so weitergehen. Eines Tages brachte Rubintschik einen Freund mit, einen Franzosen, mit dem er ein gemeinsames Business hatte. Was genau es war, wußte Nadka nicht. Irgendwas mit einer Galerie. Ljowa führte aus Rußland moderne Kunst ein, und Jean-Marie verkaufte sie. Die russischen Künstler kannten damals ihren Wert noch nicht und gaben sich mit wenig zufrieden. Jean-Marie dagegen kannte die Preise.

Ljowa war dem Franzosen dankbar. Und Nadka gehörte in das Dankbarkeitspaket.

Jean-Marie war ein Riesenkerl. Nadka hatte sich

nie vorstellen können, daß ein Franzose so groß und dickbäuchig sein konnte. Und auch sein Gesicht war pausbäckig. Aber er war sehr fröhlich und sehr reich, eine Kombination, die verschönert. Fröhlich und reich – das war entschieden besser als bedrückt und arm.

Jean-Marie hatte in Paris ein zweistöckiges Haus in einem guten Viertel. Zu diesem Haus gehörte eine Ehefrau mit drei Kindern, aber im Moment lebten sie getrennt.

»Warum?« fragte Nadka. Sie mußte ihre Perspektiven kennen.

»Ich verwette oft etwas auf der Pferderennbahn, sagte Jean-Marie einfach. »Sie mag das nicht.«

»Wieso?« fragte Nadka verständnislos.

»Weil ich an einem Abend alles verlieren kann. So etwas ist schon passiert. Aber am nächsten Abend habe ich alles wieder zurückgewonnen. Doch das ist ein Risiko. Ich hätte auch nichts zurückgewinnen und immer tiefer in Schulden geraten können.«

»Und könnten Sie mit dem Wetten aufhören?«

»Nein.«

»Warum nicht?«

»Weil ich ein Spieler bin. Das ist meine Natur.«

Das Gespräch fand in einem Restaurant statt. Ljowa Rubintschik aß Austern, die er mit Zitronensaft beträufelte. Er war traurig. Es tat ihm leid,

Nadka herzugeben. Er hatte sich an sie gewöhnt. Aber Ljowa hatte seinen eigenen Weg, also mußte er etwas opfern. In den Jahren der Emigration hatte Ljowa gelernt: Um etwas Großes zu gewinnen, mußte man bei Kleinigkeiten zurückstecken. Und Nadka gehörte zu den Kleinigkeiten, obwohl sie in einer anderen Konstellation durchaus zum Hauptereignis eines Lebens werden konnte.

Jean-Marie nahm Nadkas Hand und küßte ihre Handfläche. Sein Kopf roch nach Apfelsinen. Er war dick, wohlriechend und gutmütig wie ein Kind. Dabei ein erstklassiger Halsabschneider – und ein Spieler.

›Der eine trinkt, der andere spielt‹, dachte Nadka. ›Und das nennt sich Europa …‹

Sie hatte keine Zweifel, denn sie hatte keine Wahl. Entweder die Scheune mit löchrigem Dach oder Paris und ein zweistöckiges Haus.

Nun ja, ›Paris ist eine Messe wert‹, wie man so sagt. Oder vielleicht doch nicht? Nadka war sich da nicht so sicher. Jean-Marie hatte eine sagenhafte Glückssträhne, sowohl bei seinen Geschäften als auch bei den Pferderennen. Er kaufte Nadka einen Ring mit einem großen Brillanten. Zum halben Preis. Der Inhaber des Juwelierladens hatte Bankrott gemacht, und nun wurde verscherbelt.

Auch hier hatte Jean-Marie Glück. Er ergatterte den Ring.

»Der ist für dich«, sagte er.

»Wofür?« fragte Nadka, starr vor Glück. Das war eine sehr ›unfranzösische‹ Frage.

»Weil du mein Talisman bist«, erklärte Jean-Marie.

Er führte sein Glück auf Nadkas Anwesenheit zurück, wollte sich jedoch nicht von seiner Frau scheiden lassen.

Nadka strengte sich aus Leibeskräften an, spielte auf seinem Körper Solokonzerte, nicht als Amateurin, sondern wie eine Professionelle, die alle internationalen Wettbewerbe gewonnen hatte. Jean-Marie war entzückt, aber das hinderte ihn nicht daran, kurz danach seine Frau anzurufen und sie inständig zu bitten, zu ihm zurückzukehren.

Eines Tages kam Jean-Marie sturzbesoffen von der Rennbahn zurück, setzte sich in einen Sessel und schlief in den Kleidern ein. Aus seinen Taschen fielen mit einem schweren Plumps Geldbündel heraus. Eines der Bündel legte Nadka in ihre Handtasche. Sie versteckte es nicht, denn verstecken hätte stehlen geheißen.

Nadkas Rechnung war einfach: Wenn Jean-Marie in ihrer Handtasche wühlen würde, könnte sie sagen: ›Das hast du mir selbst gegeben‹. Er würde sich nicht mehr daran erinnern, würde verwundert fragen: ›Wirklich???‹ und sie würde antworten: ›Wirklich!‹

Aber Jean-Marie bemerkte den Verlust überhaupt nicht. Denn er verdiente ja nicht, sondern gewann sein Geld. Zu solchem Geld hat man ein anderes Verhältnis. Wie gewonnen, so zerronnen. Vielleicht bemerkte er es auch, hatte aber gar nichts dagegen. Nadka hatte ein Recht auf ihren Anteil an seinem Gewinn, denn sie war sein Glücksbringer. Wie auch immer, Nadka streifte durch die Geschäfte und kleidete sich von Kopf bis Fuß neu ein. In letzter Zeit hatte sie nicht einmal mehr genügend Unterhosen gehabt. Mit denen fing sie an, und mit einem Mantel aus Luchsfell hörte sie auf.

Nadka probierte ihn an und konnte ihn einfach nicht mehr ausziehen. So einen Pelz hatte niemand sonst. Das war schon über dem Präsidenten-Niveau, wenn es so etwas überhaupt gab.

Nadka wußte, daß es jetzt in Moskau auch alles mögliche gab und alle Nutten Nerzmäntel trugen. Nerz war zur Berufskleidung geworden. Aber diese Nerze wurden gezüchtet wie in einer Hühnerfarm. Diese unglücklichen Tierchen, die man unter den schlimmsten Bedingungen hielt, waren fast kahl und unterernährt. Ihr Fell war schwach, es war bloß noch dem Namen nach Nerz. Aber Luchse kann man nicht züchten. Ein Luchs lebt in freier Wildbahn, wird gejagt und jagt selbst und trinkt frisches, warmes Blut.

Der Mantel war irrsinnig teuer. Es war kaum möglich, so viel Geld mit ehrlicher Arbeit zu verdienen, man konnte es nur entweder gewinnen oder stehlen. Jean-Marie hatte es gewonnen, und Nadka hatte es gestohlen. Es paßte alles zusammen.

Jetzt hatte sie einen Pelz und einen Brillanten, alle Attribute einer schicken Frau. Und ihre inneren Widersprüche sah man ja nicht. Jetzt konnte sie sich in Moskau zeigen, mit ihren Karaten funkeln, mit dem Pelzmantel wedeln. Ein Luchsmantel, das war doch gleich was anderes als eine Karottenhose mit Taschen an den Knien.

In Jean-Maries Haus arbeitete eine Hausangestellte, eine Mexikanerin, die das Kind beaufsichtigte. Mascha wurde ein Jahr alt, sie begann schon zu laufen. Man mußte sie dauernd im Auge haben, denn so kleine Kinder haben noch kein Gespür für Gefahr. Mascha hatte einen sehr speziellen Gang, mit schwankendem Rücken, aber erhobenen Schultern, wie ein Bär im Zirkus, und wenn man sie so sah, kam einem der Verdacht, daß der Mensch nicht vom Affen, sondern vom Bären abstammte.

Nadka hatte die Möglichkeit, aus dem Haus zu gehen. Und die nutzte sie. Sie legte sich zwei russische Freundinnen zu: Galina und Karina.

Zu den Franzosen war kein Durchdringen: Da war die Sprachbarriere und die soziale Mauer. Emigranten sind nirgends beliebt. In seine Kreise nahm auch Jean-Marie sie nicht mit. Na, und was waren das auch für Kreise? Die Pferde vielleicht? Jean-Marie war ein verheiratet Mann, also zeigte er Nadka nicht groß herum, sondern versteckte sie. Wenn jemand geschäftlich zu ihm kam, bat er Nadka, nach oben, in den zweiten Stock zu gehen.

Die Franzosen zogen wie einen unsichtbaren Kreis um sich herum. Da kam niemand hinein, und nichts drang heraus. Meins war meins. Eine völlig andere seelische Konstruktion als bei den Russen. Die Frage nach besser oder schlechter stellte sich nicht. Das war doch, als wollte man einen Seehund mit einem Elch vergleichen. Wer war besser? Beide waren besser.

So wie in Deutschland suchte Nadka auch in Paris wieder russische Gesellschaft. Galina war ein einfaches Mädchen aus der Kleinstadt Kramatorsk. Ihre Heirat hatte sie übers Internet eingefädelt, war aber ziemlich unzufrieden: Sie habe keine Rechte, nur Pflichten, fand sie. Unzufriedenheit war ein guter Nährboden für eine Freundschaft.

Die zweite Freundin, Karina, war ein ganz anderer Fall. Sie hatte ihren Franzosen aus leidenschaftlicher Liebe geheiratet, und dazu stellte sich der

Franzose auch noch als reich und aristokratisch heraus. Es war wie im Märchen.

Nadka hängte sich an Karina in der Hoffnung, aus deren Teich einen Goldfisch zu angeln. Und wenn schon keinen Goldfisch, so doch wenigstens irgendeinen eßbaren. Aber Karina hielt Nadka am ausgestreckten Arm auf Abstand. Einfach ein bißchen reden auf neutralem Territorium – bitte schön. Aber Nadka in ihr Haus lassen, in ihre Festung… Karina traute Nadka nicht. Sie wußte, daß die Erfahrung langen Leidens Probleme mit sich brachte: Man hat nichts zu verlieren, und deshalb kann man sich alles erlauben, es gibt keinerlei sittliche Grenzen mehr.

Äußerlich sahen Nadka und Karina gleichwertig aus: Beide waren schön und geschmeidig, wie zwei Katzen. Aber Karina lebte ihr eigenes Leben, und Nadka – ein geliehenes. Sie lebte es eine Weile, und dann würde es ihr weggenommen werden.

Nadka fühlte, daß Karina sie auf Abstand hielt. Sie ärgerte sich, tat aber so, als wäre nichts. Ansonsten hätten sie sich zerstritten, und sie hätte den Kontakt ganz verloren. Und was wäre ihr dann noch geblieben? Oder besser gesagt, *wer* wäre ihr dann noch geblieben? Die unterentwickelte Provinzlerin Galina, die nur über ihr Unglück reden konnte. Sie hatte das eine gewollt, und etwas anderes bekommen, und jetzt saß sie da mit in ihrem Scherbenhaufen. Über die Scherben zu reden war langweilig – und vor allem sinnlos. Man mußte überlegen, wie man die Scherben kitten konnte, oder einen neuen Krug kaufen.

Das Kinderzimmer lag im zweiten Stock.

Die Mexikanerin ging abends um sieben nach Hause. Ihr Arbeitstag war dann beendet. Nun war Nadka dran, bei dem Kind zu bleiben, und wenn es nichts Interessanteres gab, tat sie das auch. Sie legte sich aufs Sofa, sah fern und trank ein Glas trockenen Wein dazu.

Mascha kroch auf dem Boden herum und steckte alles in den Mund, was ihr in die Finger geriet. Nadka störte das nicht. Der Organismus muß sich auch an Mikroben gewöhnen. Zuviel Sterilität ist schädlich.

Einmal ließ Nadka Mascha oben in ihrem Zimmer allein. Das Mädchen brüllte, sie mochte es nicht, allein zu sein. Nadka fand, daß ›eine goldene Träne nicht verloren ist‹, wie man auf russisch sagt, sollte die Kleine also ruhig brüllen. Das war gut für die Lungen.

Jean-Marie war verblüfft über Nadkas Kaltblütigkeit, aber vielleicht hatte man ja in Rußland andere Vorstellungen über Kindererziehung. Man sagte, daß es dort kalt war; langer Winter – rauhe Sitten…

Jean-Marie verschwand abends, er hatte keinen regelmäßigen Tagesablauf. Nadka beschloß, keine Fragen zu stellen. Es hätte einen Anschlag auf seine Freiheit bedeutet. Der Status einer Geliebten erlaubte keinerlei Forderungen, höchstens finanzielle. Nadka begann zu begreifen, warum sich seine Frau aus dem Staub gemacht hatte. Jean-Marie war ausschließlich mit sich selbst verheiratet, mit seinen Leidenschaften und Lastern. Er hatte Geld, und deshalb nahm er sich die Freiheit zu leben, wie er wollte, und sich vor niemandem zu rechtfertigen.

Ob Onassis wohl auch so lebte? Sehr wahrscheinlich sogar. Dann war es am besten, selbst Geld in die Hände zu bekommen. Sie mußte selbst reich werden und zu ihren eigenen Bedingungen leben.

Nadka trank einen Schluck Wein und dachte daran, daß sie nicht einen reichen Onassis suchen mußte, sondern sich selbst.

Oben brüllte Mascha. Nadka stand vom Sofa auf und ging die Treppe hoch. Sie knickte auf einem Absatz um, und ein schrecklicher Schmerz durchzuckte sie. Nadka setzte sich hin. Ihr wurde klar, daß sie sich nicht mehr von der Stelle rühren konnte. Der Fuß schwoll vor ihren Augen an, wurde blau, der Schmerz stach bis ins Hirn. Das Kind brüllte. Jean-

Marie war nicht da. Sie konnte das Telefon nicht erreichen, konnte weder hierhin noch dahin.

So war auch ihr Leben: genauso kaputt wie ihr Knöchel. Weder hierhin noch dahin...

Aber *warum*? Weil sie in ihren Computer von Anfang an einen Fehler eingegeben hatte. Sie hatte Günther als Vehikel benutzt, hatte ihn praktisch betrogen. Und was konnte aus einer Lüge schon entstehen? Nur eine weitere Lüge. Und so würde es endlos weitergehen.

Was sollte sie nur tun? Die alten Programme auslöschen und neue Daten eingeben: Liebe, Güte, Selbstaufopferung... Aber für wen? Wen sollte sie lieben? Für wen sich aufopfern?

7

Nach einem Monat war der Knöchel wieder verheilt, und Nadka packte, um nach Rußland zurückzukehren. Jean-Marie hielt sie nicht zurück. Er plante die Wiedervereinigung mit seiner Familie.

Nadka ging zu Galina, um sich zu verabschieden. Galina hatte Verwandtschaftsbesuch aus Kramatorsk. Sie kämmten von morgens bis abends die billigsten Geschäfte durch, auch Secondhand-Geschäfte, und kauften jede Menge Gerümpel.

Nadka, die an teure Sachen gewöhnt war, sah dem Treiben herablassend und angeekelt zu. Diese ›Plastikperiode‹ hatte sie längst hinter sich gebracht.

»Wenn du mal in Moskau bist, komm mich besuchen«, sagte Nadka. Sie streckte ihr einen Zettel mit Adresse und Telefonnummer hin.

Galina überlegte. Es gefiel ihr nicht in Paris, aber in Kramatorsk war es noch viel schlimmer. Keine Arbeit, eine kaputte Wirtschaft. Andererseits waren in Kramatorsk Haus und Hof, die ihr lieb waren, und die vertrauten Gesichter. Und auch der Hund war wenigstens *ihr* Hund...

Von Karina verabschiedete sich Nadka in einem Café. Nadka liebte die gläsernen französischen Cafés, die fast bis auf die Fahrbahn reichten. Man saß darin wie im Aquarium, die ganze Stadt lag vor einem. Eine schöne Stadt. Eine schöne Sprache. Eine leichte Gleichgültigkeit, niemand drängte sich einem auf. Diese Gleichgültigkeit war das, was Nadka in Paris am meisten kennengelernt hatte.

„Du hast ganz recht, daß du zurückkehrst«, billigte Karina Nadkas Entschluß. »In Moskau kann man jetzt viel Geld machen.«

»Wie denn?«

»Mit Immobilien zum Beispiel. Man kann für ganz wenig Geld dem Staat eine Wohnung abkaufen. Und sie teuer weiterverkaufen.«

»Und woher weißt du das?« fragte Nadka verwundert.

»Ich weiß es eben. Moskau ist jetzt ein Eldorado. Aber das wird nicht lange so bleiben. Vielleicht nur um die zehn Jahre.«

»Und dann?«

»Dann wird Rußland ein normaler Staat werden, so wie alle.«

»Und warum kehrst du nicht zurück?«

»Ich brauche das nicht. Mein Eldorado ist mein Mann. Jeder hat sein eigenes Eldorado.«

So kehrte Nadka nach Moskau zurück. Ohne einen Onassis, aber mit Kind.

Xenia verliebte sich auf Anhieb in das kleine Mädchen. Sie gewöhnte sie an sich. Aber bei dem Kind sitzen, wie eine klassische Oma, konnte Xenia nicht. Sie hatte ihr vollwertiges eigenes Leben, mit einer schöpferischen Arbeit, mit beruflichen Erfolgen und Männergeschichten.

Nadka war nun noch seltener für Mascha da. Sie mußte ja wieder bei Null anfangen und konnte es sich nicht leisten, mit Mascha herumzutrödeln. Kinder haben eine Eigenschaft: Wenn sie erst einmal da sind, fressen sie dein Leben mit Haut und Haaren auf.

So gaben sie Mascha in eine Fünftage-Krippe. Sie gewöhnte sich schnell daran. Übers Wochenende holten sie sie nach Hause. Im Leben gab es, wie sich herausstellte, so viel Gutes, und der Mensch ist für das Glück gemacht, vor allem, wenn er noch klein ist.

Xenia gab Tochter und Enkelin eines von ihren zwei Zimmern ab. So blieb ihr nur noch ein Zimmer übrig, das ihr gleichzeitig als Werkstatt und Schlafzimmer diente.

Bei Xenia standen die Auftraggeber Schlange. Das Telefon wurde gebraucht, aber Nadka hing stundenlang am Telefon. Es war das reinste Irrenhaus.

Nadka fand schließlich eine Stelle in einer neu gegründeten Immobilienfirma. Die Firma kaufte und verkaufte Wohnungen und Häuser, vermietete und vermittelte Wohnungstauschgeschäfte.

Nadkas Position hatte einen klangvollen Titel: *Real-Estate-Manager*. Ein englisches Wort, hinter dem die Sisyphusarbeit stand, potentiellen Kunden Wohnungen zu zeigen.

Nach einem Jahr haßte Nadka die ganze Menschheit. Das, womit sie am meisten konfrontiert war,

war Geiz. Es stellte sich heraus, daß der menschliche Charakter zu achtzig Prozent aus Geiz und Gier bestand, so wie der Körper aus Wasser. Und nur zwanzig Prozent blieben für den Rest übrig.

Nadka war erschöpft von all den häßlichen, schlecht angezogenen und schlecht riechenden Menschen, die sie noch dazu der Betrügerei verdächtigten. Sie hatte genug von den Häuserblocks und armseligen Wohnungen. In Paris gab es die auch, doch dort wohnten die armen arabischen Emigranten darin. In Moskau wohnte achtzig Prozent der Bevölkerung so.

Ach, Paris, Paris… Obwohl es Nadka in dieser Stadt nicht geschafft hatte, so hatte sie doch wehmütige Gefühle für Paris. Die fröhlichen Warteschlangen an den Taxiständen, die gläsernen Cafés, der gutgläubige, gutmütige Jean-Marie. Vor der Abreise hatte er ihr noch ein Bündel Banknoten in die Hand gedrückt. Von diesem Geld war sie zurückgeflogen, hatte ein Auto gekauft und bis jetzt gelebt. Aber Geld hatte die Angewohnheit, sich davonzumachen, ohne sich zu verabschieden. Sie mußte zusehen, daß sie etwas verdiente.

Die Firma nannte sich verführerisch ›Alice‹. Die Chefin der Firma war nicht die junge Alice im Wunderland, sondern eine kräftige Frau, die eher wie eine Kolchosvorsitzende aussah. Mit ihr zusammen arbeitete ihr Sohn Boris, ein gebildeter, schüchterner Kerl. Man konnte sich kaum vorstellen, daß er von Alice abstammte. Das war, als habe ein Krokodil einen Storch geboren.

Boris war überhaupt nicht geldgierig. Er half einfach seiner Mutter, das Geschäft zu führen.

Außer Nadka gab es noch die Tatarin Sima, die in der Firma am Computer saß. Nadka fiel auf, daß sie durchaus etwas dargestellt hätte, wenn man Sima mal richtig gewaschen, gekämmt und angezogen hätte. Aber so, wie sie jetzt herumlief, war sie zu nichts zu gebrauchen. Doch Sima interessierte sich auch für nichts, außer für ihren Computer. Alice paßte das sehr gut. Sie brauchte genau solche Angestellte: ergebene, bescheidene Defätisten. Und wenn man ihre Seelen spottbillig hätte kaufen können, dann hätte Alice genau das getan.

Nadka gegenüber war Alice mißtrauisch und fürchtete sie fast. Aber sie ertrug sie, denn Nadka repräsentierte die Firma gut. Ihre Schönheit und leichte Arroganz sollten für Qualität bürgen.

Sima filterte aus dem Computer die in Frage kommenden Objekte heraus, Nadka zeigte den Klienten die Wohnungen. Sie stieg nicht gern aus dem Auto, um in den Blockwohnungen ohne Lift in den fünften Stock zu gelangen. Wenn die Klienten was sehen wollten, sollten sie doch allein in den fünften

Stock hochsteigen. Und das taten sie auch. Nadka legte den Kopf aufs Steuerrad und döste vor sich hin. Es war, als schaltete sie diese Stunde Wartezeit aus ihrem Leben aus.

Die Klienten kamen zurück und begannen zu meckern. Nadka hatte keine Lust, sich ihre Nörgeleien anzuhören. Ihr war es ja im großen und ganzen egal, ob sie die Wohnung nahmen oder nicht. Die Klienten wurden unsicher, sie hatten Angst, eine Chance zu verpassen. Nadkas Gleichgültigkeit übte Druck aus.

Eines Tages jedoch war Nadka nicht faul und stieg aus dem Auto. Es war mitten im Zentrum, aber eine ruhige Ecke. Das Haus war wohl Anfang des Jahrhunderts erbaut – dunkelgrau, solide gebaut, mit schmiedeeisernen Balkongittern. Es war ein Prachthaus, ein richtiger Aristokrat unter den Häusern. Sich in einem solchen Haus niederlassen zu können würde ein völlig anderes Lebensgefühl bedeuten.

In Nadka regte sich etwas, spannte sich an. Sie spürte: Jetzt passiert etwas.

Die Wohnung, um die es ging, lag im dritten Stock. Es war eine Kommunalwohnung mit vier Zimmern und ebenso vielen Mietparteien. Nadka ging in der Wohnung umher, sah in sämtliche Ecken. Siebzig Jahre lang hatten hier vier arme Familien gewohnt. Über allem lag Ruß, der Geruch von Armut und Staub, der hart geworden war wie Gips. Aber Nadka sah nicht das, was gewesen war, sondern das, was man daraus machen konnte: Alle Wände einreißen, alles planieren, von Null wieder aufbauen, nur die äußere Hülle stehenlassen.

Nadka stellte sich die umgebaute Wohnung vor, ihre Nischen und Erker, mit Blumenkübeln wie bei Jean-Marie. Weiße Wände, weiße gebauschte Organzavorhänge. Es wäre Paris in Moskau.

Nadka wollte diese Wohnung mit Leib und Seele. Sie begehrte sie wie einen Mann und noch viel stärker als einen Mann. Männer gab es jede Menge, aber so eine Wohnung nur einmal. Doch der Wunsch allein genügte nicht. Man müßte vier Familien unterbringen, vier Wohnungen kaufen. Das bedeutete viel Geld und grandiose Anstrengungen. Das war fast utopisch. Aber Nadka verstand zu wollen, und das war auch ein Talent.

Die Zeit verging.

Der Bankier Chatschikian, ein Mann mit Hängebacken und angeekelter Miene, interessierte sich für die Wohnung. Nadka bat Boris, da ›ein bißchen dran zu drehen‹. Er sollte den Bankier in eine andere Richtung führen, ihn von der Wohnung ablenken.

»Und was soll ich da machen?« fragte Boris hilflos.

»Verdopple den Preis.«

»Das ist dem doch egal. Der hat Geld wie Heu.«

»Sag, daß in diesem Haus ein Verbrechen begangen wurde«, schlug Nadka vor.

»Ha ha. Meinst du, das schreckt den? Die begehen doch jeden Tag selbst Verbrechen.«

»Dann sag, daß die Wohnung schon verkauft ist.«

Boris schwieg. Er dachte nach. Hier kollidierten die Interessen von Nadka mit denen von Alice. Die Mutter war ihm teurer als die Mitarbeiterin, aber er wollte Nadka trotzdem helfen. Er verstand sie. Jung und furchtlos nahm sie den Kampf mit dieser Welt auf, wie der Held aus den Belinen Ilja Muromez, der allein gegen die Räuber kämpfte. Doch Ilja war immerhin ein Mann gewesen, und Nadka war eine Frau. Das einzige, was sie gut beherrschte, war versteckt in den geheimen Winkeln ihres Körpers. Ein Fest, das sie immer bei sich trug. Doch das war zu wenig. Sie brauchte Unterstützung, Schutz und Liebe.

Liebe... Aber wo sollte man die hernehmen? Wenn man sie für Geld kaufen könnte, würde die ganze Menschheit nur noch für die Liebe arbeiten. Und die Erde wäre ein Paradies. Aber das Paradies wurde einem erst für nach dem Tode versprochen, wenn der vergängliche Körper abgestreift wird. Doch um ihn, den Körper, tut es einem am meisten leid.

»Ich versuche, es hinauszuzögern«, versprach Boris.

»Wie lange?«

»Na, sagen wir, ein halbes Jahr...«

»Und wie?« Nadka hing an seinen Lippen.

»Kann dir doch egal sein.«

Und tatsächlich, es war ihr auch egal.

Nadka arbeitete, verdiente Geld. Und abends ging sie in einen Nachtklub. Sie suchte einen Onassis, oder wenigstens einen russischen Jean-Marie, mit locker sitzenden Geldbündeln. Solche Männer hätten Nadka eigentlich über den Weg laufen müssen, aber entweder verpaßten sie sie, oder ihr Weg führte sie woanders hin.

Eines Tages fiel Nadka in einem Nachtklub ein Gesicht auf. Das war genau der ›bleiche Jüngling mit flammendem Blick‹, den Puschkin beschreibt.

Nadka hätte gern einen langsamen Tanz mit ihm getanzt, von Angesicht zu Angesicht, und sein Atem hätte sie umweht wie eine Meeresbrise. Aber neben ihm stand eine blauäugige Blondine. Also stand er wohl nicht auf Dunkelhaarige.

Nadka wurde traurig. Sie wollte nicht mehr bleiben und ging nach Hause. Ein Onassis, die Wohnung, das war alles nur das, was oben draufgebaut war. Die Basis aber war die Liebe. ›Wo bist du, Liebe?‹

Eines Tages wandte sich der reiche Juwelier Ilja Petrowitsch an die Firma ›Alice‹. Alle nannten ihn aus unerfindlichen Gründen ›den Einspänner‹. Der Spitzname ersetzte Vor- und Familienname.

Der Einspänner hatte schon drei Häuser: eins in Petersburg, eins in Barcelona und eins auf Zypern. Aber er wollte noch eine Immobilie in Moskau besitzen, wollte überall leben. Ein Mann von Welt.

Der Einspänner war gutaussehend, aber ein bißchen alt: so um die Sechzig. Das ist die Zeit, wo man noch die ehemalige Gestalt erkennt, aber das Alter macht sich schon bemerkbar. Der Einspänner liebte Geld, Frauen, Reisen und wertvolle Edelsteine. Ihm schien, als wäre ein Edelstein eine erstarrte Seele. Die Steine bezauberten ihn. Der Einspänner vermutete, daß er in einem seiner früheren Leben selbst einmal ein Stein gewesen war, denn er spürte die geringsten Schwingungen von Erdbewegungen.

Alice begriff sofort, daß ihr hier ein dicker Fisch ins Netz gegangen war. Sie setzte Nadka auf ihn an. Sima und Boris hätten hier auf keinen Fall gepaßt.

So bekam Nadka Order, sich eingehend mit dem Klienten zu befassen.

Sima entlockte dem Computer die entsprechenden Adressen. Es kamen nicht viele in Frage. Vom wirklich Guten gibt es nie viel.

Nadka nahm ihren Platz hinter dem Lenkrad ein. Der Einspänner betrachtete sie aus den Augenwinkeln. Er erfaßte alles sofort: einen Brillanten am Finger, aber der Brillant war schlecht geschliffen. Teure Schuhe. Sie vermischte russische Wörter ab und zu mit französischen, machte auf Pariserin. Sie war knallhart und geldgierig. Aber sie war jung. Und mit sechzig schätzen Männer Jugend ganz besonders.

Der Einspänner sah Nadka mit Wohlgefallen an. Sie hatte eine reine, glänzende Stirn wie einen blankgeputzten Teller. Grüne Augen, die fast unwirklich aussahen zu den schwarzen Haaren. Hohe Wangenknochen, ein elegantes, ovales Gesicht. Die Haut war leicht gebräunt, wie bei einer Aprikose. Der Duft des Erblühens umwehte sie. Das war kein Parfüm. Solch einen Duft kann man nicht künstlich herstellen. Es war der Duft der Jugend, das Aroma des Monats Juni.

Die Nüstern des Einspänners blähten sich.

Sie vereinbarten das Honorar. Nadkas Dienste als Real-Estate-Managerin kosteten tausend Dollar.

Der Einspänner versprach ihr zweitausend. Alice brauchte nichts davon zu wissen.

Sie besichtigten eine Wohnung im grünen Vorort Krylatskij. Dort wohnten viele Regierungsmitglieder. Die wußten schon, wo man lebte. Da verstanden sie dann plötzlich etwas von Ökologie.

Die Wohnung lag im fünften Stock mit Fenstern, die auf den Hof hinausgingen. Die Zweige eines Ahornbaumes klopften an die Scheiben, genau wie im Volkslied.

Der Einspänner war glücklich. Er sagte, das Viertel liege ihm sehr am Herzen, es sei fast so, als hätte er von Kindheit an hier gewohnt und kehrte nun ins Elternhaus zurück.

Abends gingen sie in ein Restaurant. Musik spielte. Es wurde getanzt. Der Einspänner drückte Nadka an sich, flüsterte ihr Anzüglichkeiten ins Ohr. Er war sehr lieb, aber Nadka erwartete Geld.

Anstelle von Geld zog der Einspänner aus einem Etui ein Granatarmband und legte es ihr ums Handgelenk. Nadka erstarrte vor so viel Schönheit ... Der Einspänner erklärte ihr, es handle sich um echte Granate, eine Arbeit von Cartier, und der Preis des Armbands sei mehr als doppelt so hoch wie ihr Honorar.

Nadka beschloß, dem großzügigen Juwelier zu danken, und improvisierte voller Inspiration auf seinem Körper. Der Körper erwies sich übrigens als jünger als das Gesicht.

Die Wohnungsüberschreibung besorgte Boris. Der Einspänner rechnete mit der Firma ab und fuhr nach Petersburg. Alice war zufrieden.

Ein paar Monate später brauchte Nadka dringend Geld. Schweren Herzens trug sie das Armband in ein Pfandleihhaus. Der Schätzer, ein junger Kerl mit langen Haaren, drehte das Armband in der Hand hin und her und sagte, daß die Steine wirklich echt wären, allerdings indischer Herkunft. Solche Armbänder verkaufe man in dem Indienladen ›Ganges‹ zu einem Preis von etwa siebzig Dollar. Nadka war fix und fertig. Dann packte sie die helle Wut.

Sie lief nach Hause und fegte sämtliche Tonkrüge vom Regal – Xenias neueste Kollektion. Es waren Imitationen alter Ausgrabungsstücke. Xenia brannte den Ton erst, und dann machte sie ihn künstlich älter. Die Krüge waren heißbegehrt. Die Kunsthandwerksläden konnten die Nachfrage kaum befriedigen und bestellten dauernd nach. Diese Krüge ernährten im Moment sowohl Xenia als auch die Läden. Sie waren gewinnbringend, aber auch sehr kompliziert herzustellen. Man mußte sehr viele Arbeitsgänge erledigen, bevor die Krüge genau so aussahen, wie sie sollten: vom Zahn der Zeit blaugrau verfärbt, aber elegant geformt mit langen, engen Hälsen.

Nadka zerdepperte Xenias Arbeit eines halben Jahres. Die Krüge zerbarsten in große Stücke. Nadka zertrampelte sie zu purem Staub.

Als Xenia nach Hause kam, sah sie die Bescherung am Boden und eine kraftlose Nadka mit starrem Blick.

Xenia verstand überhaupt nichts, und doch war ihr klar: Die Tochter hatte einen furchtbaren Wutausbruch gehabt. Und wer war schuld? Natürlich Xenia, die Mutter. Sie hatte die Tochter nie in ihr Leben gelassen und hatte sich auch selbst nicht bemüht, in ihre Seele vorzudringen. Sie hatte nie versucht, sich in sie hineinzuversetzen. Sie lebten ohne echte Verbindung nebeneinanderher. Du hast deinen Weg und ich meinen. Ich hab dich auf die Welt gesetzt, und jetzt sieh zu, wie du zurechtkommst. Aber Xenia selbst hatte ja auch so gelebt, ohne jegliche Unterstützung, ohne Männerschulter, an die sie sich hätte lehnen können. Was war da zu machen, das war eben ihr Los. Wo immer man hinsah, alle hatten so ein Los. Oder fast alle.

Xenia sammelte schweigend die Scherben ein und weinte still.

Nadka konnte diese Fügsamkeit nicht ertragen. Lieber hätte ihre Mutter sie anschreien oder sogar schlagen sollen.

Sie mußten auseinanderziehen, mußten getrennt

wohnen. Die Nachbarin verkaufte eine Einzimmerwohnung. Das wäre sehr bequem. Zusammen und doch getrennt. Aber beim Gedanken an diese Wohnung fühlte sich Nadka, als hätte jemand sie angespuckt. Ja, noch viel mehr, es war, als hätte jemand auf ihre Träume gespuckt, auf ihre Zukunft. Sie sah sich selbst nur in diesem grauen Klassehaus, mit den schmiedeeisernen Balkongittern. Nur in der Zweihundert-Quadratmeter-Wohnung mit weißen Wänden und weißen Vorhängen. Und an der Wand ein Bild aus Ljowa Rubintschiks Fundus. Er verstand etwas von modernen Genies. Und zwischen all dem: Nadka im Seidenkimono, auf Japanerin gestylt. So mußte es sein. Und so würde es sein.

Aber einstweilen kroch die arme Xenia auf dem Boden herum und sammelte die Scherben auf. Noch war sie in der Blüte ihrer Jahre, aber die Spuren des nahenden Alters waren schon sichtbar. Arme, arme Xenia. Ja, alle Menschen waren im Grunde arm dran… Wie wenig Zeit gab einem die Natur zum Aufblühen, kaum dreißig Jahre. Und dann war Schluß. Dann gab es nur noch bloßes Dahinvegetieren ohne Liebe bis zum Tod.

Nadka rief Boris an, bat ihn um ein Treffen. Wozu? Das wußte sie selbst nicht. Sie trafen sich auf den Leninbergen, neben der Kirche. Die Kirche war offen. In der Ecke lag eine tote alte Frau. Man hatte sie über Nacht hierhergebracht, damit sie sich vollsaugen könnte mit der geheiligten Stimmung und später in bester Verfassung vor Gott stünde.

Boris bekreuzigte sich, und an dieser automatischen Geste bemerkte Nadka, daß er gläubig war. Nadka besann sich einen Moment, dann bekreuzigte sie sich ebenfalls.

»Umgekehrt«, korrigierte Boris sie leise. »Zuerst nach rechts, dann nach links.«

»Ist das denn nicht egal?«

»Nein.«

Nadka bekreuzigte sich vorschriftsmäßig.

Sie stand da und horchte in sich hinein. Und spürte, daß ihr leichter ums Herz wurde.

»Und vergib uns unsere Schuld, wie auch wir vergeben unseren Schuldigern…« Also mußte sie dem Einspänner vergeben. Dann würde ihr leichter werden. Sonst würde die Bosheit ihre Seele zerfressen und alles um sie herum angreifen.

Als Nadka nach Hause kam, war sie ganz ruhig. Es war ein Gefühl, wie wenn man aus dem Dampfbad kam. Alle Poren waren gereinigt und atmeten wieder. Was bedeutete das? Schaute etwa wirklich jemand Barmherziges von oben herab und half einem? Aber warum bestrafte er dann die Schufte nicht? Warum gab es soviel Böses?

Am nächsten Tag ging Nadka nicht zur Arbeit. Sie holte Mascha aus der Kinderkrippe und ging mit ihr spazieren.

Sie schlenderten durch den Park und schaukelten auf dem Spielplatz. Mascha hatte ein einnehmendes Wesen. Sie wartete geduldig in der Schlange der Kinder, bis sie an der Reihe war, dann setzte sie sich auf die Schaukel und schaukelte im Gefühl der hergestellten Gerechtigkeit. Sie drängelte sich selbst nicht vor, ließ sich aber auch nicht wegschubsen. Alles mußte seine Ordnung haben.

In die Kinderkrippe kehrte sie ohne Protest zurück: So mußte es sein. Die Hauptsache war, daß man sie nicht betrog, daß man in ihrer kleinen Seele das Gefühl von Gerechtigkeit und Zweckmäßigkeit nicht zerstörte.

Nadka ging vor Mascha in die Hocke und schaute eindringlich in das Gesichtchen der Tochter, wobei sie sich bemühte, ihre ganze Liebe überfließen zu lassen. Mascha sah ihre Mutter voller Ehrfurcht an und wußte: Sie hatte in ihrem kleinen Leben noch nie etwas Schöneres gesehen.

»Hast du mich lieb?« fragte Nadka.

»Ja...«

»Warum?«

»Wegen deinem Gesicht und den Haaren.«

Nadka dachte nach. Die Menschen teilten sich

nicht in gute und schlechte ein. Sondern in fremde und nahestehende. Was für ein Mensch Nadka auch immer war, für Mascha war sie die Beste.

»Na, dann tschüs…« Nadka stand auf und hob die Hand, drehte die Handfläche nach außen.

Mascha drehte ebenfalls die Handfläche nach außen. Tschüs hieß tschüs. So mußte es sein.

8

Nadka brauchte Geld. Viel Geld, zweihunderttausend Dollar. Denn sie mußte die Bewohner der Kommunalwohnung zu ihrer Zufriedenheit umsiedeln, nur dann konnte sie die Wohnung bekommen. Die Vorarbeiten waren schon geleistet, Sima hatte für sie billige Einzimmerwohnungen in Randgebieten der Stadt gefunden.

Zweihunderttausend, das war eine große Summe, aber auch nicht unendlich viel. Alice schob weit größere Summen hin und her. Doch borgen würde sie ihr nichts. Sie würde ihr nicht einmal zuhören, sondern sie einfach rauswerfen. Nadka konnte nur auf einen Zufall hoffen.

Nadka betrat den Nachtklub und sah *ihn* sofort. Und das Merkwürdige war: Schon auf dem Weg hatte sie gewußt, daß sie ihm heute begegnen würde. Als sie ihn dann erblickte, wunderte sie sich nicht einmal. *Er* war allein beziehungsweise in Männerbegleitung. An seinem Tisch ging es fröhlich zu.

Nadka orientierte sich schnell und baute sich so auf, daß er sie sehen mußte. Er sah sie und kam zu ihr.

»Ich bin Andrej Chnykin«, stellte er sich vor. »Und wer sind Sie?«

»Ich bin Nadjeshda Warlamowa«, sagte Nadka und streckte ihm ihre schmale heiße Hand hin.

Andrejs Lächeln wirkte fast wie ein Zähnefletschen. Seine Zähne waren weiß, stark und sauber. Nadka dachte sofort: ›Leih mir Geld‹. Aber laut sagte sie das nicht. Wenn eine Bekanntschaft so anfing, war sie sofort zu Ende. Also zwang sich Nadka zu schweigen.

Der Abend endete in Andrejs Landhaus. Er setzte Nadka in seinen Mercedes und fuhr sie in sein Haus außerhalb der Stadt.

»Was machst du überhaupt beruflich?« fragte Nadka.

»Ich bin Bankier. Präsident der Direktoren.«

Was für ein Gehirn mußte man wohl haben, um Präsident der Direktoren zu sein. Hätte man ihm gar nicht angesehen. Er sah eher aus wie Oberleutnant Golizyn oder wie Kavallerie-Fähnrich Obolenskij. Aber einen geraden Rücken und einen langen Hals hatte er. Während der Fahrt betrachtete Nadka ihn verstohlen, sie traute ihren Augen kaum. Wozu sich in Deutschland oder Frankreich herumtreiben, wenn im eigenen Land solche Leute mit goldenem Köpfchen und geradem Rücken umherliefen?

Die Datschensiedlung war hell erleuchtet. Nadka konnte gerade noch erkennen, daß Andrejs Haus in der Art französischer Chalets auf einem kleinen Hügel erbaut war. Viel Glas, eine große Veranda. Hier war nicht nur viel Geld investiert worden, sondern auch viel Geschmack. Fragte sich nur, wessen Geschmack das war.

Das Beste war das Bett. Die Matratze war aus einem besonderen Kautschuk und deshalb fest und weich zugleich, es war, als würde man ins Tote Meer eintauchen, in dem man nie völlig versinkt. Aber am tiefsten versank sie in Andrejs Zärtlichkeit. In ihrem ganzen sechsundzwanzigjährigen Leben hatte Nadka noch nie etwas Ähnliches gespürt. Sie saugte seine Leidenschaft auf und gab die ihre, und es war so, als wollte jeder das noch vor dem anderen tun.

Nadka hatte sich darauf vorbereitet, auf Andrejs Körper zu spielen wie auf einem Klavier, wollte mit gutgeübten Passagen glänzen. Doch nun brauchte sie gar keine Technik. Die Musik floß aus ihr wie von selbst.

Und anstelle von ›leih mir Geld‹ wollte es aus Nadka herausströmen: ›Ich liebe dich.‹ Aber sie schwieg. Sie wollte sich nicht angreifbar machen.

Nadka schlief an seiner Brust ein. Sie hatte das oft im Kino gesehen: Die Frau schlief buchstäblich auf der Brust des Mannes ein. Darüber hatte sie sich immer gewundert, denn sie fand das unbequem. Und der Mann atmete einem auch noch ins Gesicht. Viel bequemer wäre es gewesen, zur Seite zu rücken, sich an die Bettkante zu schieben, am besten unter eine eigene Decke, damit es keinerlei Berührungspunkte gab. Und noch besser wäre es gewesen, überhaupt in ein anderes Zimmer zu gehen.

Aber jetzt wollte sie es genau so: den Kopf auf seiner Brust, damit sich ihre Auren vereinen und sie beide zu einem Ganzen werden konnten.

Mitten in der Nacht wachte Nadka auf. Sie hatte Durst. Sie glitt aus dem Bett. Nackt streifte sie durch das Haus auf der Suche nach Wasser. Sie trank aus einer Teekanne. Dann trat sie auf den Balkon.

Es war eine Sommernacht. Mond. Sterne. Und Nadka. Allein in der Nacht, aber nicht wie eine Waise, sondern wie eine Königin. Die Herrscherin über alles um sie her. Woher kam diese stolze Sicherheit, die Unabhängigkeit, Selbstzufriedenheit?

Wie wunderbar, so über der stillen Welt zu stehen und nebenan der ruhig schlafende Andrej Chnykin mit reinem Atem und goldenem Köpfchen…

Der Mond stand fettglänzend am Himmel wie ein Pfannkuchen, ein ferner Planet, aber so fern auch wieder nicht. Die Menschen, die auf ihm herumspaziert waren, hatten nichts gesehen, keinerlei Leben festgestellt. Da fragte es sich doch, wofür der Mond am Himmel stand, war er nur ein leerer nutzloser Ballon. Nadka glaubte, daß sich auf dem Mond die Seelen der Verstorbenen angesiedelt hatten. Sie hatten einen anderen Raum und eine andere Zeit, waren unsichtbar für die Lebenden. Aber sie waren dort. Deshalb heulten die Hunde den Mond an. Deshalb strahlte der Mond so ein lebloses Aluminiumlicht aus.

Solche Gedanken durchkreuzten Nadkas Glücksgefühl. Sie hatte es noch so weit bis zum Alter, vom Tode ganz zu schweigen. Bei ihr fing alles erst an.

Der Glücksvogel hatte sich auf ihre Schulter gesetzt und flatterte mit den Flügeln ganz nah an ihrem Ohr. Und sie brauchte weder Geld noch Wohnung und auch kein Paris. Wer war sie dort schon gewesen? Eine Verliererin, eine ausgehaltene Frau… Und hier war sie eine Königin im Mondlicht.

Nadka kehrte in die heißen, begehrenden Arme Andrejs zurück. Ihre Körper verflochten sich miteinander, wie zwei Fische tauchten sie zusammen in die Tiefe. Und der Ozean umspülte ihre stromlinienförmigen Körper.

Am Morgen sagte Nadka: »Du darfst jetzt nur noch mich lieben.«

»Ich bin aber verheiratet«, sagte Andrej.

»Und was jetzt?« fragte Nadka ratlos.

»Wir können uns treffen… Ab und zu.«

Schweigend fuhren sie in die Stadt zurück. Nadka sah aus dem Fenster. Sie würde kein Geld von ihm erbitten, und sie würde ihn nicht ab und zu treffen, so wie damals die Türken oder Araber. Für ›ab und zu‹ konnte man etwas Einfacheres finden. Etwas, was einem nicht die Seele in Stücke riß.

Er fuhr sie bis zu dem Nachtklub. Dort hatte Nadka ihr Auto stehenlassen.

Andrej fragte: »Wann sehen wir uns wieder?«

»Gar nicht«, antwortete Nadka mit fester Stimme.

»Wie du willst…«, sagte Andrej leichthin. Er war nicht einmal beleidigt.

Sie trafen sich noch am selben Tag. Am Abend. Und auch am nächsten Abend.

Und so ging es weiter. Andrej rief Nadka alle halbe Stunde mit seinem Mobiltelefon an, sie lebte nur noch in Erwartung seines nächsten Anrufs. Und wenn Andrejs Anruf ein, zwei Minuten länger ausblieb, rief sie selbst ihn an.

Worüber sie sprachen? Über gar nichts. Sie atmeten einfach und sprachen etwas aus. Es formierte sich eine neue Seele, eine aus ihrer beider Seelen bestehende. Eine große Seele, bestehend aus zwei kleinen.

Das war Liebe.

Einen Monat später merkte Nadka, daß sie schwanger war.

Einerseits kam das gar nicht in Frage. Sie hatte schon für ein Kind keine Zeit, und dann noch ein zweites … Aber andererseits würde es Nadkas Position festigen. Es war eine Sache, nur eine Geliebte zu sein. Die gab es in rauhen Mengen. Wenn die eine nicht wollte, nahm man sich eben eine andere. Doch es war etwas völlig anderes, eine Geliebte mit Kind zu sein. Die jüngere Ehefrau. Eine Verwandte.

Andrej hatte keine Kinder. Das war doch nicht richtig. Nadka würde diesen Fehler korrigieren. Sie würde ihm einen kleinen Zarewitsch gebären, einen Klassesohn mit grauen Augen. Oder eine kleine Tochter, mit asiatisch geschnittenen Augen. Das Kind würde Andrej von seiner Frau weg und zu Nadka hinziehen, und dann würde ihr Traum wahr werden: Sie würde einen Onassis heiraten, aber keinen alten, ehemaligen, vom Blitz getroffenen. Sondern einen jungen, begehrenswerten und unverbrauchten. Und es kam ihr so vor, als würde sie ihn immer lieben, mit nie nachlassender Kraft.

Und wenn Andrej sich nicht von seiner Frau trennen wollte, würde er sich dennoch nicht von Nadka und dem Kind trennen. Er würde ihr helfen, ihr eine lebenslängliche Pension zahlen. Das war klug und weitsichtig. Aber vor allem wollte sie einen lebendigen Teil von Andrej haben, der immer bei ihr wäre. Das Kleine würde wachsen und Jahr um Jahr älter werden, und Nadka würde Zeugin dieses Lebenszyklus sein: Kindheit, Jugend, Reife und so weiter...

Nadka überlegte, wie sie es ihm sagen sollte. Am Telefon jedenfalls nicht.

Eines Dienstags fuhren sie mitten am Tag auf die Datscha. Sie hatten sich beide freimachen können.

Sie gingen in den Wald. Es war Frühherbst. Gelb, Grün, Burgunderrot. Die Bäume spiegelten sich in einem kleinen Fluß.

Sie fanden eßbare Pilze: vier Champignons und ein Edelreizker. Die nahmen sie mit. Nadka sah eine Schlange und zitterte vor Schreck und unkontrollierbarer Angst.

»Es ist nur eine Natter«, sagte Andrej.

»Woher weißt du das? Hat sie dir ihre Visitenkarte gegeben?«

»Sie hat einen gelben Kragen – das ist ihre Visitenkarte.«

Sie kehrten nach Hause zurück. Nadka machte sich daran, eine Pilzsuppe zuzubereiten. Andrej stand dabei und half ihr. Er schälte Kartoffeln und Mohrrüben mit einem speziellen Messer. Dann deckten sie zusammen den Tisch. Diese unbedeutenden Bewegungen und Handlungen waren von stiller Freude und Sinn erfüllt, es war fast eine Offenbarung: Das Leben ist ein Glück und ein Feiertag, wenn der, den du brauchst, neben dir ist.

Es war nichts Besonderes, einfach eine Suppe, einfach eine Hand, die sich nach dem Brot ausstreckt... Und doch tat sich eine ganze Welt auf, als habe sich eine eiserne Tür in der Wand geöffnet.

Nach dem Mittagessen legten sie sich aufs Sofa, schalteten den Fernseher ein. Es gab Nachrichten. Nadka hörte nicht richtig hin, es war wie ein Nebengeräusch.

Andrej sah alles wie von innen. Er war mitten im Zentrum der politischen Machenschaften, zu dem Nadka keinerlei Zugang hatte.

Andrej konnte schweigen. Aber Nadka war ihm so nah, und sie war so ungefährlich, daß er sich unbewußt entspannte.

Beim Redebeitrag eines gewissen Ypsilon verplapperte Andrej sich und erwähnte, daß dieser Ypsilon Geld auf seiner Bank hatte.

»Viel?« fragte Nadka.

»Neun Nullen.«

»Das ist wieviel?« fragte Nadka verständnislos. »Eine Million?«

»Eine Million, das sind sechs Nullen.«

»Wahnsinn ... Wo hat er das bloß her?«

»Bestechungsgelder.«

»Von wem?«

»Von einem kleinen afrikanischen Staat. Sie hatten Schulden bei unserer alten Sowjetunion. Und jetzt gibt es die Sowjetunion nicht mehr. Also gibt es auch keine Schulden mehr.«

Nadka verstand das alles nicht richtig. Sie lag neben ihrem Geliebten, hielt ihre Leidenschaft am Zügel. Sie hatten noch viel Zeit miteinander, und sie wollte sich nicht zu früh an dieser Nähe überessen. Aber die Leidenschaft drängte sich in den Vordergrund und siegte schließlich. Sie liebten einander beim Brummen des Fernsehers, und es war so völlig unbedeutend, was da in den Nachrichten verkündet wurde, im Vergleich zu dem, was zwischen ihnen geschah.

Nach der Liebe waren sie von solcher Leichtigkeit erfüllt wie nach einem Gebet. Es war ein wunderbarer Moment.

»Ich bin schwanger«, gestand Nadka.

Andrej hüllte sich in Schweigen. Das Zimmer füllte sich mit einer besonderen Stille.

Andrej lag da und sah an die Decke. Dann stand er auf. Nadka beobachtete ihn schweigend.

»Freust du dich nicht?« fragte sie.

»Die Sache ist die, daß ich keine Kinder zeugen kann. Ich habe mit zwanzig Mumps bekommen, und es gab Komplikationen. Du bist von jemand anderem schwanger.«

Nadka setzte sich auf, ließ die Beine baumeln. In ihrem Kopf flüsterte es: ›Der Einspänner.‹ Ein Armband für siebzig Dollar und ein Kind, das war ihr Anteil. Aber das war doch nur ein einziges Mal gewesen, so was gab's doch nicht... Doch andererseits, ein Kind kam schließlich nicht etappenweise zustande, sondern es geschah genau mit einem Mal.

Andrej sah Nadka nicht an.

›Nicht zugeben‹, befahl sie sich selbst. Das konnten nur zwei Menschen wissen: sie und der Einspänner. Der Einspänner wußte es nicht, und sie würde es ihm nicht sagen.

»Meine Frau und ich, wir haben keine Kinder – es liegt an mir«, sagte Andrej. »Das ist unsere Tragödie.«

»Wie lange bist du verheiratet?« fragte Nadka.

»Fünfzehn Jahre.«

»In fünfzehn Jahren wird jedes Sperma unbeweglich. Du bist zu sehr an deine Frau gewöhnt. Sie ist für dich wie eine Mutter geworden.«

»Ich möchte nicht so über meine Frau reden, mit niemandem.«

»Ich rede ja nicht über deine Frau, sondern über deine Spermien. Das Ganze liegt nur an der Partnerin.«

Andrej hörte Nadka aufmerksam zu: Und wenn es doch stimmte? Er wollte es gern glauben, aber er glaubte es nicht. Und doch blieb ein Samenkorn des Zweifels hängen.

Sein sexuelles Interesse an Swetlana hatte sich tatsächlich erschöpft. Die Gewohnheit ist der Feind der Liebe. Das menschliche Interesse hingegen war nicht bloß nicht erloschen, sondern hatte sich sogar verstärkt. Was hatten sie nicht schon zusammen durchgemacht: Armut, Kinderlosigkeit, seine Untreue – ja, auch das hatte es schon einmal gegeben. Andrej schöpfte aus Swetlana seine ganze Kraft, wie Antheus aus der Erde. Und wenn man Antheus aus der Erde riß, war er nicht mehr Antheus, sondern irgendein x-beliebiger Kerl. Andrej begriff genau, daß er sich ohne Swetlana in einen prinzipienlosen Zellhaufen verwandeln würde. Er war nur stark, solange sie hinter ihm stand.

Und Nadka, das war ein Narkotikum, eine Droge,

auf die er angewiesen war. Und die ihm anscheinend nicht gut bekam. Denn wenn er Nadka mehr als zwei Tage nicht sah, bekam er schon Entzugserscheinungen. Um glücklich zu sein, brauchte er beide. Und er würde beide haben. Er hatte dazu genug Kraft und finanzielle Mittel.

»Es ist dein Kind«, sagte Nadka mit fester Stimme. »Und ich liebe dich. Ich kann es nicht umbringen. Ich bin gläubig.«

Das war gelogen. Das Kind war von einem anderen, aber sie würde es doch nicht für den Einspänner gebären. Sie würde diesen Embryo hätscheln und das Kind zur Welt bringen. Nadka würde es für Andrej austragen, dann wäre es auch sein Kind.

Und gläubig war Nadka auch nicht, obwohl, na ja…

Die Zeit verging.

Andrej vergötterte die schwangere Nadka. In ihr zeigte sich nun eine Weichheit, Schutzbedürftigkeit und eine tiefe Weiblichkeit.

Nadka wurde durch die Schwangerschaft nur noch schöner. Ihr Gesicht wurde schmaler, die Augen strahlten vor Glück, und der Bauch rundete sich wie ein Fußball. Andrej streichelte Nadkas Bauch und redete vor sich hin: ›Das Häuschen, das Jack sich gebaut hat.‹

»Das Haus, das Andrej gebaut hat«, verbesserte ihn Nadka dann. Andrej glaubte es und glaubte es wieder nicht, aber er wollte nichts daran ändern. Sollte alles seinen Lauf nehmen. Irgendwo würde es schon hinführen.

Er ging gern mit ihr in Restaurants. Vor dem Klatsch hatte er keine Angst. Wer würde schon auf die Idee kommen, es Swetlana zu erzählen... Er war stolz, eine schöne schwangere Frau zu begleiten. Er hatte trotz allem beruflichen Erfolg den Komplex, keine Kinder zeugen zu können, nie überwunden, und Nadkas Bauch strich sozusagen seine Vollwertigkeit heraus.

Andrej sprach nie mit Nadka über eine Änderung der Situation. Er machte keine Pläne. Nadka ihrerseits stellte keine Fragen, um den Glücksvogel nicht zu verscheuchen, der in ihrem Bauch saß. Nadka fütterte ihn aus der Hand und streichelte über seine glatten Federn.

Schweigen ist ein Zeichen von Zustimmung. Und wenn Andrej schwieg – dann war er einverstanden. Was denn sonst?

Die Ultraschalluntersuchung zeigte, daß es ein Junge werden würde. Nadka dachte sich schon einen Namen für ihn aus: Luka.

Zu diesem Anlaß gingen sie in ein Restaurant und luden Nelly und Nina dazu ein. Nadka wollte ihren

Freundinnen Andrej vorstellen, ihren Bauch präsentieren und den Sieg ihres Lebens. Es war echte Liebe und darum ein echter Sieg, der Sonnenaufgang ihres Lebens. Bei der armen Jackie dagegen war es genau umgekehrt gewesen, es war der Sonnenuntergang. Sie hatte eine schwere Operation überstanden und erwartete das Ende ihres Lebens. Zwar liebte sie der reiche Tompelsmann. Aber was für eine Liebe war das vor so einem Hintergrund...

Sie saßen zu fünft – Luka, das ungeborene Kind, eingerechnet – im Restaurant Puschkin. Am Eingang stand ein Türsteher in schwarzer Pelerine, ganz wie zu Puschkins Zeiten.

Nadka strahlte wie ein Kristalleuchter und kicherte grundlos. Und auch Andrej strahlte und lachte, ebenfalls ohne Grund. Und es war offensichtlich, daß sie verliebt waren, daß sie es gut miteinander hatten und dafür keinerlei Grund brauchten. Der Grund war die Liebe, und der Bauch war eine Frucht der Liebe, ihr äußerlicher Beweis.

Das Lachen war ansteckend. Die Freundinnen lachten ebenfalls, obwohl sie neidisch waren. Bei ihnen ging alles ganz gewöhnlich zu, ohne Pelerine, ohne erstaunliches Essen. Sie hatten keine Kinder, und Nadka hatte schon fast das zweite. Und bald würde sie die Wohnung mit Säulen und Stuck an der Decke haben. Nadka würde einen Künstler engagieren, der die Decke mit einem Gemälde im Stile Vrubels bemalen würde. Und Nadka würde behaupten, daß es ein echter Vrubel sei. Niemand würde ja zur Decke hochsteigen und es genau untersuchen.

9

Das Neue Jahr näherte sich.

»Was wünschst du dir?« fragte Andrej.

»Geld. Und nicht geschenkt, sondern geliehen. Für einen Monat.«

»Viel?«

»Dreihunderttausend Dollar«, ließ Nadka verlauten.

»In bar?« fragte Andrej genauer nach.

»In bar und schnell. Ich will eine Wohnung kaufen.«

»Gut«, sagte Andrej, obwohl ihm unbehaglich zumute war.

Die Bank hatte Geld, das Geld arbeitete und brachte neues Geld. Dreihunderttausend herauszulösen war kein gutes Geschäft. Aber es Nadka abzuschlagen, dazu konnte Andrej sich nicht durchringen. Er wollte sie schonen.

Zur Geburt fuhren sie nach Deutschland. In die Stadt München, wo Hitler einst seine politische Tätigkeit begonnen hatte. Dort stand immer noch ›seine‹ Kneipe.

Nadka hatte zwei Staatsbürgerschaften. Und sie konnte sich fließend auf deutsch unterhalten.

Andrej hoffte im tiefsten Winkel seiner Seele, daß das Kind seines wäre. Er hatte sogar bei Ärzten nachgefragt: Konnten die Spermien beweglicher werden durch die Kraft einer großen Leidenschaft? Die Ärzte hatten gesagt, daß es solche Fälle gab, der hormonelle Hintergrund ändert sich, es konnte sich etwas herauskristallisieren. Und sie hatten ihm Beispiele genannt.

Luka kam an einem Morgen auf die Welt. Andrej war bei der Geburt dabei und zog den kleinen Jungen eigenhändig aus Nadkas Leib. Vor lauter Angst, etwas falsch zu machen, kam es ihm dabei so vor, als wenn das Kind immer länger würde und überhaupt nicht mehr aufhörte.

Aber dann war Luka endlich da, man pflegte ihn geschickt, wickelte ihn und legte ihn Nadka an die Brust. Nadka sah sofort neugierig in sein kleines Gesicht. Es war der Einspänner. Eine genaue Kopie. Wie geklont. Genau dieselbe Form der Stirn und die hohen Augenbrauen.

Andrej konnte zuerst gar nicht mehr hinsehen, so

erschüttert war er von dem Mysterium der Geburt. Das Wichtigste war: Ein Mensch war geboren worden, und alle lebten. Und was war nun schon groß zu sehen? Ein rotes, verschrumpeltes Köpfchen mit zusammengedrückten Äuglein.

»Ganz der Papa«, sagte der Arzt auf deutsch.

Nadka übersetzte, und plötzlich spürte Andrej, daß er weinte. Nicht umsonst läßt man die Väter im Westen bei der Geburt ihrer Kinder dabeisein. Dabei geschieht etwas in ihnen, ein Schalter wird umgelegt, ein für allemal. Und so geschah es auch mit Andrej. Seine Seele platzte auf und spaltete sich bis zum Kern. So also hatte Nadka ihn verwandelt. Und alles fing so unschuldig an und so banal: ›Ich bin Andrej Chnykin. Wer sind Sie?‹ – ›Ich bin Nadjeshda Warlamowa.‹ Sie hatte sich einfach in sein Blickfeld gestellt, damit er sie sah. Und er hatte sie gesehen.

Am dritten Tag verließ Nadka das Krankenhaus. Man behielt die Frauen dort nicht lange nach einer Geburt. Die Krankenkasse verlangte es so. Als Privatpatientin hätte Nadka allerdings so lange bleiben können, wie sie wollte.

Andrej war überrascht, daß Nadka schon so aktiv war. Sie wollte sich nicht einen Tag schwach und krank fühlen. Sie wollte sich bewegen und nicht im Hotel herumsitzen.

Sie nahmen das Kind, legten es in eine spezielle Babytragetasche, rüsteten sich mit Pampers aus – und los ging's, durch die Museen und Restaurants. Oder sie gingen einfach spazieren, betrachteten die Häuser und Menschen. Auf dem Marienplatz, genau um sechs Uhr, drehten sich Holzfiguren unter dem Dach eines alten Hauses zum Glockenklang. Die Touristen reckten die Hälse und betrachteten das Schauspiel. Die Deutschen mochten es nicht, sich herauszuputzen, sie waren bequem und unauffällig angezogen. Man spürte, daß es ihnen schon lange gut ging. Sie hatten keine Minderwertigkeitskomplexe wie die Russen. Nur Menschen mit schwachem Selbstwertgefühl müssen sich herausputzen.

Sie aßen in einem Bistro zu Abend. Es gab geräucherte Schweinswürstchen, etwas typisch Deutsches. Andrej trank ein Weizenbier. Luka aß auch zu Abend. Nadka entblößte ihre braungebrannte Brust, wie eine Zigeunerin. Niemand sah sie komisch an. Die Interessen des Kindes standen über allem.

»Wo gefällt es dir besser, hier oder in Moskau?« fragte Andrej.

»Dort, wo du bist. Wenn's sein muß, auch in Afrika«, antwortete Nadka.

Sie erwartete einen Antrag, dachte, daß Andrej ihr jetzt Herz und Hand anbieten würde, aber er schwieg.

An einem Tag kam Greta zu Besuch. Sie kam extra nach München gefahren, war nicht zu bequem dazu. Aber wahrscheinlich hatte sie hier auch noch eigene Interessen. Ihr Leben bewegte sich nach und nach in Richtung ihrer Träume. Greta wurde allmählich eine Geschäftsfrau. Sie hatte einen russischen Laden eröffnet und organisierte jetzt eine Bestellung aus Rußland: Spielzeug, Chochlama-Lackarbeiten, Matrioschki. Greta war viel selbstsicherer geworden, was sich auch in ihrem Verhalten und ihrer Kleidung ausdrückte.

Greta sah Luka lange an. Dann fragte sie: »Und wem sieht er ähnlich?«

»Na, Andrej«, sagte Nadka eilig, und Andrej bemerkte diese Eile.

»Er sieht ihm gar nicht ähnlich. Und dir auch nicht«, schloß Greta. »Weder dem Vater noch der Mutter – der ist vom Briefträger, wie man so sagt«, meinte Greta lachend.

Nadka trat Greta unter dem Tisch auf den Fuß.

Greta erstarrte, dann wurde ihr klar, daß sie in ein Fettnäpfchen getreten war.

»Aber wenn ich genauer hinschaue, hat er doch was von Andrej: die Ohren«, korrigierte sich Greta.

»Die Ohren sind bei allen gleich«, entgegnete Andrej.

»Nein, das stimmt nicht...« Greta fing an zu erklären, daß die Ohren die Form eines Embryos hatten, und wenn man genau hinsah …

Aber Andrej hörte nicht zu. Er hatte begriffen: Wunder gab es nicht, und unbewegliche Spermien heben nicht mehr den Kopf und werden beweglich, unter keinen Umständen. Na gut, das Kind war ›vom Briefträger‹, und doch war es ihm, Andrej, geboren. Nadka hatte lediglich seine unbeweglichen Spermien mit den beweglichen eines anderen Mannes vertauscht und hatte ihm einen Sohn geboren, und er, Andrej, hatte ihn am Ende des Tunnels erwartet. Wie ein Gott.

»Luka ähnelt mir auf meinen Kinderfotos«, sagte Andrej. »In seinem Alter sah ich genauso aus.«

Nadka horchte genau auf Andrejs Tonfall. Er bemerkte dieses Hinhorchen und dachte: ›Idiotin, hättest du es mir einfach gestanden, dann wäre es unser beider Geheimnis gewesen.‹ Alles wäre einfach und ehrlich gewesen. Und so stand nun eine Lüge zwischen ihnen wie eine dicke Kröte, vor der man sich ekelt.

Doch trotz alldem war Luka ein richtiger Engel, Nadka eine Madonna mit Kind, und die beiden nicht zu lieben war einfach unmöglich.

10

Sie kehrten nach Moskau zurück.

Andrej mietete für Nadka eine große Wohnung im Stadtzentrum, er organisierte zwei Kindermädchen: eins für tagsüber und eins für abends und nachts. Sein Chauffeur brachte alle drei Tage frische Lebensmittel vom Markt. Andrej verhielt sich vorbildlich. Nadka war sicher, daß der Antrag von Herz und Hand kurz bevorstand. Aber Andrej beeilte sich nicht. Und Nadka zeigte eine Feinfühligkeit, die ihr früher nicht eigen gewesen war. Sie verstand, daß nachzufragen und zu insistieren, bedeutet hätte, Andrej am Kragen zu packen. Und dann würde er sich nur losreißen wollen und so weit wie möglich davonrennen.

Nadka verlegte sich auf die Taktik des Abwartens und nahm derweil das Projekt Kommunalwohnung in Angriff. Sie mußte vier Wohnungen kaufen für die vier Parteien, die umgesiedelt werden mußten, bevor Nadka die Wohnung für sich haben konnte. In dieser Kommunalwohnung lebten die Bewohner schon seit der Nachkriegszeit: eine alte Frau, Lidia Gawrilowna, das Säuferehepaar Semjon und Ljudka, der Ingenieur Jascha. Das größte Zimmer von fünfzig Quadratmetern mit schönen Säulen darin bewohnte der Solist des Symphonieorchesters mit dem unaussprechlichen Namen Gmys.

Die Mietparteien verhielten sich unterschiedlich: Eine war vertrauensvoll, eine andere mißtrauisch, eine geldgierig bis zum Gehtnichtmehr und eine eher gleichgültig.

Die alte Lidia Gawrilowna erwies sich als Hochstaplerin der Extraklasse. Sie hatte ihr zwanzig Quadratmeter großes Zimmer gleichzeitig ihrer Nichte Maika und ihren Nachbarn von oben, eine Etage höher, versprochen.

Maika kam einmal in der Woche, immer am Dienstag, und brachte Lebensmittel, einen ganzen Korb voll: Fleisch, Fisch, Geflügel, Gemüse, Obst, kalte Vorspeisen. Und die Nachbarn von oben besuchten Lidia oft sonntags, räumten bei ihr auf und putzten, reparierten Elektrogeräte oder Stecker. Sie arbeiteten ihr Erbe ab. Die alte Frau war um die Achtzig, und das Zimmer im Stadtzentrum konnte jede Minute frei werden.

Die Nachbarn von oben wußten nichts von Maika und Maika nichts von den Nachbarn. Und Nadka wußte erst recht nichts von dem ganzen Handel. Aber eines schönen Tages kam alles raus. Nadka mußte Boris einschalten.

Boris verurteilte Lidia Gawrilowna nicht: Ein alter Mensch muß sich eben durchschlagen, so gut er kann. Boris führte Gespräche mit allen Beteiligten. Er bedrängte niemanden, sprach leise und klar und sah allen direkt in die Augen. Sein Blick war ruhig und ehrlich.

Nadka dagegen war nervös, hüpfte mit Blicken und Gedanken hin und her und dachte nur ans Geld. Menschen interessierten sie generell nicht, und diese Menschen schon gar nicht: eine alte Frau, ein paar Säufer, ein Ingenieur. Sie erinnerte sich nicht einmal mehr daran, wie sie aussahen. Die waren doch bloß Abschaum. Der Bodensatz der Bevölkerung. Nadka hatte nur eine bestimmte Summe zur Verfügung, und es wäre gut, wenn noch was für die Renovierung übrigbliebe. Sie wollte ihnen je eine möglichst billige Wohnung andrehen, in irgendeiner Schlafstadt, am besten im preisgünstigen Erdgeschoß. Dorthin würde sie die alte Frau und die zwei Säufer stecken. Denen war es doch völlig egal, wo sie wohnten. Wozu mußten die im Stadtzentrum leben?

Der Ingenieur Jascha machte keine Probleme. Ihn konnte man prima für dumm verkaufen, er glaubte alles. Jascha hatte, bis er vierzig war, mit seiner Mama zusammengelebt, aber dann war die Mama gestorben, und Jascha war allein zurückgeblieben, völlig unfähig, mit der ihn umgebenden rauhen Wirklichkeit fertig zu werden. Offensichtlich hatte die Mama ihn gut gegen die Widrigkeiten des Lebens abgeschirmt. Jascha log selbst nie und wußte deshalb nicht, daß andere das mit großem Enthusiasmus tun konnten. Für ihn war das Wichtigste, daß er seine Ruhe hatte, daß man ihm nicht den Kopf vollquasselte und ihn hin und her zerrte. Wie seine Mama immer zu sagen pflegte: ›*Ne drej a kopf* – laß dich nicht verrückt machen.‹ Das war der einzige Ausdruck, den Jascha auf jiddisch kannte.

Jascha übers Ohr zu hauen war unangenehm, es war, als legte man ein Kind herein. Aber Geschäft war Geschäft. Nadka wollte Jascha in einer der fünfstöckigen Plattenbauwohnungen ohne Lift unterbringen, die noch in der Chruschtschow-Ära gebaut worden waren. Boris bremste Nadka.

»Davon rate ich dir ab«, sagte er. »Später hast du dann ein schlechtes Gefühl.«

»Im Gegenteil, wenn ich den schon mal los bin, werde ich ein gutes Gefühl haben«, antwortete Nadka.

Den Löwenanteil des Geldes erforderte die neue Wohnung für Gmys. Für sein Fünfzig-Quadratmeter-Zimmer mit Säulen in einem exklusiven Haus verlangte er eine Zweizimmerwohnung zum Ausgleich. Er hatte eine schwangere Ehefrau, die noch sehr jung war, offensichtlich waren sie frisch verheiratet.

Nadka zog verschiedene Varianten aus dem Hut, sortierte vor, zeigte etwas, blieb stur, feilschte bis aufs Blut, und alles endete damit, daß der Solist plötzlich verstarb. Er hatte ein krankes Herz gehabt.

Nadka hatte damit gar nichts zu tun, wie sie fand, aber die schwangere Frau ging mit geballten Fäusten auf sie los. Boris mußte die junge Frau, die vor Trauer und Wut völlig außer sich war, buchstäblich von Nadka wegzerren.

Ljudka und Semjon kamen auf den Lärm hin aus ihrem Zimmer gerannt, orientierten sich blitzschnell und schütteten Nadka einen Eimer Wasser ins Gesicht. Schlagen wollten sie sie nicht, da genierten sie sich denn doch, aber sie jagten sie von Kopf bis Fuß durchnäßt auf die Straße. Es war Dezember und minus fünf Grad kalt.

Der Skandal kam Alice zu Ohren. Die wachsame Lidia Gawrilowna hatte sich beschwert.

Alice rief Nadka zu sich und sagte: »Du bist wie ein Pittbullterrier. Du gehst über Leichen, um das zu kriegen, was du willst.«

»Man muß auch mal einen Schlag aushalten können«, parierte Nadka. »So was darf man sich nicht so zu Herzen nehmen. Man könnte ja meinen, die Wohnung sei denen wichtiger als ihr Leben.«

»Du bist einfach gewissenlos«, schloß Alice.

»Na, und Sie?« fragte Nadka hämisch.

»Im Gegensatz zu dir *habe* ich wenigstens noch ein Gewissen.«

Nadka wollte anmerken, daß Alice auch drei Reihen Zähne hatte, wie ein Hai, aber sie schwieg. Sie wollte die Auseinandersetzung jetzt nicht vertiefen. Das Wichtigste war die Wohnung, nicht die Suche nach der Wahrheit. Nadka verstand es, die Spreu vom Weizen zu trennen.

Am Ende wurde die Wohnung doch noch frei.

Das Säuferehepaar war in die Moskauer Vorortsiedlung Litwinowo gezogen. Es gefiel ihnen dort: frische Luft und ein Gärtchen vor dem Fenster.

Jascha hatte unerwartet Glück gehabt. Ihm war ein Zimmer in einer Dreizimmerwohnung zugefallen. Die anderen zwei Zimmer bewohnte die geschiedene Lida, mit rundem Gesicht und einem runden Po. Und mit einem fünfjährigen Sohn. Jascha und Lida sahen sich an, und beiden wurde sofort klar, daß die lange Suche nach dem Glück beendet war. Lida bekam einen kultivierten, nicht trinkenden Mann. Und Jascha eine Ehefrau plus das schon fix und fertige Kind. Sein geheimer Traum ging in Erfüllung. Er liebte genau solche, diese warmen und erdigen slawischen Frauen. Die intellektuellen jüdischen Brillenschlangen gefielen ihm nicht. Aber das Allerbeste war, daß er gar nichts tun mußte: Eine fertige Ehefrau in einer fertigen Wohnung erwartete ihn. Die hatte Gott ihm gesandt. Oder vielleicht auch seine Mama. Nicht einmal dort in der Anderswelt ließ sie ihren geliebten, lebensuntüchtigen Jascha im Stich.

Die schwangere Gmys-Witwe bekam eine Zweizimmerwohnung im selben Viertel. Die Wohnung war nicht so teuer gewesen, weil sie im Erdgeschoß lag. Aber für die junge Frau war das Wohnviertel das Wichtigste gewesen.

Nun blieb nur noch Lidia Gawrilowna. Sie änderte alle fünf Minuten ihre Meinung: Mal war sie mit einer Einzimmerwohnung einverstanden, dann wollte sie wieder zwei Zimmer. Sie verstand, daß das jetzige Zimmer ihre letzte Chance auf Wohlstand war, eine andere würde sie nie mehr bekommen.

Nadka mußte zwei miteinander verbundene Zimmer in einer Kommunalwohnung mit wenigen Bewohnern finden. Aber in allerletzter Sekunde wollte die Alte plötzlich doch eine eigene abgeschlossene Wohnung und zog nicht um. Sie blieb einfach mit sturem Ausdruck ihres zahnlosen Mundes in ihrem Zimmer sitzen. Hinter ihrem Rücken sah die Nichte Maika hervor, die Initiatorin und Managerin dieses Sieges.

Nadka zog den Juristen der Firma Alice hinzu, Jura. Jura erschien: ein kahlköpfiger Kerl ohne Hals, mit breiten Schultern, der aussah wie eine Krabbe. Er betrachtete die schwächliche Großmutter und sagte nur: »Also, was ist jetzt?«

Lidia Gawrilowna bekreuzigte sich und war sofort mit allem einverstanden. Sie hatte genug Fernsehserien gesehen, um zu erkennen, daß hier ein Knastbruder vor ihr stand. Lieber zwei Zimmer in einer Kommunalwohnung als ein qualvoller Tod.

Und so war die Wohnung endlich frei. Nadka wurde als Besitzerin eingetragen. Das war einer ihrer größten Siege. Auf diesem Territorium würde Nadka ihr Nest mit Andrej und den zwei Kindern bauen. Das Territorium war Extraklasse, und Andrej war ein Supermann: geliebt, begehrt, jung, reich und schön. Wie im Märchen. Nadka war eine Perfektionistin. Bei ihr mußte alles vom Feinsten sein. Und zu diesem Allerfeinsten war sie schließlich lange und mühevoll unterwegs gewesen.

Aber die große Renovierung lag noch vor ihr. Das hieß, sie brauchte einen guten Architekten, eine zuverlässige Arbeiterbrigade und Geld, Geld, Geld...

»Ich brauche ein bißchen Geld«, sagte Nadka zu Andrej. Sie bat ihn beim Abendessen. Luka schlief. Sie saßen in der Küche und aßen Spaghetti mit Miesmuscheln. Nadka kochte dieses Gericht einfach meisterhaft. Das hatte sie von der Mexikanerin in Jean-Maries Haushalt gelernt.

»Du hast ja die alten Schulden noch nicht zurückgezahlt«, erinnerte Andrej sie.

»Wieso zurückzahlen?« wunderte sich Nadka. »Wir heiraten doch, und dann gehört uns eh alles zusammen.«

»Wir heiraten nicht«, sagte Andrej ganz ruhig, als ob es um irgendeine Kleinigkeit ging. Dabei ging es schließlich um die Hauptsache. »Ich kann meine Frau nicht verlassen.«

Nadka starrte vor sich hin. Sie verstand gar nichts mehr. »Wieso?« fragte sie mit dunkler, vor Betroffenheit tiefer gewordener Stimme.

»Weil ich nicht will.«

»Und warum hast du das nicht gleich gesagt?«

»Du hast mich nicht gefragt.«

»Aber das versteht sich doch von selbst«, sagte Nadja.

»Das tut es ganz und gar nicht«, entgegnete Andrej.

»Und warum habe ich das Kind geboren?«

»Weil du es gewollt hast, darum hast du es geboren. Stört es dich etwa?«

»Natürlich stört es. Was soll ich denn machen allein, mit zwei Kindern…«

Andrej sah sich erschrocken um, ob Luka das nicht etwa mitbekäme. Aber er schlief, die Fäustchen fest unter den Kopf geklemmt.

»Ich gebe ihm meinen Namen und werde euch finanziell unterstützen. Das ist alles.«

Nadka atmete schwer. Sie bekam kaum Luft.

»Aber ich bin doch bei dir«, beruhigte Andrej sie. »Ich bin bei euch... Was brauchst du denn noch mehr...«

11

Nadka gab sich vierundzwanzig Stunden Zeit, um die Nachricht zu verdauen. Sie schluchzte, schlug mit den Fäusten an die Wände. Sie heulte wie eine Eule.

Sie dachte sogar daran, Gift zu nehmen, aber nicht um zu sterben, sondern nur, um Andrej einen Schrecken einzujagen. Sie könnte sich mit einem Arzt absprechen und sich ins Krankenhaus einliefern lassen. Der Arzt würde Andrej anrufen und ihm offiziell verkünden, was passiert war, einen möglichen Skandal andeuten. Andrej würde zu der ›Sterbenden‹ eilen, und sie würden den Standesbeamten direkt ans Krankenbett bestellen. Ganz so wie in den mexikanischen Seifenopern.

Aber Andrej hatte ihr ja wirklich nichts versprochen, und Nadka hatte nicht gefragt. Warum hatte sie ihn bloß nicht gefragt? Zum einen, aus Stolz. Und zum anderen, aus Feigheit. Im Innersten ihrer Seele hatte Nadka immer den Verdacht gehabt, daß Andrej ein zu großer Fisch für ihren schwachen Haken war.

Nadka war unsicher, was andere betraf, deshalb tat sie nur das, was von ihr allein abhing. Leben, ein Kind austragen, es gebären. Dazu brauchte sie niemanden sonst.

Aber Nadka liebte Männer, die es geschafft hatten. Und Andrej war ein Musterschüler. Er hatte alles mit Auszeichnung bestanden. Und sogar daß er seine Frau nicht verlassen wollte, auch das war ein Zeugnis seiner menschlichen Zuverlässigkeit. Um so mehr mußte sie ihn erobern, um jeden Preis. Sie mußte alles tun, was in ihrer Macht stand – und mehr.

Nadka rief Nelly an. Nelly zeigte Mitgefühl und nannte ihr einen Bekannten, der Arzt war und Senja hieß.

Senja kam, hörte sich Nadkas Szenario mit der Scheinvergiftung an und fragte nach dem Honorar für eine etwaige Beteiligung. Nadka versprach fünfhundert Dollar. Senja war glatzköpfig, hatte hervorquellende Augen wie ein Karpfen und feuchte Lippen. Er schürzte seine nassen Lippen und sagte: »Ich rate Ihnen dringend von diesem Theater ab.«

»Warum?« fragte Nadka.

»Weil er Angst vor Ihnen bekommen wird, und dann wird er Sie verlassen. Vielleicht nicht sofort. Zuerst wird er Sie aus dem Krankenhaus holen, und dann versteckt er sich in der Toilette.«

»Haben Sie schon solche Fälle erlebt?«

»Ja, natürlich... Wenn eine Frau versucht, sich zu rächen oder den Mann zu erpressen, muß man rennen wie bei einer Attacke.«

»Und sind Sie selbst auch schon gerannt?«

»Und wie...«, gab Senja zu.

›Mein Gott‹, dachte Nadka. ›Wer verliebt sich denn in so einen...?‹

Senja ging weg, ohne Geld für die Visite zu nehmen.

Nadka und Nelly blieben allein.

»Werden denn sogar solche Männer geliebt?« fragte Nadka laut.

»Alle nur möglichen werden geliebt«, verkündete Nelly. »Jeder Topf findet seinen Deckel.«

Nadka überlegte. Ihr Deckel konnte nur Andrej sein. Sie liebte ihn im ganzen und jeden einzelnen Teil von ihm. Sie liebte sein Lächeln und sein Husten und die Art, mit den Augen abzuschweifen. Gerade war er noch hier, und schon war er woanders. Er war von einem anderen Stern.

»Und was sagt er?« fragte Nelly.

»Er sagt, daß er seine Frau nicht verlassen kann.«

»Das kennen wir gut«, bemerkte Nelly.

Nelly hielt ihrem verheirateten Genie immer noch die Treue.

»Wie lange geht das schon bei dir?« fragte Nadka.

»Acht Jahre.«

»Hast du dich damit abgefunden?«

»Besser so als gar nicht. Wir brauchen einander wirklich.«

»Wenn er dich wirklich braucht, warum tut er dann nicht den entscheidenden Schritt?«

»Er kann seine Frau nicht verlassen. Wenn sie doch nur ihn verlassen würde...«

Das war es! Der Ausweg war einfach, wie alles Geniale. Wozu diese schwierige Geschichte mit dem Krankenhaus, Bestechungsgeld, Absprachen... Man konnte doch Swetlana, Andrejs Frau, in das Spektakel mit hineinziehen. Die saß zu Hause und wußte von nichts, und Nadka schwamm währenddessen in Salzsäure. Sollte Swetlana ruhig auch ein paarmal untertauchen.

Andrej rief an. Er überprüfte an Nadkas Stimme die Lage. Nadka klang freundlich. Also konnte man den Abend ohne Verluste genießen. Die Affäre mit Nadka fing an, schwierig zu werden. Aber so war es immer. Am Anfang das große Glück, paradiesische

Freuden. Im Hirn wurden Endorphine gebildet, das Glückshormon, man ging nicht mehr, man schwebte über der Erde. Aber dann nahm das Drama seinen Lauf.

Andrej fürchtete Vorwürfe und Skandale, er hatte dafür einfach keine Zeit und keine Kraft. Sein Tag war völlig ausgefüllt, der Kopf war bis zum Platzen voll. Er mußte schwere Entscheidungen treffen und durfte sich nicht irren. Es ist schwer, ein Business aufzubauen, und leicht, es wieder kaputtzumachen.

Der unerträglichste Augenblick kam für Nadka, wenn Andrej nach den Momenten größter Nähe die Beine aus dem Bett schwang und begann, sich anzuziehen. Das war, wie wenn ein Auto in voller Fahrt bremste, so daß der Beifahrer mit dem Kopf an die Frontscheibe flog. Nadka wurde jedes Mal in Stücke gerissen von diesen Abgängen. Aber heute nicht.

Heute steckte sie ihm mit den geschickten Bewegungen eines Zauberers ein Familienfoto in die Tasche seines Jacketts: Andrej, Nadka, Luka. Ein glücklicher, lächelnder Andrej, eine alles verstehende Nadka, einer japanischen Geisha ähnlich, und Baby Luka sah in die Linse noch ohne jeglichen Gesichtsausdruck. Dieses Foto hatte Greta gemacht und per Post geschickt.

Im Hintergrund war ein Haus mit deutscher Reklame zu sehen. Es war klar, daß das Foto im Ausland aufgenommen war, und vor diesem Hintergrund stand ein sorgloses, glückliches Paar mit Kleinkind.

Nadka rechnete damit, daß Andrejs Frau dieses Foto finden würde. Der Betrug würde aufgedeckt, es gäbe einen Skandal. Andrej würde vor der Wahl stehen und würde natürlich Nadka mit Luka wählen, denn sie und Luka waren zu zweit, und die Ehefrau war allein.

Nadkas Rechnung ging auf, aber nur teilweise. Swetlana fand das Foto tatsächlich. Sie hatte das Jackett in die Reinigung bringen wollen, hatte die Taschen ausgeleert und war auf das Foto gestoßen. Sie betrachtete es. Die Frau sah aus, als käme sie aus einem japanischen Kalender. Das Kind war noch so klein, daß es einem Greis ähnelte. Andrej sah so glücklich aus, daß er wie betrunken wirkte. Und vielleicht war er das auch.

»Wer ist das?« fragte Swetlana und legte das Foto vor Andrej hin.

Es war am Morgen, Andrej trank gerade Kaffee. Er hob nicht mal die Braue.

»Bekannte von mir.«

Andrej schob die Tasse zurück. Er zog ein anderes Jackett an. Er hatte eine ganze Reihe solcher Jacketts in seinem Einbauschrank.

»Und wo ist das?« fragte Swetlana.

»In Genf.«

Swetlana wußte, daß Andrej oft in der Schweiz war, beruflich und wegen der Zähne. Sein Zahnarzt lebte in Genf.

»Kann ich das wegwerfen?« fragte Swetlana.

»Wie du willst.«

Swetlana riß das Foto ordentlich in vier Stücke und ließ es in den Abfalleimer fallen. Sie ahnte nichts. Andrej konnte keine Kinder zeugen, also war das Baby das Kind der Japanerin. Die Japanerin war wohl verheiratet und hatte vor kurzem das Kind geboren. Um Andrej schwirrten immer Leute herum wie die Moskitos, und alle sagten nur ein Wort: ›Gib!‹ Und nie sagte jemand einmal: ›Da hast du!‹

Swetlana arbeitete mit Andrej zusammen. Es gab einen Bereich in ihrem Geschäft, den man nur einem sehr nahen Menschen anvertrauen konnte. Andrej wußte, daß man Swetlana unmöglich betrügen konnte, daß man mit ihr keine krummen Dinger drehen konnte und daß sie sich nicht um den Finger wickeln ließ. Sie sah jedem Menschen ins Innerste, schon auf einen halben Meter Abstand. Sie verstand es, Freund von Feind zu unterscheiden. Sie konnte einen Schlag auf sich ziehen und ihn parieren. Sie konnte voraussehen und dachte strategisch wie ein guter Schachspieler. Und sie verstand es, in vernünftigem Rahmen etwas zu riskieren. Andrej brauchte Swetlana wie seine Arme. Er konnte ohne sie nicht auskommen, konnte es nicht und wollte es nicht. Wieso? Das stand in den Sternen. Sie war ihm von ganz oben geschenkt worden. Der Schöpfer hatte gerufen: ›Da, fang!‹ Und hatte ihm Swetlana zugeworfen. Andrej hatte sie aufgefangen, an sich gedrückt und nie mehr fallen lassen. Und er würde sie nie verlassen. Swetlana war das Ziel, dessen er sich ganz sicher war, und sie war sich sicher, was ihn anbetraf.

Was Nadka anging, war das etwas ganz anderes. Nadka war das Rauschmittel, das er sich gegönnt hatte und das er sich nicht versagen würde. Andrej verglich die beiden Frauen nie miteinander. Jede spielte ihren Part in der Symphonie seines Lebens. Swetlana spielte den Hauptpart. Nadka war die zweite Stimme. Wie die jüngste Ehefrau in einer muslimischen Familie. In der muslimischen Welt war die Anzahl der Ehefrauen lediglich eine Geldfrage, aber keine Frage von Sittlichkeit.

Aber Nadka war keine Muslimin. Sie wollte nicht die zweite sein. Sie wollte die einzige sein.

12

Die Sache mit dem Foto hatte nichts gebracht. Schwaches Geschütz. Es mußte ein nächster, ein stärkerer Schlag her. Aber welcher?

Nadka begriff: Wenn sie jetzt nichts unternahm, würde sich alles festfahren wie ein Wagen, der in den Sumpf geraten ist. Es drohte ihr das Los der ewigen Geliebten. Die Zeit arbeitete gegen sie. In zehn Jahren hätte sie sich in eine vierzigjährige, verbitterte Tante verwandelt, die ständig stritt und etwas forderte.

Es gab zwei Wege der Entwicklung: vom Wagen abspringen und kapitulieren oder diesen Wagen irgendwie aus dem Sumpf ziehen. Bloß wie?

Zum Beispiel, indem sie Swetlana wütend machte. Swetlana würde Andrej verlassen, und dann wäre Andrej frei. Und das wäre schon gleich eine andere Situation.

Nadka wußte, wo Andrej arbeitete. Er hatte ihr einmal aus dem Auto heraus ein helles Stuckgebäude gezeigt.

Nadka stieg in ihr Auto. Luka hatte sie hinten in seinen Kindersitz gesetzt. Sie fuhr zu Andrejs Büro, was sie da tun würde, wußte sie selbst nicht genau. Das Endziel aber war klar: Andrej bei der Hand nehmen und für immer mit ihm nach Hause fahren. Es war möglich, daß es einen Skandal geben würde. Aber ein Skandal war wie ein Skalpell. Er schneidet tief hinein, und die Lüge kommt an die Oberfläche. Zuerst tut es weh, aber danach wird einem leichter.

Nadka nahm Luka mit, als Beweis und Druckmittel. Luka war mittlerweile gewachsen. Er war hellhäutig, hatte Locken bekommen, man konnte die Augen nicht von ihm lassen. Nadka liebte Luka aus ganzem Herzen. Aber in demselben Herzen blühte der Haß zu Swetlana. In Nadkas Herz brodelten zwei völlig verschiedene Gefühle.

Das Auto hielt neben dem Gebäude. Über der Tür prangte ein altmodisch verschlungener Schriftzug. Nadka stieg aus, hob Luka aus dem Auto. Sie ging zum Eingang. Ein Türsteher hielt sie auf.

»Zu wem möchten Sie?«

»Zu Andrej Petrowitsch Chnykin.«

»Weiß er, daß Sie kommen?«

»Er erwartet mich«, log Nadka, wobei sie den Türsteher mit Unschuldsmiene ansah.

Der Türsteher ließ sie durch. Nadka bemerkte, daß das Gebäude sauber und streng, aber elegant war, wie in Deutschland. In der rechten Ecke war eine kleine Bar mit Tischchen eingerichtet.

Nadka setzte sich. Sie nahm einen Kaffee. Luka

streckte sie einen Zwieback hin, an dem er sofort gierig zu saugen begann.

Aus den Tiefen der Büros erschien Swetlana und ging zur Treppe. Dann wandte sie sich um. Das Gesicht der Frau kam ihr bekannt vor. Sie erinnerte sich, daß sie das Gesicht auf dem Foto gesehen hatte. Das Kind war dem Baby auf dem Foto nicht ähnlich, doch Kleinkinder verändern sich ja schnell. Vielleicht hatte die Frau auch mehrere Kinder.

Swetlana wartete, bis der Blick der Japanerin den ihren kreuzte. Dann fragte sie: »Wollen Sie zu Andrej? Ich rufe ihn sofort.«

Und sie ging fort, ohne etwas Böses zu ahnen.

Andrej kam herunter. Als er die beiden sah, strahlte er vor Freude.

Er kam näher und setzte sich zu ihnen. Sofort nahm er Luka auf den Arm. Der Barmann brachte Andrej einen Kaffee.

»Ist was passiert?« fragte Andrej. »Etwas so Dringendes?«

Er dachte nicht im Traum daran, daß Nadka hier einen Streit vom Zaun brechen könnte.

»Ich … wollte dich bitten … Ich brauche eine gute Arbeiterbrigade für die Renovierung der Wohnung.«

Andrej nahm sein Mobiltelefon heraus und wählte eine Nummer. »Was für Brigaden hast du gerade frei?« fragte Andrej. »Verstehe. – Ja, danke.«

Andrej richtete seinen ahnungslosen Blick auf Nadka. »Am besten nimmst du Jugoslawen. Aber die sind teuer. Wenn du es billiger willst, dann nimm die Chochlen. Aber die saufen.«

»Bezahlst du es?« fragte Nadka.

Mit dem Skandal wurde es nichts. Dann wenigstens Geld.

»Ich hab schon bezahlt«, antwortete Andrej. Er hatte vor nichts Angst.

»Irgendwie bist du ... nicht konsequent.«

»Ich bin sehr konsequent.« Andrej sah Nadka aufmerksam an, als ob er sie hypnotisieren wollte.

Es stimmte ja, daß er ihr sofort gestanden hatte, verheiratet zu sein, und ihr nichts versprochen hatte. Aber Nadka dachte, wenn er sie doch liebte und sie ihn ... Wenn man A sagte, mußte man auch B sagen. Aber von ihm kam nur das A. Und dann ein endloses Tuten im Hörer. Und wenn Nadka nicht die Initiative ergriff, dann würde es nicht einmal mehr das Tuten geben.

»Na gut«, sagte Nadka beim Aufstehen. »Ich gehe.«

Sie hätte weinen mögen, doch ihr Stolz verbat es ihr.

»Wir sehen uns«, sagte Andrej wie diese Leute im Fernsehen. Es war so unpersönlich, dieses ›Wir sehen uns‹.

Nadka nahm Luka hoch und ging zu ihrem Auto. Der Türsteher war ihr behilflich. Er hielt das Kind.

Als Nadka sich umsah, erblickte sie Swetlana am Fenster wie ein Porträt im Rahmen. Hellhäutig, einfach, wie eine Kamille auf der Wiese. Was war an ihr besser als an Nadka? Gar nichts. Sie war einfach früher in Andrejs Leben aufgetaucht.

Nadka kam im Zustand völliger Lähmung zu Hause an. Aber allmählich nahm das Gefühl ab. Zorn packte Nadka und trieb sie um. Warum so eine Ungleichheit? Warum mußte Nadka vor Wut fast platzen, und Swetlana lief mit geradem Rücken und ruhiger, fester Stimme herum?

Nadka wählte Andrejs Büronummer. Im Hörer war eine Frauenstimme zu hören.

»Ich muß mit Andrej Petrowitsch sprechen«, forderte Nadka.

»Er ist nicht da. Was soll ich ausrichten?«

»Sagen Sie ihm, seine Geliebte hat angerufen.«

»Und Ihr Name?«

»Den weiß er.«

»Gut. Ich richte es aus.«

Im Hörer war nur noch ein Tuten zu hören.

»So«, sagte Nadka zu dem Tuten. »Die soll ruhig auch mal in Salzsäure schwimmen.«

Swetlana legte den Hörer auf und setzte sich an

den Computer. Sie dachte gar nicht daran, in Salzsäure zu schwimmen.

Sie wußte, daß Andrej ein Mann war, der Frauen anzog. Und ihm gefielen die Frauen, vor allem die, die sich ihm anboten. Er hatte keine Zeit, lange zu suchen oder einer den Hof zu machen. Er nahm die, die sich in seine Arme warfen. Warum nicht was nebenbei mitnehmen? Diese Bereitwilligkeit gefiel Swetlana zwar nicht sonderlich, aber sie wußte: Andrej würde sie nicht verlassen. Und selbst wenn er sich einmal umdrehen und weggehen würde, würde er immer wieder zu ihr zurückkehren. Das war schon einmal so gewesen. Er hatte eine Illusion, dann zerschlug sich die wieder. Vielleicht wird einem Menschen sein Schicksal bei der Geburt mitgegeben wie ein Zertifikat. Und das Schicksal zu ändern liegt nicht in Menschenhand. Dazu mußte man sterben und ein zweites Mal mit einem anderen Zertifikat zur Welt kommen. Aber vielleicht war die Sache auch anders, vielleicht paßten Swetlanas und Andrejs Charaktere zusammen wie ein Schlüssel und das dazugehörige Schloß. Alle Ausbuchtungen und Einkerbungen waren ideal aufeinander abgestimmt, und das Schloß funktionierte nur mit diesem einen Schlüssel.

Aber Nadkas Anruf beunruhigte Swetlana trotzdem. Andrej durfte solche Frauen, die die Ehefrau anriefen, nicht an sich heranlassen. Das war die Übertretung eines ungeschriebenen Gesetzes. Und Swetlana begriff, daß die Japanerin das nicht aus Übermut tat. Das bedeutete, daß Andrej die Hörner stellte, daß er ihr nicht aus der Hand fraß. Sie zog an ihm, er widersetzte sich. Es war alles sehr verständlich … Die Japanerin wollte sie ärgern. Also war es Swetlanas Aufgabe, sich nicht ärgern zu lassen und nicht übereilt zu handeln.

Swetlana empfand Andrej als Mann und als Sohn zugleich. Sie hatte keine Kinder, und so wurde Andrej zu ihrem Kind. Sie sah, daß er ein guter Organisator war, aber ein schwacher Jäger. Die Konkurrenten standen in einem dichten Ring um ihn herum wie die Wölfe und warteten nur auf den richtigen Moment. Und sobald er Schwäche zeigte, würden sie zuschnappen und ihn auffressen. Das durfte nicht passieren, aber solange Swetlana hinter ihm stand, würde Andrej keinerlei Schwäche zeigen. Die Japanerin bedrohte nicht das Business, aber sie gefährdete Andrejs seelisches Gleichgewicht.

Die Arbeit ging Swetlana nicht recht von der Hand. Sie schaltete den Computer ab und ging nach Hause.

Andrej kam früher als sonst nach Hause. Und wie immer war er satt. In letzter Zeit hielt er seine Geschäftstreffen in Restaurants ab. Genau wie man das im Westen tat.

»Setz dich hin!« sagte Swetlana zu ihm.

Andrej setzte sich in den Sessel und sah seine Frau offen und mit Vergnügen an. Es gefiel ihm immer, wie sie sich anzog. Teuer und doch bescheiden. Die Kleidung fiel an ihr nicht auf. Bei Nadka dagegen war die Kleidung immer auffallender als Nadka selbst.

»Bist du verliebt?« fragte Swetlana direkt.

»So was Ähnliches«, gestand Andrej. Er wollte nicht lügen.

»Und das Kind, wessen Kind ist es?«

»Unseres.«

»Dann ist diese Frau wohl die heilige Jungfrau Maria? Die gebar auch nach ›unbefleckter Empfängnis‹. Und du bist wohl der heilige Josef?«

Andrej schwieg. Dieses Thema fiel ihm schwer.

Swetlana hatte es nicht vergessen: Es hatte in ihrem Leben eine Zeit gegeben, in der Andrej Swetlana vorgeschlagen hatte, das Kind eines anderen auszutragen. Man mußte nur einen geeigneten Spender mit gutem Erbgut ausfindig machen, und sie hätten das Kind als ihres aufgezogen. Niemand hätte es erfahren. ›Es darf bloß nicht von einem Schwarzen sein‹, hatte Andrej im Scherz gesagt. Aber Swetlana war nicht einverstanden gewesen. Sie fand, sie und

Andrej sollten dasselbe Los teilen, sie würden es gemeinsam tragen. Swetlana hatte sich nicht getraut. Aber die Japanerin hatte sich getraut. Die Japanerin hatte vor gar nichts Angst. Sie war zu Risiko und Abenteuer bereit, und wer nichts riskierte, konnte auch nicht gewinnen.

»Wenn du gehen willst, ich halte dich nicht«, sagte Swetlana.

Andrej schwieg.

»Aber du kannst zurückkommen, wann immer du willst. Ich werde immer auf dich warten.«

»Ich glaube, ich bin schon zurückgekehrt.«

»Für immer?«

Das war die Hauptfrage. Swetlana ließ nicht zu, daß ihr Mann mal hierhin, mal dorthin sprang und ihr Leben in einen Trümmerhaufen verwandelte. Und die Japanerin hatte genau das erreicht.

»Für immer«, sagte Andrej.

Swetlana und Andrej suchten einen Tag aus und fuhren in die Kirche.

Swetlana hatte ihren eigenen Geistlichen, Pater Michail. Früher war er einmal Mischa gewesen, ein Techniker. Dann war in seinem Leben etwas passiert – er erzählte nie, was –, und dieses Erlebnis hatte sein ganzes Sein verändert. Mischa hatte sich in Pater Michail verwandelt, mit leiser Stimme und einem ruhigen, fast heiligen Blick, wie ihn nur Gläubige haben. Pater Michail war genauso alt wie Andrej, sie verstanden einander gut.

»Laßt euch kirchlich trauen«, schlug Pater Michail vor. »Die kirchliche Trauung festigt die Seele, hilft, Versuchungen abzuwehren. Der Teufel versucht einen andauernd. Der Teufel sieht die Schwachen.«

Swetlana und Andrej ließen sich kirchlich trauen. Es brannten Kerzen. Michails Worte trafen die beiden mitten ins Herz. Andrej glaubte, daß er sich tatsächlich dem Teufel, in Gestalt von Nadka, ergeben hatte. Aber jetzt war er gereift und würde sehenden Auges leben und nicht blind. Er würde den Versuchungen des Fleisches widerstehen. Er würde den Verstand einschalten, sein Gewissen und damit Gott.

Sie kamen aus der Kirche. Die Hälfte des Himmels war von einer dunklen Wolke bedeckt.

»*Baltschina* – würde mein Vater sagen«, meinte Andrej. So nannte sein Vater, ein Mann vom Lande, eine große Wolke. Seine Eltern wohnten auch jetzt noch auf dem Lande. Sie wollten nicht in die Stadt ziehen, obwohl der reich gewordene Sohn ihnen gute Bedingungen hätte schaffen können.

»Ich brauche das nicht«, sagte sein Vater. »Ich pinkle gern auf die Erde, direkt von der Türschwelle aus.«

Und tatsächlich: Direkt auf die Erde pinkeln, das war etwas anderes als sich in einer engen Toilette einschließen. Die Erde gibt ihre Energie ab, und diese Energie verbindet sich durch den Strahl mit dem Menschen.

Sein Vater schöpfte, genau wie Antheus, seine Kraft aus der Erde. Seine Mutter war geduldig und klug, genau wie Swetlana. Die beiden ähnelten einander sogar äußerlich. Der Verstand war ein guter Wegbegleiter. Dummheit und Ehrgeiz lassen Ecken entstehen, an diesen Ecken stößt man sich und wird zum Satan. Auf einen langen Weg kann man sich nur mit einem klugen und gutmütigen Begleiter machen.

Die Kirche stand auf einem leicht erhöhten Platz, auf einer der Ausfallstraßen von Moskau. Links lag die Stadt, und rechts waren Hügel, Wälder, der Himmel samt ›*baltschina*‹.

Andrej ging hinter ein paar Büsche und pinkelte auf die Erde. Ihm wurde plötzlich klar, daß er im Innersten seiner Seele auch ein Bauer war, ganz egal wieviel Geld er hatte, wie viele Ehrenämter und wie viele Jacketts im Schrank.

Andrej kam zu Swetlana zurück und nahm sie bei der Hand. Er war sicher, daß Swetlana jetzt etwas Ähnliches dachte. Sie waren ein Fleisch und ein Geist. Mann und Frau für alle Zeit. Das war durch

Standesamt und Kirche besiegelt. Durch Erde und Himmel.

Sie kamen still und friedlich gestimmt nach Hause, hatten keinerlei Lust irgend jemanden anzurufen, wollten sich niemandem mitteilen. Sie wollten sich diesen seelischen Höhenzustand erhalten, wollten alles bei sich behalten. Das, was zwischen ihnen war, gehörte nur ihnen.

13

Nadka begriff, daß Andrej sie verlassen hatte. Das war nicht schwer zu erraten. Andrej hatte seine sämtlichen Telefonnummern geändert. Er hatte den Türstehern befohlen, Nadka nicht in sein Büro zu lassen. Nadka fuhr hin, man ließ sie nicht hinein. Sie streckte dem Türsteher Kostja hundert Dollar hin, aber der nahm sie nicht. Er blieb undurchdringlich wie die Sphinx. Was war da zu machen? Sie konnte sich ja schließlich nicht mit ihm prügeln.

Nadka kehrte nach Hause zurück. Sie legte sich hin und taumelte in den Rachen der Depression. Wut, das ist Emotion, ein aktiver Zustand. Aber jetzt war alles ausgeschaltet, sie hatte keinerlei Lust zu leben. Nadka erinnerte sich an ihre Kindheit ohne Mutter, ihre übergroße Sehnsucht nach der Mama, die nicht da war. Sie erinnerte sich an Günther, der sie allein auf der Straße hatte sitzenlassen, in einem fremden Land, ohne einen einzigen Pfennig. Eine Erinnerung schwamm an die Oberfläche: Wie sie sich als Obdachlose in einen Zug gesetzt hatte, es war ihr egal gewesen, wohin er fuhr. Ihr gegenüber hatten sich zwei Schwule gesetzt. Sie stiegen an einer Station aus, nahmen Nadka mit, und dann wußten sie nicht, wie sie sie wieder loswerden sollten. Und auch Jean-Marie hatte nicht gewußt, wie er sie wieder loswerden sollte. Und jetzt Andrej, aber der wußte, wie er sie los wurde. Er hatte seine Telefonnummern geändert, hatte die Wachen verstärkt, hatte einen äußeren Feind gefunden.

Nadka wurde bewußt, daß sie nur allen im Wege war, und wenn sie stürbe, würden alle erleichtert aufatmen. Alle, außer ihren Kindern natürlich. Die Kinder mußte sie bei Xenia unterbringen. Sie würden Nadkas Gene weiter in die Zukunft tragen, so daß Nadka nicht ganz verschwunden wäre. Sie fing an zu überlegen, wie sie sich am leichtesten aus dem Leben bugsieren könnte. Sich mit Schlaftabletten vergiften beispielsweise, das tat nicht weh und schien nicht schrecklich. Du schläfst ein und tschüs! Aber um Schlaftabletten zu haben, mußte man in eine

Apotheke gehen. Und sie wollte nicht aufstehen und weggehen. Sie hatte keine Kraft, die Beine zu bewegen oder auch nur ein Wort zu sagen. Und am schlimmsten wäre es, alle die Leute zu sehen. Alle diese Fratzen.

Luka nutzte ihre Unbeweglichkeit aus und krabbelte auf ihr herum, wobei er auf ihr Gesicht sabberte. Es war die feuchte Berührung eines Engels. Lebendiges Wasser.

»Sie müssen wegfahren, mal raus hier«, sagte die Putzfrau Tanja. »Sie brauchen Tapetenwechsel, mal andere Bilder vor die Augen…«

Tanja konnte nicht mit ansehen, wie Nadka dalag und nichts aß. Tanjas Herz zerfloß vor Mitleid. Sie war die einzige mitfühlende Seele.

Nadka hielt sich in Gedanken an Tanjas Worten fest. In der Tat, sie hatte zwei Möglichkeiten: erstens – sich zu vergiften und zu sterben. Und damit Swetlana ein Geschenk zu machen. Sie würde zusammen mit Andrej einen kleinen Kognak zum Gedenken an ihre Seele trinken und sich dann mit ihm ins Bett legen. Sie würden sich lieben, langsam und traurig.

Oder zweitens – nach Paris fahren, in der Stadt herumschlendern, sich ein bißchen anderen Wind um die Nase wehen lassen. Mit Karina in einem Café sitzen. In einem Heiratsinstitut vorbeischauen, vielleicht hätten sie gerade ein Angebot von einem reichen Franzosen. Aber ein armer täte es auch.

Die einzige Anstrengung, die sie machen mußte, war, aus dem Bett aufzustehen. Ein Visum beantragen und ein Flugticket kaufen. Paris war auch voller Fratzen, aber das waren wenigstens französische.

In Paris bot Karina Nadka Unterschlupf. Sie hatte im Zentrum eine winzige Wohnung, ein Studio, speziell für Besucher. Karina mochte es nicht, wenn Gäste in ihrem Haus waren. Die Familie – das war ein Altar, in dessen Nähe Außenstehende nichts zu suchen hatten.

Karina nahm eine Flasche Wein und ein paar Nüsse aus dem Kühlschrank. Sie nannten das ›die Kehle anfeuchten‹.

Nadka beichtete aus ihrem Leben. Sie verheimlichte nichts: weder den Einspänner noch das Geld, das sie sich geliehen hatte. Sie stülpte die ganze Wahrheit heraus, welchen Sinn sollte das Gespräch sonst auch haben?

Karina schätzte Nadkas Offenheit, und doch empfand sie einen leichten Ekel dabei: einem Mann ein fremdes Kind unterzuschieben und sich so viel Geld unter den Nagel zu reißen. Ihr Herz hatte zu so etwas keinen Zugang. Nadka hätte doch ehrlich zugeben können, daß das Kind von einem anderen war. Wenn Andrej sie liebte, dann hätte er ihr alles verziehen. Und es hätte keine Lüge zwischen ihnen gestanden. Eine Lüge war wie Rost, sie fraß alles auf.

»Sag ihm die Wahrheit«, riet Karina.

»Und was ändert das?« fragte Nadka verwundert. »Ich gebe ihm das Geld sowieso nicht zurück. Das habe ich schon ausgegeben. Und das Kind kann ich auch nicht zurückstecken.«

»Und liebst du ihn?« fragte Karina.

»Wen? Andrej oder meinen Sohn?«

»Andrej natürlich.«

Nadka starrte düster vor sich hin, als wolle sie in die Zukunft sehen.

»Ganz schrecklich…«, sagte sie. »Er ist der Mann meines Lebens. Ich will mit ihm zusammenleben, aber zu meinen Bedingungen. Ich will heiraten.«

»Und wenn er ein Installateur wäre, wolltest du ihn dann auch heiraten?«

»Ja…«, bekräftigte Nadka mit Überzeugung.

Sie konnte sich selbst nicht ohne Andrej vorstellen, und sie konnte sich Andrej nicht ohne sie vorstellen.

Karina verspürte leichten Neid. Sie wollte auch ein so klares Gefühl, das völlig unabhängig war von der Stabilität und dem Wohlstand ihres Lebens.

Eine von Nadkas Lieblingsbeschäftigungen war immer noch, durch die Geschäfte zu streifen.

Die Geschenke kaufte sie in dem Billigkaufhaus Tati. Die Sachen für sich selbst in der Gallerie La Fayette, wo man durchaus qualitativ gute Ware zu einem günstigen Preis bekam, preiswerter als in teuren Markenläden, wo man bloß für den Namen dreimal soviel bezahlte. Doch auch diese Geschäfte besuchte Nadka, aber nur um sich umzusehen. Die gepflegten Verkäuferinnen lächelten ihr freundlich und höflich zu, als hätten sie schon den ganzen Tag lang nur auf sie gewartet.

Nadka betrat das Schuhgeschäft Bally – und erblickte dort Ljowa Rubintschik. Er kaufte eine Damenhandtasche, die aussah wie ein riesiger Beutel, der mit einer Schnur zugezogen wird. Das Leder war dünn wie Seide, die Schnüre zum Zuziehen waren ebenfalls aus Leder. Das war die neueste Mode der Saison.

»Na, kaufst du was für deine Frau?« fragte Nadka, während sie auf ihn zuging.

Ljowa drehte sich um. Seine Augenbrauen erzitterten und fuhren in die Höhe.

»Das gibt's ja nicht… Wir begegnen uns wieder und das in einem Schuhgeschäft.«

»Tja, auf den Ort des Wiedersehens hat man keinen Einfluß.«

»Doch, hat man«, entgegnete Ljowa. »Wenn du Russen treffen willst, mußt du bloß ins Tati gehen. Die Franzosen gehen da nicht hin.«

»Ich brauche hier keine Russen. In einer Woche fliege ich nach Moskau zurück, dort gibt es jede Menge davon.«

Sie gingen in ein Café und bestellten Zwiebelsuppe. Sie hatten Lust auf etwas Heißes.

Ljowa erzählte, daß er immer noch in Deutschland wohnte. Und seine Frau war immer noch in Moskau. Hier in Paris hatte er geschäftlich zu tun, er hatte mit Jean-Marie zusammen eine Galerie. Die Bilder aus Rußland auszuführen wurde schwieriger. Die Russen wüteten am Zoll. Die Gesetze griffen nicht, nur Geld half. Die Nation war völlig verdorben.

»Spielt Jean-Marie noch?«

»Alles beim alten. Aber Spieler hin oder her, Hauptsache, das Gehirn ist am richtigen Platz. Der hat keinen Kopf, sondern einen Computer auf den Schultern.«

»Ist seine Frau zu ihm zurückgekehrt?«

»Keine Ahnung. Ich stelle ihm keine persönlichen Fragen. Im Westen macht man das nicht.«

»Und erinnert er sich noch an mich?« fragte Nadka.

»Wahrscheinlich schon. Er leidet ja nicht an Alzheimer.«

Der Kellner brachte die Zwiebelsuppe. Eine Weile aßen sie schweigend.

»Ich freue mich schrecklich, daß ich dich wieder getroffen habe«, gestand Ljowa. »Dich hat mir der liebe Gott geschickt.«

»Wozu?« Nadka witterte eine Bitte, und die folgte auch.

»Kannst du meiner Frau Geld überbringen? Sie wird erpreßt. Ich muß ihr unbedingt Geld nach Moskau schicken.«

»Viel?«

»Hundertfünfzigtausend.«

»Hundertfünfzigtausend was?«

»Was für eine Frage…«

»Eine ganz normale Frage. In Paris sind es französische Franc. In Deutschland Deutsche Mark.«

»Wer braucht denn Francs in Moskau? Dollar natürlich. Ich stecke sie in diese Tasche.« Ljowa wies mit dem Blick auf den Bally-Karton. »Und du übergibst sie meiner Frau. Kannst du das machen?«

»Aber du mußt mich zum Flughafen fahren«, sagte Nadka. »Es könnte Probleme bei der Ausreise geben.«

»Mach dir keine Sorgen. Ich hab hier alles im Griff. Ich schicke ja nicht zum ersten Mal Geld.«

»Und wer erpreßt deine Frau?«

»Ein paar Scheißkerle. Können nicht mal einen Monat warten. Glauben uns nicht. Diese Nation ist völlig verdorben. Niemand glaubt niemandem, weil sie alle selber lügen.«

»Und die Tasche soll ich mit übergeben?« fragte Nadka unschuldig.

Ljowa starrte sie verständnislos an.

»Soll ich die Tasche mit übergeben, oder kann ich sie behalten?«

Ljowa begriff, daß Nadka die Bally-Tasche als Honorar für den Übermittlerdienst wollte. Die Tasche war teuer gewesen, aber der Gefallen, um den er sie bat, war auch nicht gerade klein.

»Na gut«, sagte Ljowa, aber seine Laune wurde davon nicht besser.

Nach dem Besuch in dem Café fuhren sie zu Ljowa ins Hotel. Das Hotel hatte vier Sterne, aber das Zimmer war klein. Darin stand nur ein breites Bett und in der Ecke ein winziger Kühlschrank. Das bedeutete wohl, daß die Franzosen dem Sex und den Träumen große Bedeutung beimaßen, wie übrigens auch dem Essen und dem Wein. Die Franzosen verstanden, sich selbst zu lieben. Ljowa nahm das Geld aus dem Safe, wickelte es in eine schöne Plastiktüte und steckte es in die neue Tasche.

»Ich bringe dich zum Flugzeug«, sagte Ljowa. »Sag mir die Abflugzeit und die Fluglinie.«

Ljowa sah niedergeschlagen aus. Nadka nahm an, daß es ihm um die Handtasche leid tat. Sie wollte ihn trösten. Sie zog sich aus und legte sich hin. Ljowa verstand, zog sich ebenfalls aus und legte sich neben sie. Aber er ergriff nicht die Initiative. Er lag einfach nur da. Irgend etwas störte ihn, bremste ihn.

Diese Bremse war Nadka selbst. Ihr Körper strahlte eine fremde Aura aus. Die Seele nahm die Signale nicht an, die von dem Fremden ausgingen. Andrej blockierte ihren Körper, ihre Seele und ihren Verstand.

Nadka stand schnell wieder auf und zog sich an. Sie packte eilig ihre Sachen zusammen.

»Was hast du denn?« fragte Ljowa verständnislos.

»Ich habe eine Affäre«, sagte Nadka. »Und ich kann ihn nicht betrügen.«

»Dann betrüge ihn nicht. Ich lade dich ja nicht zum Betrügen ein, bloß zum Bumsen.«

»Ich kann nicht ...«

Ihre Seele war mit Andrej angefüllt bis obenhin wie ein Glas mit Wasser. Und mehr hatte darin keinen Platz.

14

Ljowa brachte Nadka zum Flughafen. An alles war gedacht, alles war abgesprochen, bezahlt, woraus klar hervorging, daß die Verdorbenheit keine Frage der Nation war, sondern von der Höhe des Bestechungsgeldes abhing. Geld verbiegt alle.

Nadka kam wohlbehalten an. Das Flugzeug setzte weich auf der heimatlichen Erde auf.

Beim Zoll ging sie durch den grünen Ausgang. Der Zöllner fragte: »Haben Sie Devisen dabei?«

»Natürlich nicht«, sagte Nadka halb scherzhaft, aber sehr bestimmt.

Es war Abend, die Zöllner waren müde, ihnen war alles egal. Vor allem, weil es inzwischen sowieso nicht mehr verboten war, Devisen einzuführen.

Nadka wurde von Xenia abgeholt. Sie war angespannt und hochfliegender, bester Laune. Sie beeilte sich, ihre Neuigkeiten zu erzählen: Die und die Auftraggeber hatten gezahlt, da und dort war Neues bestellt worden, es lief wie geschmiert.

»Was machen die Kinder?« fragte Nadka.

Xenia griff das Thema freudig auf: Mascha war eifersüchtig auf Luka und schlug ihn mit den kleinen Fäustchen. Und ihre Fäustchen waren wie kleine Steine.

»Und Luka, wehrt er sich nicht?«

»Nein. Er brüllt im Baß wie ein Elefant und wartet darauf, daß Mascha bestraft wird.«

»Hat mich jemand angerufen?« fragte Nadka angespannt. Es war eine Frage auf Leben und Tod.

»Nein. Ich weiß nicht mehr genau. Nein, soviel ich weiß...«

Xenia erinnerte sich nicht. Sie schenkte dem Bereich, der Nadkas wundester Punkt war, nicht einmal Beachtung. Aber Nadka versetzte sich ja genausowenig in ihre Tochter hinein. Und offensichtlich litt Mascha und rächte sich mit ihren kleinen Fäusten. Sie versuchte Gerechtigkeit herzustellen.

Kaum war sie zu Hause angekommen, rief Nadka Ljowa Rubintschiks Frau an. Niemand ging an den Apparat. Der Anrufbeantworter schlug vor, eine Nachricht zu hinterlassen. Nadka teilte dem Anrufbeantworter nichts von den hundertfünfzigtausend Dollar mit. Es hätte ja jemand mithören können. Nadka beschloß, am nächsten Tag wieder anzurufen, aber am nächsten Tag kam Boris und erzählte ihr, daß eine sehr interessante Wohnung aufgetaucht sei.

»Was soll ich damit?« fragte Nadka verständnislos.

»Schau sie dir erst mal an«, sagte Boris. »Bevor du ablehnst, mußt du wissen, was du da ablehnst.«

Sie fuhren zu der bewußten Adresse. Es war ein Haus im stalinschen Zuckerbäckerstil. Ein Gebäude der fünfziger Jahre. Damals war das der Stadtrand gewesen mit Bäumen und Kühen. Nun war es ein Stadtteil mit hohem Prestige, nicht weit von der Metro-Station ›Universität‹ entfernt. Vor dem Haus war noch eine Wiese erhalten. Sie war rund wie im Märchen und in der Mitte stand eine mächtige Eiche... Diese Wiese mit der Eiche gehörte wie zum Interieur der Wohnung. Nadka ging in das Wohnzimmer – die Wiese hing hinter dem Fensterglas wie ein Bild im Rahmen. So war es von denjenigen ausgedacht worden, die das Haus damals gebaut hatten. Die prächtige Eiche war das Zentrum der Komposition, und es war in dem Moment, als gehöre sie Nadka ganz persönlich.

»Ich will die Wohnung«, sagte Nadka. Neben der guten Lage erwies sich die Wohnung als geräumig, mit dicken Wänden und hohen Türen. Sie stammte aus jenen früheren Zeiten, die für immer vorbei waren.

Boris erzählte, daß die Wohnung einem großen Parteibonzen gehört hatte. Er war nun gestorben, und seine Erben wollten die Hinterlassenschaft aufteilen.

»Aber wozu brauche ich zwei Wohnungen?« fiel es Nadka wieder ein.

»Zum Vermieten«, antwortete Boris.

»Für wieviel?«

»Na ja ... wenn du sie an einen Ausländer vermietest, dann kannst du einen Fünfer im Monat kassieren. Mindestens.«

»Und was kostet die Wohnung?«

»Hundertfünfzigtausend. In drei Jahren hast du das raus, und alles Weitere ist reiner Gewinn.«

»Ich nehme sie«, sagte Nadka.

Ljowas Frau würde sie das Geld später geben, sowie sie dazu imstande wäre. Das war natürlich nicht gerade schön, aber wer hätte ahnen können, daß ihr diese Wohnung plötzlich in den Schoß fiele. Das war das Schicksal selbst. Wenn etwas klappt, dann auf Anhieb oder gar nicht.

»Du hast wirklich Schwein«, sagte Boris. »Du bist ein Glückskind Gottes.«

»Ich habe Glück mit dir«, präzisierte Nadka.

Boris war ihr Talisman. Er nahm nie etwas, gab ihr immer nur. Und andere quälten sie, peinigten sie, rissen sie in Stücke.

Aber dafür war Nadka jetzt unabhängig. Fünftausend Dollar im Monat, das war das Einkommen eines amerikanischen Professors. Sie würde nicht mehr arbeiten und eine armselige Existenz in den Zeiten des wilden Frühkapitalismus führen müssen. Sie müßte sich nicht mehr erniedrigen, würde niemandem etwas schuldig sein – könnte nun einfach leben. Sie hätte Kinder, Geld, Immobilien, und das Allerwichtigste wäre: Sie hätte sich selbst.

Ljowa Rubintschik rief abends an und fragte, wann Nadka das Geld übergeben würde.

»In fünf Jahren«, antwortete Nadka. Sie wollte sich gar nicht erst herausreden.

Ljowa begriff schnell, daß er im Stich gelassen worden war. Er regte sich furchtbar auf, aber Nadka ließ die Hand mit dem Hörer sinken. Sie wollte nichts Unangenehmes hören. Der Hörer in ihrer herunterhängenden Hand gab noch ein paar Töne von sich. Dann wurde es still. Nadka nahm den Hörer wieder ans Ohr und sagte zärtlich: »Beruhige dich, Ljowa... Es ist alles gar nicht so schlimm.«

»Ich habe immer geglaubt, du wärst ein gutes Mädchen aus einer anständigen Familie, die bloß in den westlichen Fleischwolf geraten ist. Aber du bist eine Hochstaplerin, eine Verräterin und eine Nutte...«

Nadka ließ schnell wieder den Hörer sinken, um die Einzelheiten nicht zu hören. Es beunruhigte sie nur das eine: Würde Ljowa ein paar böse Jungs auf sie ansetzen oder nicht? Zur Miliz würde er nicht gehen, vor Gericht könnte er sie nicht bringen, denn das Geld war unklaren Ursprungs und nicht versteuert. Außerdem konnte man das Gericht für ein paar Kopeken umgehen. Die Wahrheit interessierte heutzutage niemanden. Interessant waren nur Bestechungsgelder.

Ljowa könnte ihr ein paar Gangster auf den Hals schicken, aber dann müßte er ihnen die Hälfte des Geldes zahlen.

Im ersten Monat lebte Nadka sehr angespannt. Sie wies Tanja an, die Telefongespräche zu filtern, sie nicht mit einer unbekannten Stimme zu verbinden.

Ljowa rief an, rief noch mal an und ließ es schließlich sein. Er schickte ihr keine Banditen auf den Hals. Vielleicht hoffte er, daß Nadka das Geld schließlich doch noch übergeben würde. Vielleicht waren aber auch die hundertfünfzigtausend Dollar für ihn keine so große Summe, und er würde sie schnell wieder hereinholen.

Nadka hatte nicht korrekt gehandelt, aber auch Ljowa verdiente sein Geld auf unkorrekte Weise. Er bereicherte sich an fremder Arbeit und an fremdem Talent. So hatte ein Dieb den anderen bestohlen.

Gewissensbisse verspürte Nadka nicht. Ihr erstes Kapital, die dreihunderttausend Dollar von Andrej und die hundertfünfzigtausend von Rubintschik, fast eine halbe Million, hatte sie auf nicht ganz ehrliche Weise erworben. Aber sollte einer einmal in der heutigen Zeit in Moskau auf ehrliche Weise so viel Geld verdienen! Wieviel müßte man wohl dafür arbeiten?

Die arme Xenia hatte während ihres ganzen Lebens mal grade fünfzigtausend Dollar zusammengespart, und sie dachte schon, Gott weiß was für Reichtümer sie angehäuft hätte. Und was hatte sie davon? Eine armselige kleine Wohnung in einem Plattenbau, ein koreanisches Auto und einen Pelzmantel aus Robbenfell ›Made in Russia‹.

Es war bekannt, daß sogar Ford sein erstes Kapital auf kriminellem Wege erworben hatte, ganz zu schweigen von den russischen Oligarchen. Nadkas Weg war noch der unschuldigste. Sie hatte einfach vertrauensselige Liebhaber betrogen. Sie hätten ihr das Geld ja nicht zu geben brauchen. Wieso sollten sie nicht für die farbenfrohen Minuten ihres Lebens bezahlen? Jackie hatte Onassis sein ganzes Vermögen abgenommen. Doch es gingen Gerüchte um, daß Jackie das nicht geglückt sei. Angeblich sei der Ehevertrag mit einer Tinte geschrieben worden, die sich mit der Zeit auflöste. Aber das konnte wohl kaum stimmen…

Die zweite Wohnung war schnell auf Nadkas Namen umgeschrieben.

Boris vermietete sie an einen Amerikaner für fünftausend Dollar, genau wie vorgesehen.

Die erste Monatsmiete ging an Boris. Nicht schlecht. Aber so waren die Bedingungen der Immobilienfirma. Nadka kündigte in der Firma. Wozu brauchte sie diese widerliche Alice? Und wozu brauchte sie eine Arbeit, wenn sie jetzt ein Einkommen wie ein amerikanischer Professor hatte? Aber um Professor zu werden, mußte man sein ganzes Leben einsetzen, plus Talent, plus Zeit.

Xenia fiel aus allen Wolken: Wo hatte Nadka das bloß her? Diesen Mut, diese Risikobereitschaft, keine Angst vor gar nichts... Für sie existierten andere Horizonte und andere Entfernungen. Xenia selbst und alle aus ihrer Umgebung waren bescheiden und gesetzestreu.

Xenia betrachtete ihre Tochter und dachte: Wo hat sie das bloß her? Doch nicht etwa von dem Mongolen?

Die Renovierung von Nadkas erster Wohnung war in vollem Gange.

Nadka graste alle Antikmöbelgeschäfte ab. Sie liebte die Kombination von Altem mit Neuem.

In Sachen Antiquitäten kannte sich einer besser aus als alle, und das war der Einspänner. Nadka besorgte sich via Boris seine Telefonnummer, die im

Computer der Firma gespeichert war. Sie rief ohne Umschweife an. Angenehm, unangenehm, solche Empfindungen konnte sie sich nicht leisten, wenn es ums Geschäft ging.

Nadka und der Einspänner trafen sich.

Nadka sah in sein verlebtes, aber gut geschnittenes Gesicht.

Sie fragte: »Woher stammst du eigentlich?«

»Wieso willst du das wissen?« fragte der Einspänner verständnislos.

»Bloß so...«

»Ich habe polnisches und französisches Blut...«

›Polnisch, also jüdisch‹, dachte Nadka. ›Und den Franzosen in ihm kann ich erkennen, hab ja genug Franzosen gesehen.‹

»Und wie sind deine Vorfahren nach Rußland gekommen?« fragte Nadka.

»Mein Großvater war Gutsverwalter bei einer adligen Familie.«

›Er lügt‹, dachte Nadka. Sie traute dem Einspänner nicht mehr.

»Und was weiter?« fragte der Einspänner. Auch er traute Nadka nicht.

»Bloß so...«, wich Nadka aus.

Bevor er ihr einen Vorschlag für die Möbel machte, wollte der Einspänner die Wohnung sehen, in der diese Möbel stehen sollten.

Nadka führte ihn in ihre Wohnung. So eine Wohnung hatte der Einspänner nicht einmal in seiner Heimatstadt Petersburg gesehen. Er betrachtete Nadka aufmerksam: Mit so einer Frau konnte man die Welt auf den Kopf stellen, die Arktis in die Antarktis verwandeln. Nadka war Evita Perón ähnlich, der Gefährtin des argentinischen Präsidenten, sie hatte die gleiche verrückte Energie, keine Scham und kein Gewissen, oder besser gesagt, ihre Scham und ihr Gewissen unterschieden sich sehr von denen anderer Leute.

Der Einspänner verstand sofort, was hierher gehörte: Kristallüster mit Bronze an langen Ketten, die Deckenhöhe erlaubte das. Ein altes Kaufmannsbüffet aus dunklem Holz und geätzten Glasscheiben. Stühle im Stalinstil mit hoher Lehne um einen großen Eichentisch. Der Einspänner nannte den Preis. Nadka zog aus ihrer Handtasche ein Foto von Luka. Sie streckte es ihm entgegen.

Der Einspänner nahm es und schaute es aufmerksam an. Es schien ihm, als sei das ein Kinderfoto von ihm selbst. Der Junge sah ihm verblüffend ähnlich. Dieselben großen Augen mit funkelnden Pünktchen in der Pupille. Aber der Einspänner hatte schon zwei erwachsene Kinder und zwei Enkel. Und all seinen Besitz sollten diese vier und sonst niemand erben. Und da durfte es nichts nebenher geben. Er hatte schließlich jede Menge zufällige Affären gehabt, und sicher auch einige uneheliche Kinder. Nadka war ein gefährlicher Mensch. Mit ihr durfte man sich nicht einlassen.

Der Einspänner gab ihr das Foto zurück. Kommentarlos. Er fragte: »Willst du die Möbel sehen?«

Nadka begriff, daß der Einspänner ihr nichts schenken würde. Nicht einmal Möbel. Sie mußte zahlen. Und sie war auch bereit zu zahlen. Es war das einzige, wobei es ihr um das Geld nicht leid tat: ihr eigenes Heim. Um sie herum sollte alles wunderschön sein.

15

Andrej meldete sich nicht. Er war wie vom Erdboden verschluckt. Nadka hatte ihn nun sechs Monate und elf Tage nicht mehr gesehen. Und es geschah etwas Merkwürdiges: Die Sehnsucht wurde nicht schwächer, sondern stärker. In ihr wuchs die Überzeugung, daß das nicht das Ende sein konnte, sondern nur ein Fehler, eine Computerpanne. Man mußte nur auf den einen richtigen Knopf drücken und alles würde wieder funktionieren.

Nadka beschloß die Initiative zu ergreifen, denn unter einem liegenden Stein fließt bekanntlich kein Wasser. Das Wichtigste war, daß sie es schaffen würde, Andrej in die neue Wohnung zu locken – dann würde er schon von selbst nicht mehr weggehen wollen.

Eines schönen Tages fuhr Nadka zu seinem Büro und wartete. Sie hatte eine Thermosflasche mit Kaffee dabei, Sandwichs und Obst. Nadka wußte, daß sie unter Umständen lange warten mußte, und war vorbereitet.

Sie hatte das Auto so geparkt, daß man sie vom Bürofenster aus nicht sehen konnte. Sie ließ den Eingang nicht aus den Augen. Wie ein Detektiv, der jemanden beschattet.

Sie mußte drei lange Stunden warten. Dann kam Andrej aus dem Büro. Und zwar allein. Er setzte sich ins Auto und fuhr los.

Nadka schaltete die Lichter ein und folgte ihm unauffällig.

Andrej hielt bei einem Buchladen an und ging hinein. Nadka hinterher.

Andrej bat die Verkäuferin, ihm einen Bildband mit Impressionisten zu zeigen. Die junge Verkäuferin zog einen schweren Band aus dem Regal. ›Er geht zu einem Geburtstag‹, dachte Nadka. ›Aber vielleicht kauft er es auch einfach für zu Hause. Er wird mit seiner Swetlana hübsch auf dem Sofa sitzen, Kopf an Kopf, wie die Täubchen.‹

Nadka stellte sich am anderen Ende des Ladentisches auf und starrte Andrej unablässig an. Er hob den Kopf, und sein Blick traf Nadkas. Seine Brauen fuhren in die Höhe.

Nadka wandte sofort die Augen ab, ein bißchen zur Seite und nach oben. Sie richtet ihren Blick auf das Regal mit den Krimis, tat so, als ob sie hingebungsvoll suchte. Dann gab sie vor, nichts gefunden zu haben, drehte sich um und ging zum Ausgang. Und Andrej verrenkte sich den Hals nach ihr. Er suchte sie in der Menge. Nadka trug einen orangefarbenen Sommermantel. Sie entfernte sich wie eine kleine Flamme, ein loderndes Feuer, das sein Leben erhellt und seine Seele gewärmt hatte.

Nadka wunderte sich, daß so viel Betrieb in der Buchhandlung war. Und ihr war es so vorgekommen, als würde schon nicht mehr gelesen. Angeblich hatte ja niemand mehr Geld für Bücher. Die Leute taten nur so, als ginge es ihnen schlecht.

Nadka verließ den Buchladen. Sie setzte sich ins Auto und fuhr nach Hause in ihre neue Wohnung.

Sie rief Xenia an und warnte sie vor. Falls Andrej sie suchen würde, sollte sie ihm ihre neue Telefonnummer und die neue Adresse geben. Nadka war sicher, daß er auftauchen würde. Er konnte einfach nicht aus ihrem Orbit verschwinden und würde es nicht tun. Woher nahm sie diese Sicherheit? Vielleicht ist das ganze Schicksal in einem Menschen für immer eingeritzt, und Anzeichen des Zukünftigen treten schon in der Gegenwart auf. Und Intuition ist wohl nichts anderes als die Fähigkeit, diese Anzeichen zu erkennen.

Zu Hause beschwerte sich Tanja über Mascha, die Lukas Brei ausgeleert hatte, Nadka hörte gar nicht hin. Sie wartete auf Andrej, und als es an der Tür klingelte, war sie sicher, daß er es war. Und er war es auch.

Die Wohnung beachtete Andrej kaum. Ihm war egal, was außen herum war, es hätte auch ein Keller sein können. Die Hauptsache war Nadka. Was würde sie zu ihm sagen? Wie würde sie ihn empfangen?

In dieser Nacht stellte sie ihm keine einzige Frage. Ihr war nicht nach Fragen zumute. Sie löste sich in ihm auf, wie Zucker in heißem Wasser.

In einer Minute des Atemschöpfens erschrak Andrej kurz. Er war wieder einer Versuchung des Teufels erlegen. Aber schließlich hatte der Teufel sogar Christus in Versuchung geführt. Jesus war der Versuchung nicht erlegen, aber er war schließlich Gott. Und er, Andrej, war nur ein Sklave Gottes. Wenn er auch schwach war, so war er doch glücklich. Und wer glücklich ist, hat recht.

Alles kam wieder ins alte Gleis.

Nadka fand sich ab: Sie konnte nicht ohne Andrej leben, und besser so, als gar nicht. Sollte alles seinen Lauf nehmen.

Und das tat es auch. Sie trafen sich, es vereinten sich Körper und Seelen. Sie gingen auseinander – nur um gleich wieder anzurufen, gaben einander Rechenschaft über jede Minute, hörten einfach nur die Stimme des anderen und die Pausen, die nur ihm gehörten, nur ihr …

Luka freute sich, wenn Andrej in die Wohnung kam, schrie sofort »Papi!« und kletterte an ihm hoch. Mascha sah, daß sie zu dieser ›heiligen Familie‹ nicht dazugehörte, war eifersüchtig und wurde verschlossen. Zum Ausgleich haute sie Luka eine runter, wenn die Gelegenheit gerade günstig war.

Nadka bemerkte die verletzende Ungleichbehandlung der Kinder und bat Andrej, Mascha mehr Aufmerksamkeit zu widmen. Andrej bemühte sich, aber ein Kind kann man nicht täuschen.

Mit Andrej war ein Feiertag ins Haus gekommen, ein Salutschuß, ein Weihnachtsbaum mit brennenden Kerzen. Alles wurde fröhlicher und schöner, sogar die Haushälterin Tanja. Und die Liebe verlor ihre Glut nicht, eine verbotene Frucht bleibt immer süß, wie man sagt. Und doch … Wie sehr wollte Nadka eine offene Liebe, eine, die sie vor den Leuten nicht verstecken mußte, auf die sie vor allen Leuten stolz sein konnte.

Ihre Freundin Nina sagte: Er wird dich schon noch heiraten. Du wirst sehen. Er hat doch selbst genug von diesem Herbstmarathon. Wie lange soll er noch lügen und sich hin- und herdrehen wie in einer Bratpfanne...

Nelly sagte: Er wird dich nie heiraten. Für ihn ist es doch bequem so.

Andrej schwieg. Er log nicht und drehte sich auch nicht hin und her. Er liebte die eine Frau so wie die andere. Swetlana wußte von nichts. Und er behütete sie, wie Koschtej-der-Unsterbliche aus dem Märchen seinen Tod hütete: Er versteckte ihn in einer Nadel, die Nadel in einem Ei, das Ei in einer Ente. Ein dreifacher Schutz.

16

Es nahte Andrejs Geburtstag. Er wurde vierzig. Am zwanzigsten März, einem Mittwoch.

Nadka beschloß, das Ereignis in ihrem neuen Heim zu feiern, Gäste einzuladen und den Tisch selbst zu decken.

Die Arbeit vorschützend, bat Andrej, die Feier doch auf Samstag zu verlegen, aber Nadka war nicht einverstanden. Man mußte an dem Datum feiern, an dem man geboren war. Das war schließlich eine Geburtstagsfeier und nicht ein zufälliges Besäufnis.

Ein ähnliches Gespräch hatte Andrej mit Swetlana. Swetlana war auch nicht einverstanden, die Feier auf den nächsten Tag zu verschieben, sie reservierte das Restaurant für Mittwoch um sieben Uhr abends.

Andrej bat Nadka, die Gäste zum Mittagessen einzuladen, so um drei Uhr.

Nadka setzte sich hin und stellte eine Gästeliste zusammen. Sie liebte Berühmtheiten wie Olga Iwanowna in Čechovs *Flattergeist*. Die Freundin Nelly arbeitete beim Fernsehen. Ihr wurde auferlegt, ein paar Stars mitzubringen, am besten mit Gitarre, damit es lustiger wäre.

Es waren eingeladen: Nina mit ihrem Architektenehemann, Boris mit Mama Alice, Xenia allein und der Amerikaner, der die zweite Wohnung gemietet hatte. Sie überlegte, dann lud sie auch den Einspänner mit Ehefrau ein, sie waren doch immerhin Verwandte. Es waren zwölf Leute, genauso viele, wie es Plätze am Tisch gab.

Die Kinder und Tanja könnte man nötigenfalls an einen kleinen Extratisch setzen.

Der Einspänner wunderte sich über die Einladung, aber er kam samt seiner Frau, der Georgierin Manana. Der Einspänner war verblüfft über Nadkas Unverfrorenheit. Aber er war ja schließlich selbst nicht anders. Auch hatte er Nadka inzwischen als berechenbar eingestuft und fürchtete sie nicht mehr.

Andrej kam um eins, zwei Stunden vor der Feier. Er machte sich höchstpersönlich daran, den Pilaw zuzubereiten. Das hatte ihm der Usbeke Rustam in der Armee beigebracht.

Nadka hatte einen Koch aus einem Restaurant mit zwei Kellnern engagiert. Sie hatte keine Lust, sich abzuarbeiten und dann müde und häßlich zu sein. Diese Zeiten waren vorbei. Das Geld machte sie frei und selbstsicher. Der Amerikaner zahlte pünktlich und benahm sich ordentlich: Er brachte keine Frauen mit und trank nicht. Nadka hatte ihn im Verdacht, daß er schwul war, aber das konnte ihr ja egal sein. Es ging sie nur das Geld und der Zustand der Wohnung etwas an. Und beides war in Ordnung. Der Amerikaner hatte ein wunderbares unaufdringliches Parfüm an sich. Er duftete wie ein frischer Rosenstrauch, und auch das brachte einen auf Gedanken.

Andrej zog die Schürze an und fing an zu zaubern: Zuerst erhitzte er das Fett in einem echten gußeisernen Topf, in das heiße Fett warf er Hammelknöchelchen, die alle Toxine binden sollten. Die Kellner schnitten in Windeseile die Karotten in kleine Stifte, die Zwiebeln zu Ringen und das Hammelfleisch in mittelgroße Stücke.

Die Knöchelchen brutzelten im heißen Fett, dann wurden sie weggeworfen. Danach wurden die einzelnen Zutaten aufeinandergeschichtet, man mußte die Reihenfolge genau beachten. Andrej dirigierte, der Koch fügte sich, die Kinder prügelten sich, Tanja zog sie von einander weg, der Essensgeruch wehte bis auf die Straße hinaus. Die Fenster waren geöffnet, unter dem Fenster versammelten sich die Katzen und schauten nach oben.

Andrej und Nadka probierten das Fleisch und sahen einander an. In den Augen die Frage: ›Und, wie ist es?‹ Es war wunderbar! Der Glücksvogel flog dicht über ihren Köpfen.

Es war alles gut! Sie hatten das ganze Leben noch vor sich. Also hoffen und warten.

Die Gäste kamen natürlich zu spät. Sie kamen nicht um drei, sondern um vier. Aber das war immer so. In Rußland ist es normal, zu spät zu kommen. Man war hier schließlich nicht in Deutschland. Nur der Amerikaner und Xenia kamen rechtzeitig. Xenia kommandierte gleich die Kellner und George herum, den sie Shora nannte. Der Amerikaner fügte sich Xenia willig, ihm gefiel es, geführt zu werden. Nadka glaubte nun nicht mehr, daß er schwul war, sondern daß er einfach Komplexe hatte. Er hatte Probleme mit Gleichaltrigen, aber mit Xenia fühlte er sich wohl. Sie war fünfzehn Jahre älter als er, Frau und Mutter in einem. Der Altersunterschied war spürbar, aber andererseits: Wenn Männer junge Freundinnen haben können, wieso dann nicht auch Frauen jüngere Freunde...?

Schließlich kamen die übrigen Gäste – und versteinerten. Sie erstarrten. Es verschlug ihnen glatt die Sprache. Der Anblick der Wohnung traf alle wie ein Stromschlag.

»Das reinste Versailles...«, sagte Nelly schließlich, die nie in Versailles gewesen war.

»Die Eremitage«, sagte der neue Star der Fernsehwelt, Oleg, der aus Tomsk nach Moskau gekommen und nie in der Eremitage gewesen war.

Alice war ganz gelb vor Neid, der fast in Haß umschlug.

Boris war stolz auf Nadka. Nur er allein wußte, wieviel Energie und Arbeit, ganz zu schweigen von Geld, Nadka hier hineingesteckt hatte.

An Nadka strahlte alles: die Augen, die weißen Zähne, ihr Straßcollier – und ihr ganzes Wesen. Die Wohnung, das war ihre Doktorarbeit. In ihr spiegelte sich ihr ganzes Potential wider.

Der Einspänner sah zwar die Mängel. Aber die sah wirklich nur er. Und sogar trotz der Mängel hätte er dieser Wohnung eine ›Zwei plus‹ gegeben, und das war in seiner Bewertungsskala das höchste Lob.

Die hübsche, aufrechte und jugendlich wirkende Manana streichelte Mascha, war völlig hin und weg von dem Kind. In Nadka erwachten warme Gefühle für sie, und es war seltsam, diese Frau aus gutem Hause neben ihrem Mann zu sehen, der eher ein Spitzbube war. Aber vielleicht wußte sie das gar nicht und sah ihn völlig anders. Und auch der Einspänner konnte innerhalb seiner Familie ein ganz anderer sein.

Die Essensdüfte hüllten sie ein. Sie setzten sich an den langen Tisch. Die Kellner versteckten sich hinter den Säulen wie bei einem Empfang in der Botschaft, behielten aber den ganzen Tisch im Auge und erschienen, wenn Wein nachzugießen war, Teller ausgewechselt werden mußten und neue Vorspeisen vorgelegt werden sollten.

Oleg aus Tomsk wußte wohl, daß er zum Singen eingeladen worden war, aber er fühlte sich als vollwertiger Gast. Er erhob sich und sprach einen Toast aus: »Auf die Schönheit! Eine schöne Dame des Hauses neben ihrem schönen Ehemann in einem schönen Interieur.«

»Zuerst auf das Geburtstagskind!« verbesserte Xenia. »Andrej, auf dich!«

Andrej erhob sich. Er war wunderschön: jugendlich schlank, ganz in Schwarz-weiß gekleidet, mit großen, lebhaften Augen.

»Wie angenehm ist es doch, sich liebende Eheleute zu sehen!« sagte Manana, und ihre wunderbaren Augen wurden tränenfeucht.

Nelly erhob sich und sagte: »Nichts beneide ich mehr im Leben als eine gute Familie. Ihr sollt alles haben: Kinder, Geld, Liebe und Treue.«

Nelly selbst steckte immer noch in ihrer langjährigen Liebesgeschichte als Nebenfrau. Sie hatte Liebe und Treue, aber keine Kinder und kein Geld.

Manana fehlte die Treue, Nina und ihr Mann hatten keine Kinder. Alice konnte von alldem nur mit Geld prahlen. Allen fehlte irgend etwas. Nadka hatte alles, zwei Kinder, Geld und Liebe. Es blieb nur noch eine Kleinigkeit: der Stempel im Paß. Aber das war doch wirklich nur Kleinkram.

Oleg aus Tomsk packte die Gitarre aus und fing an zu singen. Alle gaben sich Tagträumen hin. George hörte mit offenem Mund zu, trank sich an der russischen Seele satt. Er war Philologe, Slawist, untersuchte slawische Sprachen. Die Sprache spiegelt die Seele wider, also gehörte das Verständnis der slawischen Seele zu seinem Beruf.

Auf dem Tisch stand kein einziges gewöhnliches Gericht, alles war exquisit, kompliziert zubereitet, hatte viel Zeit und kulinarische Kenntnisse verlangt.

Endlich brachte der Koch den Pilaw im gußeisernen Topf. Schon aßen alle nur dieses Gericht, niemand rührte mehr was anderes an. Nadka kam es so vor, als höre sie ein Glucksen. Alle hatten vergessen, warum sie sich hier versammelt hatten.

»Was ist das für ein Gewürz?« fragte Alice.

»Kreuzkümmel...«

»Ah... das ist es also...«

Als läge es an dem Gewürz. Das Wesen des Pilaws lag im Zubereitungsprozeß. Pilaw kochte man nicht, den erschuf man. Und Andrej war der Schöpfer.

»Nun sagt schon was!« bat Xenia.

»Auf Nadeshda!« erinnerte Boris. Er wußte ja schließlich, wer hier die Hauptperson war.

Alle tranken mit großer Begeisterung auf Nadka.

Wieder machte man sich an den Pilaw und aß bis zum Gehtnichtmehr.

Durch das gute Essen breitete sich ein Gefühl der Befriedigung aus. Der Alkohol förderte allgemeine Verbundenheit.

Oleg nahm wieder die Gitarre auf die Knie und fing an zu singen ohne großes Getue wie im Fernsehen, sondern er mischte einfach Musik mit Poesie.

Das Lied vermittelte einem eine neue Auffassung des Daseins. Wie schön das Leben doch in Wirklichkeit war! Das Glück – das war es … Man konnte mit den ausgestreckten Händen hinlangen und es berühren.

Andrej sah auf die Uhr. Er war zu spät dran. Der Zeiger stand schon auf nach sieben. Das hieß, daß die Gäste sich schon versammelten und an den Tisch setzten. Swetlana war in einer ganz dummen Lage.

Andrej glitt leise in den Flur. Er zog die Pantoffeln aus und steckte die Füße in seine Halbschuhe.

Nadka stand hinter ihm, sah zu, wie er die Schnürsenkel zuband. Adrenalin, vom Wodka noch zusätzlich erhitzt, schoß ihr in Wellen durch den Kopf. Sie wurde wütend, aber sie mußte diese Wut verstecken, mußte sie unbedingt zurückdrängen.

Andrej ging weg. Die Wohnungstür klappte hinter ihm zu.

Nadka kam mit starrer Miene ins Wohnzimmer zurück. Anstelle ihres Gesichts saß ein weißer Pfannkuchen auf ihrem Hals. Alle verstanden: Etwas Schlimmes war passiert.

»Wo ist er denn hin?« fragte Manana verständnislos.

»Na, zu seiner Frau«, sagte die liebe Alice.

»Und kommt er zurück?« fragte der gutmütige Oleg.

»Sing was«, sagte Nelly.

Oleg sang etwas Fröhliches und Ausgelassenes. Luka ging zu seiner Großmutter.

»Wie sehr er unserem Mischa ähnelt«, bemerkte Manana leise, und ihr Gesicht wurde von Liebe überschwemmt.

Der Einspänner schwieg.

»Tanz uns was vor«, bat Xenia.

Luka begann die Arme im Rhythmus zu schlenkern. Niemand reagierte, keiner lobte das Kind. Alle waren peinlich berührt, als hätten sie zufällig etwas mitangesehen, was zu zeigen ungehörig war.

Nadkas Miene war wie versteinert. Sie versuchte mit aller Kraft, das Gesicht zu wahren. Also war der Stempel im Paß doch kein Kleinkram. Ohne Stempel fiel alles in sich zusammen wie ein Kartenhaus. Wozu, fragte sie sich, war diese Wohnung da, diese Gäste, der gedeckte Tisch? Warum dieses beschämende Doppelleben?

17

Swetlana hatte einen Tisch in einem italienischen Restaurant bestellt.

In der Ecke stand ein Klavier. Der Pianist spielte leise und unaufdringlich italienische Melodien. Der Koch und der Pianist waren Italiener. Alle anderen waren Russen.

Die Kellner waren noch halbe Kinder, gestern noch Schüler, oder vielleicht waren sie sogar jetzt noch Abiturienten, die sich abends etwas dazuverdienten. Mädchen und Jungen in langen Schürzen.

Von Zeit zu Zeit versammelten sie sich neben dem Klavier zu einem improvisierten Chor. »*O sole mio*…« Die Halbkinder strengten sich an, reckten die dünnen Hälse wie die Gänse. Es klang rührend und rein. Unmusikalische wurden anscheinend als Kellner gar nicht erst eingestellt.

Andrejs Freunde erschienen mit teuren Geschenken. Für die Geschenke hatte man extra einen Tisch aufgestellt. Er war bald von schönen Päckchen überhäuft.

Andrej war fast pünktlich. Zwanzig Minuten Verspätung war normal.

Alle setzten sich an den Tisch. Swetlana war extra beim Friseur gewesen. Der Friseur hatte ihre Haare in Form geföhnt, sie fielen gerade herab wie ein Vorhang. Ihre Augen leuchteten wie kleine Sonnen und ihr Gesicht wirkte durchgeistigt. Das Glück stand ihr gut.

Andrej saß da und hörte auf die Musik in sich selbst. Er liebte zwei Frauen, lebte zwei Leben in einem. Es war keine Spaltung seines Lebens, sondern eine Verdoppelung. ›Oh, daß es auf ewig so bliebe…‹ Das waren die Worte einer Romanze, die Schaljapin früher gesungen hatte. Was für schöne Worte, und wie genau sie den Zustand des vierzigjährigen Andrej Chnykin wiedergaben. Oh, daß es auf ewig so bliebe: Swetlana *und* Nadka… Aber wenn er wollte, dann würde es auch so bleiben. War er denn nicht der Herr seines Lebens?

Die Kellner hörten auf, durch den Saal zu schwirren. Der Chefkoch brachte eigenhändig die Vorspeise zu dem achtgängigen Menü herein.

Um den Tisch waren die engsten Freunde versammelt – Freunde aus der Kindheit und Jugend, die, die man nie wechselt. Und die neueren Freunde waren seine Kollegen, das waren hoffnungsvolle und feste Bande. Es war der engste Kreis, in den er Nadka unmöglich mitnehmen konnte. Nadka hätte man hier ignoriert, so getan, als wäre sie nicht existent. Oder sie wären einfach aufgestanden und gegangen. Seine Freunde hätten bei dieser Verdoppelung nicht mitgemacht. Darum mußte Nadka für immer aus diesem Leben ausgeklammert bleiben.

Andrej war satt und ihm war philosophisch zumute. Er saß da und dachte nach: Wieso gab es in Italien so viele Tenöre und in Rußland mehr Bässe? Womit war das zu erklären? Vielleicht mit dem Wetter? Plötzlich hatte Andrej Lust, nach Italien zu reisen. Nach Venedig und Florenz. Er wollte mit Swetlana eine Individualreise unternehmen. Das wäre die richtige Art seinen Geburtstag zu feiern, nicht einfach nur eine Party im Restaurant, wo man viel aß und trank.

Der Chor der Kellner sang wieder: *»Marina, Marina, Marina…«* Dieses Lied war in der Jugendzeit seiner Eltern in Mode gewesen. Deren Jugend war vergangen, aber das Lied war geblieben. Doch wenn man es genauer betrachtete, dann war es auch mit dem Lied vorbei. Man spielte es kaum, höchstens durch Zufall einmal…

18

Andrej verheimlichte Nadka seine Italienreise. Aber sie erfuhr es rein zufällig von seiner Sekretärin.

Nadka hatte Andrej im Büro angerufen. Die Sekretärin Lena nahm ab und sagte, daß Andrej Petrowitsch und Swetlana Iwanowna nach Italien gereist seien. Sie seien in zehn Tagen wieder zurück.

»Und wann sind sie weggefahren?« fragte Nadka schnell nach.

»Heute. Und wer spricht da?«

»Ich bin eine Journalistin. Die beiden hatten mir ein Interview versprochen.«

»Tja, das wird heute wohl nichts mehr werden... Sie nehmen das Flugzeug um dreizehn Uhr vierzig nach Mailand.« Lena legte auf.

Wie ein zorniger Wirbelwind sauste Nadka durchs Zimmer. Sie sah auf die Uhr. Es war erst elf. Das Check-in würde erst in einer Stunde beginnen, sie könnte es schaffen. Tanja war einkaufen gegangen, und es war unklar, wann sie zurückkäme. Sie hatte die erstaunliche Fähigkeit, immer dann zu verschwinden, wenn sie am nötigsten gebraucht wurde.

Nadka packte Luka und steckte ihn in einen Overall, seine bloßen Füßchen schob sie in Stiefel. Über ihren Schlafanzug zog sie den Luchspelzmantel, und zwanzig Minuten später raste ihr Auto die Leningrader Chaussee entlang.

Wozu fuhr sie zum Flughafen? Was wollte sie dort? Hätte Nadka nur einem Moment lang ihren gesunden Menschenverstand eingeschaltet, dann wäre sie nie losgefahren.

Aber Nadka flog dahin wie ein gereizter Stier in der Corrida, und roter Zornesnebel verhüllte ihren Blick. Dieser Zorn mußte in Handlung umgesetzt werden, sonst wäre sie geplatzt.

Luka schaute auf dem Rücksitz voller Interesse aus dem Fenster. Geschwindigkeit faszinierte ihn. Der Tacho zeigte hundert Stundenkilometer an. Milizionäre pfiffen. Nadka bremste, zückte eine Hundert-Dollar-Note und sauste, ohne groß zu feilschen, weiter.

Sie kam gerade noch rechtzeitig, um zu sehen, wie Swetlana und Andrej am Zoll den Koffer zur Durchleuchtung hinstellten und Pässe und Tickets vorwiesen.

Nadka schob die Warteschlange energisch zur Seite, nahm einen Paß – sie erwischte Swetlanas – und riß ihn mitten entzwei.

Swetlana erstarrte, als hätte man ihr einen Eimer mit eiskaltem Wasser übergekippt. Andrej erstarrte ebenfalls vor Überraschung. Und der junge rotblonde Zöllner konnte auch nicht reagieren. Im Militärjargon nannte man das ›Überrumpelungstaktik‹.

Im Auto, das sie kurzerhand am Eingang hatte stehenlassen, brüllte Luka. Er hatte Angst, daß seine Mama nicht mehr zurückkäme.

Der Wind des Zornes hatte sich gelegt. Nadka setzte sich kraftlos wieder in ihr Auto. Sie wollte nur die Beine ausstrecken und die Augen schließen, aber sie fürchtete, daß eine Menschenmenge ihr nachrennen könnte und sie wegen bösartigem Rowdytums bei der Miliz landen würde.

Nadka ließ den Motor an und fuhr los. Sie entfernte sich langsam von dem verglasten Flughafengebäude. Nach ein paar Kilometern hielt sie an und brach in Tränen aus.

Luka umarmte von hinten ihren Hals und sagte: »Weine nicht, Mamilein. Wenn ich groß bin, dann heirate ich dich.«

Inzwischen waren Swetlana und Andrej wieder zu sich gekommen. Und der rotblonde Zöllner ebenfalls. Er nahm den zerrissenen Paß, klebte ihn mit Tesafilm wieder zusammen, und fertig war die Reparatur.

Andrej und Swetlana gingen weiter zur Paßkontrolle, auch dort ließ man sie durch. Der Paß war beschädigt, aber vollständig. Alles war ja noch da, auch das Visum.

Nadka hatte das Gewünschte nicht erreicht. Die Reise fiel nicht ins Wasser, aber sie war verdorben. Das Geheimnis war offensichtlich geworden. Swetlana begriff, daß Andrej immer noch mit der ›Japanerin‹ verbunden war. Doch standen die Aktien dieser Frau wohl schlecht, wozu riskierte sie sonst so einen Skandal. Bosheit – das war Hilflosigkeit. Aber sie kämpfte. Und sie war gefährlich. Von solchen Frauen konnte man alles mögliche erwarten.

»Na, du hast vielleicht einen Geschmack!« meinte Swetlana.

Und das blieb alles, was sie dazu sagte.

19

Nadka wartete, daß Andrej aus Italien zurückkäme und bei ihr ›Erziehungsmaßnahmen‹ durchführen würde. Aber Andrej gab keinerlei Kommentar zu dem Vorfall ab. Er änderte einfach ein weiteres Mal alle Telefonnummern und befahl dem Türsteher, Nadka nicht mehr durchzulassen.

Er fürchtete Nadka allmählich. Ihm war klargeworden, daß sie sich mit dem Status der Geliebten nie abfinden würde, sie ging aufs Ganze. Sie konnte einem vielleicht sogar Salzsäure ins Gesicht schütten... Man mußte sie entweder heiraten – oder wirklich Schluß machen.

Andrej wählte das zweite. Eine Geliebte konnte er immer finden. Sie kamen in die Nachtklubs, anschmiegsam wie die Katzen, wohlduftend wie Blumen. Sie warteten nur darauf, daß man sich ihnen näherte und sie liebkoste. Eine Frau brauchte doch Schutz, und wenn es auch nur für eine gewisse Zeit war. Anstelle von Nadka würde eine Walja oder Marina treten, was für einen Unterschied machte das schon. Es gab natürlich einen Unterschied, aber das war ja das Interessante.

Nadka wartete. Ein Monat verging. Noch einer. Sie rief seine Sekretärin Lena zu Hause an. Sie schenkte ihr eine Romanson-Uhr und einen Parker-Füller mit goldener Feder.

Lena versprach, sie mit Andrej zu verbinden. Aber es klappte nicht. Andrej entzog sich völlig.

Nadka mußte sich etwas einfallen lassen.

Sie beriet sich mit Nina und Nelly, sie besprachen die möglichen Schachzüge.

»Kannst du ihn nicht einfach in Ruhe lassen?« fragte Nina.

»Nein«, antwortete Nadka.

»Warum nicht?«

»Keine Ahnung. Ich kann einfach nicht.« Nadka

dachte einen Moment nach, dann fügte sie hinzu: »Ich hasse seine Frau.«

»Was treibt dich an, der Haß oder die Liebe?«

»Das eine wie das andere.«

»Sehr verständlich«, meinte Nelly. Auch sie haßte die Ehefrau ihres Genies und nannte sie ›die grobe Frieda‹.

Schließlich hatten Nadka und Nelly eine Idee. Nelly sprach mit einem Fernsehredakteur. Sie schlug das folgende Thema für ein Feature vor: ›Ungewöhnliche Appartements.‹ Das Thema fand Anklang.

Ein ganzes Fernsehteam rückte in Nadkas Wohnung ein. Sie filmten das Haus von außen und die Wohnung von innen. Und Nadka zuerst draußen, im Luchsmantel, und dann in der Wohnung, im Kimono.

»Sagen Sie, bitte, was kostet so eine Wohnung?« fragte die Journalistin.

»Das ist eine delikate Frage«, sagte Nadka lächelnd.

»Entschuldigung... Sie müssen nicht antworten, wenn Sie nicht wollen.«

»Na gut. Wenn Sie schon fragen: eine Million.«

Das war eine dicke Lüge, aber wer konnte es nachprüfen... Um so mehr, als die Preise inzwischen beträchtlich gestiegen waren. Immobilien waren immer teurer geworden.

»Und woher haben Sie soviel Geld?« fragte die Interviewerin ehrlich verwundert.

»Muß ich antworten?«

»Natürlich nicht. Ich war einfach neugierig, woher eine so junge Frau soviel Geld hat. Vielleicht eine Erbschaft?«

»Diese Wohnung hat mir mein Freund geschenkt«, verkündete Nadka.

»Den Namen brauchen Sie nicht zu nennen...«

»Wieso nicht? Ich kann auch den Namen nennen. Andrej Petrowitsch Chnykin. Der Bankier. Vorsitzender des Rates der Direktoren.«

»Und woher hat der soviel Geld?«

»Die Frage müssen Sie ihm stellen.«

Das Gewünschte war erreicht. Im ganzen Land war zu hören, daß Andrej eine Geliebte hatte und er ihr Millionengeschenke machte. Sollte sich Swetlana diese Information mal einsickern lassen: Der Familie ging nicht nur Gefühl verloren, sondern auch Geld. Es war ein Riesenverlust entstanden, ein moralischer und materieller.

»Entschuldigen Sie, aber wofür solche Geschenke?« fragte die Journalistin verwundert.

Die Verwunderung war gespielt. Der Dialog war abgesprochen, und jede kannte ihren Text.

»Für den Sohn«, antwortete Nadka. »Ich habe ihm einen Sohn geboren.«

Die Kamera machte einen Schwenk auf Luka, der voller Hingabe mit seiner Eisenbahn spielte.

»Was für ein wunderbares Kind... Wie heißt er?«

»Chnykin, Luka Andrejewitsch«, sagte Nadka bescheiden.

Die Sendung wurde spätabends gezeigt, aber alle sahen sie. Unter anderem auch der Einspänner mit seiner Frau.

»Wie sehr doch der Junge unserem Mischa als Kind ähnelt«, rief Manana aus.

»Ja, ja«, stimmte der Einspänner gedankenverloren zu. »Aber die Mutter ist ein Luder...«

»Nicht unbedingt«, widersprach Manana. »Ein Hund wird hündisch durch ein Hundeleben.«

Xenia sah die Sendung ebenfalls. Sie rief sofort Nadka an und schrie: »Bist du verrückt geworden! Wer berichtet denn ganz Moskau über seine Millionen. Man wird dich noch berauben oder ermorden.«

»Wieso ›oder‹?« fragte Nadka mürrisch. »Vielleicht sogar beides.«

Auch Andrejs Eltern sahen die Sendung. Die Mutter griff sich ans Herz. Sie liebte Swetlana, war stolz auf das gefestigte Heim ihres Sohnes. Und plötzlich sollte das alles zu Ende sein...

Als sie eine Weile darüber nachgedacht hatten, reimten sie sich alles zusammen: Das Kind war ein fremdes Kind, die Frau eine Hochstaplerin, aber das konnte man doch nicht allen Leuten erklären. Man konnte ja den Nachbarn nicht mehr in die Augen sehen. Plötzlich galt ihr Sohn als Dieb und Frauenheld.

Swetlana schaltete den Fernseher ganz zufällig ein und erblickte Nadka.

»Andrej!« rief sie. »Komm her. Da ist eine, die wir kennen.«

Andrej kam ins Wohnzimmer.

Sie sahen die Sendung in völligem Schweigen. Als der Beitrag zu Ende war, fragte Swetlana: »Wer ruft den Anwalt an, du oder ich?«

»Wozu?« fragte Andrej.

»Ohne Gericht kann man der nicht den Mund stopfen«, sagte Swetlana. »Es muß ein Dokument her, daß das Kind nicht von dir ist. Sonst wird sie dich bis auf die Unterhosen ausziehen. Ist dir das nicht klar?«

20

Der Anwalt setzte sich mit Nadka in Verbindung und forderte als erstes einen Vaterschaftstest. Das hieß, daß man Luka zum Arzt bringen müßte, dem Kind Blut aus der Vene entnehmen und es mit dem des Vaters vergleichen. Durch den Bluttest würde man die Abstammung, oder eben die Nichtabstammung, eindeutig feststellen können.

Nadka versuchte, den Anwalt zu bestechen, aber der lehnte ab. Er sagte, er habe kein Recht, die Interessen der Gegenseite zu verteidigen.

Nadka ging zu einem Labor, das Bluttests durchführte, fand den Leiter und schlug ihm ein entsprechendes Honorar für das benötigte Resultat vor.

»Das ist ein Straftatbestand«, lehnte der Arzt ab. »So eine Analyse kann man leicht nachprüfen, und wie stehe ich dann da?«

Bestechung klappte nicht. Also war Geld doch nicht alles. Gewissen und Angst bewirkten mehr.

Nadka zog den Schwanz ein und wartete ab.

Nach einiger Zeit wurde sie vor Gericht zitiert. Das Gespräch war unangenehm. Sie fühlte, daß die Richterin eindeutig auf Swetlanas Seite stand. Nadka sprach nüchtern, bemühte sich, der Richterin nicht in die Augen zu sehen.

Aus dem Gespräch ging klar hervor, daß die Vaterschaft ohne Bluttest nicht bestätigt werden würde. Den Familiennamen Chnykin würde man dem Kind absprechen, und in der Rubrik ›Vater‹ würde ein Strich stehen. Und die dreihunderttausend Dollar müßte sie zurückzahlen. Die Filmaufnahme war zum Beweisstück geworden. Das Böse, das sie auf Swetlana losgelassen hatte, erwies sich als Bumerang, es kam zurück und schlug Nadka gegen die Stirn.

Nadkas Gedanken überschlugen sich: Sie mußte so schnell wie möglich die Wohnung verkaufen, das Geld in einer Bank im Westen verstecken. Sie wollte nicht verkaufen, aber gab es einen anderen Ausweg? Nadka fand einen.

Sie bereitete sich eine Thermoskanne mit Kaffee zu und fuhr zu Andrejs Büro. Sie begann eine Beschattung. Dieses Szenario kam ihr bekannt vor.

Sie mußte nicht lange warten. Nach einer halben Stunde kamen Andrej und Swetlana aus ihrem Büro. Beide sahen sehr zielstrebig aus.

Nadka stieg aus dem Auto und ging furchtlos auf das Ehepaar zu.

»Guten Tag«, grüßte Nadka verhalten und nickte leicht, wie auf einem mondänen Empfang.

»Was willst du?« fragte Andrej mißtrauisch.

»Ganz schön grob«, ließ sich Nadka vernehmen. »Nach all dem, was zwischen uns war …«

»Was wollen Sie?« fragte Swetlana kalt.

»Zieht die Anklage zurück«, schlug Nadka ruhig vor. »Sonst muß ich mich verteidigen, und dann werde ich über eure Geldwäscherei aussagen, und darüber wessen Geld ihr angelegt habt.«

Andrej erstarrte. Er erinnerte sich, wie er einmal in einem Moment völliger Nähe Nadka erzählt hatte, was er sogar vor sich selbst verheimlichte. Wenn das herauskäme, würde er aus dem Business fliegen, wenn nicht noch schlimmer.

Swetlana begriff alles sofort. Sie hätte die freche Nadka gern das Fürchten gelehrt, aber nicht zum Preis des eigenen Bankrotts.

»Wir überlegen es uns«, antwortete Swetlana trocken.

»Überlegen Sie ruhig … Aber nicht zu lange.«

Nadka drehte sich um und ging zu ihrem Auto. Andrej und Swetlana verfolgten sie mit den Augen. Sie fürchteten sie. Wer weiß, ob Nadka nicht noch einmal im Fernsehen auftrat oder einer Zeitung ein Interview gab. Oder gar beides.

Andrej zog die Klage noch am selben Tag zurück.

Swetlana hätte leidenschaftlich gern Nadka all das gesagt, was sie über sie dachte. Aber Andrej hielt sie zurück.

»Begib dich nicht auf ihr Niveau«, sagte er. »Sonst wirst du genauso wie sie.«

»Vielleicht kommt ja dann unser Sexualleben wieder in Ordnung«, bemerkte Swetlana beiläufig.

Sie begriff, daß alles nicht so einfach war: das Geld, das Kind und verratene Geheimnisse. Hinter alldem lagen heiße Nächte, Schreie und Flüstern, Vertrauen und Vereinigung. Hinter alldem standen Gefühle...

Eine schwere Kröte legte sich auf Swetlanas Seele. Sie verstand nicht, wie Andrej eine solche Frau lieben konnte, die frei von jeglicher Scham und jeglichem Gewissen war. Vielleicht hatte man Nadka als Kind nie erklärt, was richtig und was falsch war. Sie erlaubte sich alles. Dann fragte es sich doch, wozu Tugenden nötig waren: Bescheidenheit, Ehre, das Streben nach Vollkommenheit... Es ging auch ohne all das. Und nichts passierte, man kam durch. Sogar besser als die Gewissenhaften...

Die Kröte wälzte sich schwer in Swetlanas Brust hin und her. Sie wollte nicht an Nadkas Stelle stehen, aber auch ihr eigener Platz gefiel ihr nicht. Sie mußte etwas ändern.

21

Luka wurde fünf Jahre alt. Ein wohlgerateneres Kind konnte man sich schwer vorstellen. ›Glück gehabt mit den Genen‹, dachte Nadka. Seine Geburt jedoch verdankte Luka nicht dem Einspänner, sondern Andrej. Und auch die Wohnung war nur dank Andrej in Nadkas Besitz, seine dreihunderttausend hatten die Sache entschieden. Wenn man es genau besah, dann hatte Andrej viel mehr Nutzen als Schaden gebracht. Aber andererseits schadete er doch: Ohne Andrej war ihr Leben nichts mehr wert. Alles wurde grau wie in der Dämmerung. Schleppend zogen sich die Tage dahin.

Nadka konnte ohne Ehemann auskommen: Sie hatte Geld und Kinder. Aber sie konnte nicht ohne Liebe auskommen. Die Sehnsucht nach Andrej überfiel sie wie Atemnot. Nadka fing an, die Sehnsucht im Alkohol zu ersäufen. Fusel trank sie keinen, sondern nur Qualitätswhisky. Sie hielt auf ihre Gesundheit.

Eines Tages, als sie betrunken war, rief sie wieder die Sekretärin Lena zu Hause an. Lena erklärte ihr, daß Andrej nach Amerika flog, nach Los Angeles.

»Wann?« Nadka war angespannt wie eine festgezurrte Gitarrensaite.

»In drei Tagen. Mit der Trans-Aero. Dima hat schon die Tickets gekauft. Aber um wieviel Uhr weiß ich nicht...«

Nadka rief die Flughafenauskunft an und erhielt die nötige Information. Der Flug ging um vierzehn Uhr. Sie könnte sich ausschlafen, packen und in aller Ruhe hinfahren.

In diesen drei Tagen versetzte Nadka Berge. Sie telefonierte herum, log, daß sich die Balken bogen, bestach jemanden, sauste durch ganz Moskau. Ihr gefiel es, sich ein hohes Ziel zu stecken und es mit allen Mitteln zu erreichen: mal mit einem Umgehungsmanöver, mal im Sturmangriff – je nachdem, was sein mußte. Und dann den Triumph des Sieges verspüren! Dieses Triumphgefühl war süßer als das Ziel selbst.

Endlich war alles geschafft: Das Visum war im Paß, Nadka war im Scheremetjewo-Flughafen. Sie fragte an den Kassen, ob es noch ein Ticket für den Trans-Aero-Flug nach Los Angeles gab. Es stellte sich heraus, daß es noch jede Menge Tickets gab. Das Flugzeug flog halbleer.

Nadka kaufte kein Ticket, denn sie wußte noch nicht, ob Andrej allein oder mit Swetlana fliegen würde. Sie ging in den zweiten Stock, wo sich eine offene Cafeteria befand, nahm sich eine Tasse Kaffee und beobachtete, was unten geschah. Von diesem Punkt aus konnte sie alles gut überblicken.

Andrej erschien allein. Das war großes Glück.

Nadka sauste zum Ticketschalter und kaufte einen Flugschein. Dann versteckte sie sich hinter dem Rücken anderer Fluggäste, wie eine erfahrene Konspirateurin. So passierte sie die Zoll- und Paßkontrolle. Andrej war viel weiter vorn und drehte sich natürlich nicht um.

Nadka ging zu ihrem Terminal, wobei sie sich immer wieder vorsichtig umschaute. Andrej schlenderte an den kleinen Boutiquen vorbei, betrachtete die zollfreien Waren. Nadka sah ihn durch das Schaufensterglas. Vermutlich kaufte er Souvenirs für seine amerikanischen Freunde. Nadka wußte genau, was das für Freunde waren und warum er dort hinflog. Er schob amerikanisches Geld mit gutem Gewinn hin und her. In Amerika bekam man nicht so hohe Zinsen. Aber jetzt waren Geld und Gewinne völlig unwichtig. Nur sein trauriges Gesicht im Profil war wichtig, die Art, seine Brille zurechtzurücken und die aufgegangenen Schnürsenkel wieder zu binden. Oh, wie sehr sie das alles liebte… Sie wollte nur eines: Sich neben ihn auf den Sitz fallen lassen, ihre Hand auf seine legen und sich in seine Augen vertiefen. War denn das zuviel verlangt? Einfach nur dasitzen. Einfach nur ihn anschauen.

Nadka war auf der Hut: Wenn Andrej sie entdeckte, gäbe es einen Skandal. Es wäre besser, wenn es ohne abginge. Er würde vielleicht sogar einfach nicht fliegen. Würde nach Hause zurückkehren, würde zu Swetlana sagen: ›Sie verfolgt mich, ich habe Angst vor ihr.‹

Sie mußte es schaffen, vor allen anderen ins Flugzeug zu steigen und sich dort bis zum Abflug zu verstecken.

Nadka ging zu dem Aluminiumtunnel, der den Flughafen mit dem Flugzeug verband. Am Eingang stand eine streng wirkende Stewardess.

»Boarding-time ist erst in einer halben Stunde«, sagte die Stewardess.

»Ich bin schwanger. Ich muß mich hinlegen«, sagte Nadka bittend.

Die Stewardess betrachtete die schlanke Nadka. Sie wurde von ihrem flehenden Blick aufgespießt. Da zuckte sie die Achseln und ließ sie durch. Es war schließlich keine große Regelübertretung.

Nadka rannte im Galopp durch den Gang. Zwei Stewardessen wandten ihr die stark geschminkten Gesichter zu.

»Mädels, bitte versteckt mich!« flehte Nadka. »Gleich kommt mein Geliebter in diese Maschine. Wenn er mich sieht, knallt er mich durch das Bullauge.«

Die Stewardessen stellten sich sofort alles vor.

›Geliebter‹ und ›knallt mich durch das Bullauge‹ waren eine durchaus mögliche Kombination. Nur Liebende können sich so herumschubsen. Nichtliebende benehmen sich anständig.

Die Stewardessen wurden munter. Eine ging in die Pilotenkabine, kam wieder heraus und sagte: »Wadik hat's erlaubt, aber nur bis zum Abflug. Ich gehe hinter Ihnen her.«

Nadka ging zum Cockpit, aber die Stewardess hielt sie auf.

»Nehmen Sie die Hände hoch.«

»Wieso?« fragte Nadka erstaunt.

»So sind unsere Anweisungen.«

Die Stewardessen tasteten sie geschickt am ganzen Körper ab. Sie überprüften sie aus Sicherheitsgründen. Nadka hätte ja auch eine Selbstmordattentäterin sein können. Aber die hatten andere Gesichter, andere Augen. Sie strebten nicht zu ihrem Geliebten, sondern nach der Ewigkeit, zu Allah selbst, der sie an der Hand ins Paradies führen würde.

Nadka betrat das Cockpit. Sie setzte sich direkt neben die Tür auf den Schleudersitz.

Pilot und Copilot saßen schon auf ihren Plätzen und überprüften das Schaltpult. Sie sprachen leise und kurz angebunden miteinander in ihrer Pilotensprache, verstanden einander mit einem Halbsatz. Sie waren jung, ernsthaft und konzentriert. In ihren

Händen lagen Menschenleben – ihr eigenes inklusive. Mit ihren breiten Schultern und gutsitzenden Uniformen hatten sie geradezu etwas Übermenschliches.

Sie wandten sich kaum nach Nadka um. Oder besser gesagt, sie drehten sich nach ihr um, aber nahmen sie nicht zur Kenntnis. Sie hatten Wichtigeres zu tun.

Das Einsteigen war beendet. Das Flugzeug rollte zur Startbahn. Der Motor heulte auf, wurde immer wütender, stotterte und verschluckte sich vor Wut. Das Flugzeug raste die Startbahn entlang, riß sich vom Boden los, und augenblicklich ließen sie die Erde ganz weit unter sich. Die Stewardess kam nicht ins Cockpit. Sie hatte Nadka wohl vergessen.

Wolken flogen Nadka entgegen. Das Sichtfeld war riesig, man konnte nach vorn und nach den Seiten hin alles sehen. Nadka war es, als befände sie sich wie in einer Glashalbkugel. Es kam ihr so vor, als ob sie, wie eine Selbstmordattentäterin, in die Ewigkeit hineinflöge...

Wie lange hatte sie nichts so Schönes mehr gesehen. In letzter Zeit hatte Nadka nur getan, was ihr das Glas diktierte, hatte wie eine Wildsau gelebt, hatte nur Rachegelüste und Wut in sich angesammelt.

Das Flugzeug gewann an Höhe, die Wolken blieben tief unten hängen, wie ein brodelnder Ozean. Die Sonne schien ohne Schatten, triumphierend und frech.

Die Stewardess kam herein und holte Nadka. Sie betrat die Kabine der ersten Klasse.

Andrej sah durch ein Bullauge. Durch die aufgerissene Wolkendecke war wie in tiefem graublauem Rauch die Erde zu sehen. Oh, wie tief konnte man fallen, wenn das Flugzeug plötzlich ins Trudeln käme! Wie weh es täte, abzustürzen! Aber vielleicht spürte man auch gar nichts. Das Herz blieb vielleicht noch auf dem Weg nach unten stehen, mitten im freien Fall. Andrej ertappte sich plötzlich bei dem Gedanken, daß jetzt ein guter Zeitpunkt zum Sterben wäre. Es täte ihm nicht um sein Leben leid. Was erwartete ihn noch? Arbeit, Arbeit, nochmals Arbeit und Geld, Geld... Und wem sollte er es hinterlassen? Die Eltern würden vor ihm sterben. Dann also den Nichten von Swetlana. Das bedeutete im Grunde, daß er wie ein Hamster im Rad rannte für irgendwelche Nichten, die er kaum kannte. Und er hatte doch einen Sohn, auch wenn es nur ein angenommener war.

Andrej spürte, daß ihn jemand ansah. Er hob den Blick. Vor ihm stand Nadka und lächelte verschwommen. Andrej erschrak, er glaubte Halluzinationen zu haben. Er dachte ganze Tage an Nadka, haßte sie, führte in Gedanken gekränkte Dialoge mit ihr, und es war wirklich nicht verwunderlich, daß er allmählich ein bißchen überschnappte. Das hatte gerade noch gefehlt.

»Ich bin keine Erscheinung«, sagte Nadka. »Ich hatte einfach Sehnsucht nach dir.« Sie setzte sich neben ihn. Ihre Haare dufteten nach Johannisbeerblättern.

Die Stewardessen, die sich hinter dem Vorhang versteckt hielten, beobachteten sie neugierig. Ach, wie gerne würden sie neben einen geliebten Menschen sitzen und begreifen: ›Das ist er, das ist mein Platz im Leben.‹ Und natürlich sollte *er* das genauso empfinden.

Nadka legte ihre Hand auf Andrejs Hand. Solche trockenen, heißen Finger hatte nur ein einziger Mensch auf der Welt, und das war Nadka Warlamowa.

Andrej erledigte seine Geschäfte, er traf sich der Reihe nach mit den entsprechenden Leuten. Nadka nahm er nicht mit. Fast alle dieser Geschäftspartner verkehrten auch in Moskau und kannten Swetlana.

Nadka wurde wütend. Sie hatte sich eine andere Entwicklung der Ereignisse vorgestellt. Sie hatte gehofft, Andrej zur nötigen Entscheidung bringen zu können. Ihre Trümpfe waren: die Liebe, die Wohnung, das Kind. Was war noch nötig für einen völligen Sieg?

Aber Andrej hielt stand, wie die Eiche auf der Wiese. Er hatte geschwankt, und sein Stamm hatte geächzt, als Nadka plötzlich verschwunden war. Doch kaum war sie wieder erschienen, hatte sich Andrej beruhigt, und nun stand er wieder kerzengerade da.

Nadka blieb allein. Sie lernte Amerika kennen.

Los Angeles, eingeschossig und unkompliziert gebaut, erstreckte sich nach allen Seiten: vom Ozean bis nach Hollywood. Irgendwann hatten die Amerikaner diese Stadt den Mexikanern abgenommen, so daß die Stadt im großen und ganzen eher einem mexikanischen Dorf glich.

New York war ganz anders. Das war Amerika. Eine Stadt für junge und energische Menschen. Nadka spazierte durch Brighton Beach, las russische Aushänge. Sie saß in einem Café, das von Odessiten geführt wurde: Es gab in Olivenöl gebratene Kartoffeln mit rotbrauner Kruste – nach amerikanischen Vorstellungen das reinste Gift. Die puren Krebserreger.

Nadka begriff schnell, daß sie vor den Emigranten Rußland nicht rühmen durfte. Auf gar keinen

Fall. Denn wenn es in Rußland jetzt gut war, was taten sie dann in diesem Brighton-Beach unter den ratternden Zügen der U-Bahn… Es war wie in dem Lied: ›Du hast dein Heimatufer verlassen und bist am anderen doch nicht angelangt…‹

Nadka saß einsam im Café, schluckte Cholesterine und Kanzerogene. Und zur gleichen Zeit war der ausgekochte Andrej bei reichen Amerikanern zu Besuch und genoß Meeresfrüchte: Hummer, Krevetten, Langusten, Muscheln.

Nadka fragte abends: »Warum hast du mich hierher mitgenommen?«

»Ich *dich* mitgenommen?« staunte Andrej. »Ich habe dich nicht gerufen. Du hast dich mir selbst aufgedrängt.«

Das war gleichzeitig wahr und doch nicht wahr. Innerlich hatte er sie gerufen. Sie hatte gespürt, daß er sich über ihre Anwesenheit freuen würde, sonst wäre sie nicht mitgeflogen.

Nadka hielt es nicht mehr aus und stürzte sich mit Fäusten auf ihn. Andrej hielt sie an den Handgelenken fest, er war stärker. Nadka heulte vor Wut, und er lachte und küßte ihre Tränen ab. Was sollte man da machen?

Am letzten Tag ihres Aufenthalts klingelte das Telefon lange. Nadka sollte nicht ans Telefon gehen, aber sie nahm trotzdem ab.

»Ja, bitte?« sagte sie.

Am anderen Ende war Schweigen.

»Ich kann Sie nicht hören«, sagte Nadka.

»Was machen Sie da?« fragte Swetlana schneidend.

»Dasselbe, was wir immer getan haben. Wir lieben einander.«

Andrej kam aus dem Bad.

»Für dich«, sagte Nadka, übergab ihm den Hörer und ging aus dem Zimmer. Sollte er doch sehen, wie er sich da herausredete.

Sie kehrten im Streit nach Hause zurück.

Andrej schwieg. Nadka schwieg ebenfalls.

Andrej verstand, was in Swetlana jetzt vorgehen mußte. Zuerst hatte er den Schwur gebrochen, den er vor Pater Michail getan hatte. Dann hatte er Nadka auch noch ihre üble Nachrede verziehen, die öffentliche Schande und dann noch die Erpressung. Wer war er nach alledem? Andrej würde natürlich versuchen, alles noch einmal herumzureißen, aber ob ihm das gelänge…

Nadka saß auf ihrem Flugzeugsitz und dachte: ›Es wäre gut, diesen Hurensohn zu verlassen, die lebendige Liebe im Boden zu vergraben…‹ Was war das denn für eine Liebe?

Eine ständige Demütigung. Und was erwartete

sie? Als Geliebte alt werden? Nein. Das war nichts für Nadka. Sie würde eine Ehefrau werden oder gar nichts. Es gab noch eine Variante: Boris heiraten, oder den Amerikaner George, und dann den Ehemann mit Andrej betrügen. Dann wären sie quitt. Denn jetzt gab sich Andrej nur halb und sie ganz. Ach, nein, das war alles nichts …

Die Stewardessen verteilten das Essen. Zur Mahlzeit gab es Wein in kleinen Fläschchen.

Sie füllten die Plastikgläser, sahen einander an.

»Heirate mich«, verlangte Nadka mürrisch.

»Ich kann nicht.«

»›Ich kann nicht‹ heißt ›ich will nicht‹«, sagte Nadka. »Wenn du es wirklich wolltest, würdest du eine Lösung finden.«

»Vielleicht«, gab Andrej zu. »Ich kann nicht, und ich will nicht.«

Alles klar. Klarer konnte man es nicht sagen. Also handelte die ganze Geschichte nicht von Andrej und Nadka, sondern von Andrej und Swetlana. Diese Geschichte drehte sich darum, wie ungeachtet größter Leidenschaften und aller möglichen Schlaglöcher des Lebens Andrej sich nicht einen Zentimeter von seiner Frau wegbewegt hatte. Die Liebe zu Swetlana war wie ein Ozean, in dem Schiffe, ohne Spuren zu hinterlassen, untergingen. Sogar Weltraumstationen und ganze Stücke des Festlandes verschwanden darin, ganz zu schweigen von einzelnen Menschen.

22

Der Amerikaner rief an und bat Nadka vorbeizukommen.

»Was ist denn los?« fragte sie.

»Komm her, dann siehst du es…«

Nadka fuhr hin und sah vor dem Fenster die gewohnte Wiese mit der Eiche – und drum herum eine Gruppe von Arbeitern und einen gelben Bagger.

»Was ist denn das?« fragte Nadka, wobei sie bereits ein ungutes Vorgefühl hinunterschluckte.

»Sie wollen eine Tiefgarage bauen. Und obendrauf eine bezahlte Parkzone«, berichtete der Amerikaner. »Alle Auspuffgase wehen mir dann direkt durchs Fenster herein. Ich habe sowieso Schwierigkeiten mit der Lunge. Ich werde ausziehen müssen.«

»Warte mal mit dem Umzug. Ich denke mir was aus«, sagte Nadka.

»Alle Nachbarn protestieren«, bezeugte George.

»Und wie protestieren sie?«

»Sie regen sich auf.«

»Ist das alles?«

»Na, was können sie sonst machen?«

»Und so was nennt sich Amerikaner!« sagte Nadka lachend.

In Rußland hielt man die Amerikaner für geschäftstüchtige und unternehmerische Leute. Aber die Amerikaner waren auch verschieden: Es gab solche mit schneller Auffassungsgabe, tatkräftige Typen und eher kontemplative Exemplare. George war ein Bücherwurm, untersuchte ›nichtnormative Lexik im Russischen‹. Wer brauchte denn so was? George benutzte diese nichtnormativen Wendungen, sprach sie aber mit einem so starken Akzent aus, daß sie überhaupt nicht mehr wie Flüche klangen. Sie klangen eher wie ein Lied.

»Wenn du willst, kann ich mal mit den Arbeitern reden?« bot er seine Hilfe an.

»Die brauchen keine ›nichtnormative Lexik‹, sondern harte Devisen.«

»Aber es sind zu viele«, bemerkte George vernünftig.

Nadka überlegte und beschloß, den gesetzlichen Weg einzuschlagen.

Sie zog den Juristen Jura hinzu, genau den, der aussah wie ein Knastbruder. Jura sagte ihr, wo's langging. Man mußte klären, *wer* hier baute, wer der genaue Auftraggeber war.

Es stellte sich heraus, daß der Auftraggeber die Stadt Moskau war. Also mußte man Unterschriften sammeln und sich an die Moskauer Stadtregierung wenden. Nadka traf Verabredungen, klapperte alle hundert Wohnungen ab, sammelte Unterschriften und Geld. Das Haus war im Besitz reicher Leute, niemand war knausrig.

Am Schluß setzte Nadka vier berühmte Namen auf die Liste und unterschrieb selbst für sie mit je einem anderen Kugelschreiber. Wer würde es schon nachprüfen? Niemand wußte schließlich, wie die Unterschrift des Cellisten Rostropowitsch oder der Ballerina Maja Plisjetzkaja aussah. Und niemand kannte deren Adresse. Sie waren Leute von Welt. Die wohnten überall und konnten gut und gern auch eine Wohnung in diesem Haus haben.

Als Nadka das Geld zusammenhatte, stürzte sie vorwärts und raste nach oben wie ein Raketenträger. Ihr Ziel lag im Gebäude des Moskauer Stadtrats. Nadka fuhr mit dem Auto hin und betrachtete das Haus mit dem Profiblick einer Immobilienmaklerin. Was für eine solide Arbeit aus der Stalinzeit! Unter Stalin hatte man besser gebaut, man hatte Angst, zu schludern und Material zu stehlen. Angst kann durchaus nützlich sein.

Am Eingang stand ein Milizionär. Zwei weitere standen in der Eingangshalle.

»Ihr Passierschein?« fragte einer.

»Ich habe keinen. Aber ich muß dringend …«

Nadka machte flehende Augen und zeigte ein Papier mit Unterschriften.

»Lassen Sie sich einen Passierschein geben«, sagte der zweite Milizionär.

»Und von wem?«

»Zu wem wollen Sie denn?«

In dem Moment erblickte Nadka ein bekanntes Gesicht. Aus dem Lift kam ein rundlicher Mann mit einem runden Kopf und einem runden Gesicht. Wo hatte sie den bloß schon gesehen? Im Fernsehen, in der Sendung *Persönlich*.

Nadka sauste in seine Richtung und schnitt ihm den Weg ab. Die Milizionäre hatten es nicht mehr geschafft, sie aufzuhalten, ließen sie aber nicht aus den Augen.

»Ich heiße Nadeshda Warlamowa«, stellte sich Nadka eilig vor. »Die Tochter der Künstlerin Warlamowa.«

Der rundliche Mann kannte diese Künstlerin nicht, aber das war auch unwichtig. Vor ihm stand eine junge Frau, einer tatarischen Carmen nicht unähnlich.

»Ich bin der Abgeordnete Iwan Schubin«, stellte sich der Mann vor. »Was gibt's denn für Probleme?«

»Ich muß durch, aber man läßt mich nicht.«

»Zu wem?«

»Ich weiß nicht.«

»Und worum geht es?«

»Vor unserem Haus steht eine Eiche. Sie ist siebenhundert Jahre alt. Unter dieser Eiche hat schon Puschkin gesessen. Und Andrej Volkonskij ...«

»Andrej Volkonskij ist eine ausgedachte Figur, eine Frucht der Phantasie. Und die ›grüne Eiche‹ – ist ebenfalls eine Frucht der Phantasie.«

»Aber Puschkin war real«, entgegnete Nadka und streckte ihm das Papier hin.

Der Abgeordnete studierte den kollektiven Brief. Nadka betrachtete seine blanke Glatze, die wie eine Billardkugel glänzte. Sie erinnerte sich an die Sendung *Persönlich*, in der der Abgeordnete seine Felder gezeigt hatte, sein Grundstück, sein Gestüt, wo jedes Traberpferd mehr als ein Mercedes kostete. Er war so reich wie Onassis, wenn nicht sogar reicher.

»Sie müssen zu Kruglow«, sagte der Abgeordnete und gab Nadka den Brief zurück.

»Der empfängt mich nicht«, sagte Nadka mit erstickter Stimme.

Schubin dachte kurz nach, dann sagte er: »Na gut, kommen Sie mit ...«

Nadka folgte dem Abgeordneten. Bevor sie in Kruglows Arbeitszimmer eintraten, wandte Schubin sich um und fragte: »Wohnt denn die Plisjetzkaja nicht in München?«

»In München auch«, bestätigte Nadka.

Kruglow stellte sich als grauhaariger Herr mit traurigem Gesicht heraus.

Der Abgeordnete setzte sich ihm gegenüber, und sie begannen halblaut zu reden in einer nur ihnen verständlichen Sprache. Wie die Piloten im Flugzeugcockpit, doch da waren technische Ausdrücke erklungen, hier waren es bürokratische. Und da war noch mehr, es klang noch etwas zwischen den Worten an. Sie hatten ihre eigene Sprache, wie die der Füchse oder Wölfe. Sie verstanden einander, denn sie waren aus ein und demselben Rudel.

Nadka saß daneben, aber nicht dabei. Sie stand außerhalb des Rudels. Man ließ sie nicht hinein. Sie war eine von denen, die Bitten vortrugen. Und die Bürokraten waren diejenigen, die Bitten erfüllten – oder auch nicht.

»Menschen gehen vor die Hunde, und hier wird wegen einem Baum gejammert«, bemerkte Kruglow, als er in Nadkas Dokumente gesehen hatte.

»Wenn wir anfangen, uns um die Bäume zu kümmern, kommen wir vielleicht auch noch zu den Menschen«, entgegnete der Abgeordnete.

Kruglow legte den Brief auf die Seite. Er sagte:

»Die Sache ist nicht so einfach. Da ist schon Geld investiert worden. Irgend jemandem treten wir da auf die Zehen.«

»Ich weiß sogar schon wem…«, sagte der Abgeordnete. »Aber die öffentliche Meinung… Man muß mit der öffentlichen Meinung rechnen. Die alten Zeiten sind schließlich vorbei…«

Sie fingen wieder an, in ihrer Sprache zu reden und ganz offensichtlich über ihre eigenen Angelegenheiten. Nadka begriff, daß der Abgeordnete nicht ihretwegen zu Kruglow gestürmt war. Nicht aus Liebenswürdigkeit. Er selbst brauchte etwas, vielleicht ein eigenes Haus in einem bestimmten Viertel.

Als der Abgeordnete seine Frage geklärt hatte, verabschiedete er sich und ging. Er rollte davon wie ein runder Laib Brot im Märchen. Nadka und Kruglow blieben Auge in Auge sitzen.

Nadka zog einen vorbereiteten Umschlag heraus und knallte ihn auf den Tisch. Kruglow sah irritiert darauf. So etwas machte man ganz anders, nicht so direkt. Aber offensichtlich kannte die Bürgerin Warlamowa sich mit diesen Feinheiten nicht aus. Der Abgeordnete hatte sie hereingebracht, also ging es nicht um Geld, sondern es waren Beziehungen im Spiel.

»Stecken Sie das sofort wieder ein«, befahl Kruglow. »Sie haben das nicht getan, und ich habe nichts gesehen.«

Nadka genierte sich, steckte gehorsam den Umschlag wieder in ihre Handtasche. Es entstand eine unangenehme Pause.

»Wenn vor meinen Fenstern ein Parkplatz gebaut wird, dann verbrenne ich mich selbst«, sagte Nadka, nur um etwas zu sagen.

»Das wäre ziemlich dumm«, sagte Kruglow heftig. »Niemand hätte etwas davon. Da, neulich erst, als Listjew sich umgebracht hat – ist auch nichts passiert. Man macht etwas Lärm und vergißt dann das Ganze. Und erst bei Ihnen …«

›Was für ein Blödmann‹, dachte Nadka. ›Denkt der wirklich, daß ich mich wegen einem Parkplatz verbrenne? Eher zünde ich den Parkplatz an. Und noch besser, ich verkaufe die Wohnung zum dreifachen Preis und kaufe eine andere an einem anderen Ort …‹

Das, was für normale Leute eine nicht zu bewältigende Schwierigkeit war, nämlich der Verkauf einer Wohnung, der Kauf einer neuen, der Umzug, all das war für Nadka gar nichts. Das einzige, was sie nicht umgehen konnte, war Swetlana. Alles andere schaffte sie leicht. Es war so einfach, wie eine Nuß zu knacken.

Eine Woche später wurde Nadka aus Kruglows Abteilung angerufen, man benachrichtigte sie, daß die Frage geklärt sei. Und weitere drei Tage später ließ der schwere Bagger die Schaufel sinken und fuhr mit unbekanntem Ziel davon.

Nadka verspürte einen echten Triumph. Sie hatte den ganzen Staat besiegt.

Die Bewohner des Hauses riefen sie an und dankten ihr mit blumigen Worten. Nadka nahm die Komplimente entgegen, wie eine Schauspielerin nach der Vorstellung. Und es stellte sich jetzt heraus, wie sehr sie diese schönen Worte von Seiten ihrer Mitmenschen gebraucht hatte.

Andrej hatte Nadka mit seinem Verhalten ständig erniedrigt. Ihr ideales ›Ich‹ wurde ständig in den Staub getreten. Nadka hatte sich gefühlt wie jemand, der am Boden liegt. Und jetzt erhob sich ihre Selbstachtung wieder aus dem Staub und wuchs und wuchs … Sie wollte Andrej anrufen und triumphierende Worte ausrufen. Aber wozu? Er würde nur sagen: ›Komm, wir treffen uns.‹ Und er käme. Und dann ginge er wieder. Nein.

Das Geld, das Nadka für die Bestechungsaktion gesammelt hatte, behielt sie für sich. Das war ihr Honorar für die geleistete Arbeit. Kruglow hatte kein Geld genommen, aber er hätte sehr wohl welches nehmen können.

Nadka kaufte sich ein neues Auto. Was auch dringend nötig war, denn ihr altes ging ständig kaputt.

Spätabends schrillte das Telefon. Nadka dachte, daß wieder einer der Nachbarn seine Dankbarkeit bekunden wollte, aber im Hörer schwieg es. Nadka schwieg auch. Sie wartete. Es hätte Ljowa Rubintschik sein können.

»Na, gut«, sagte Andrejs Stimme. »Ich bin einverstanden. Du hast mich geschafft.«

»Bist du betrunken?« überprüfte Nadka.

»Ja, das auch« sagte Andrej. »Aber das tut nichts zur Sache. Ich bin es leid, gegen dich und mich anzukämpfen. Ich ergebe mich.«

Andrej legte auf. Nadka saß da wie betäubt. Sie war diesen Worten mit zum Horizont ausgestreckten Armen so lange hinterhergerannt. Aber der Horizont war immer weiter weggerückt, je mehr sie rannte, und es war, als ob sie auf der Stelle gelaufen wäre. Und dann plötzlich: Da hast du es! Sie war in den rosaroten Horizont hineingelaufen.

Aber Nadka konnte sich nicht einmal freuen. Voller Zweifel und Verwunderung wählte sie Nellys Nummer.

»Er hat gesagt: ›Du hast mich geschafft.‹ ... Was bedeutet das?«

»Das bedeutet, daß er dir einen Antrag macht«, dechiffrierte Nelly.

»Und dann hat er noch gesagt: ›Ich bin müde, ich ergebe mich.‹«

»Das heißt, er läßt sich von seiner Frau scheiden und heiratet dich …«

Nelly schwieg einen Moment. Nadkas Offensive war ihr immer schändlich und vulgär vorgekommen. Sie hatte Nadka immer gescholten: ›So was macht man doch nicht.‹ Und nun stellte sich heraus, daß Nadka recht getan hatte. Sie hatte gesiegt. Die Bescheidenen schämen sich und bleiben im Schatten, wo es dunkel und kalt ist. Und den Platz an der Sonne nehmen die Frechen und Angriffslustigen ein.

»Gratuliere«, sagte Nelly traurig und legte auf.

›Der hat es die Petersilie verhagelt‹, begriff Nadka und wählte Ninas Nummer.

»Schläfst du schon?« fragte Nadka.

»Ich hab einen Kuchen im Ofen. Was ist denn?«

»Stehst du oder sitzt du?« fragte Nadka nach.

»Ich stehe. Wieso?«

»Dann setz dich hin: Andrej hat mir einen Antrag gemacht.«

»Na, siehst du, ich hab's ja gesagt.«

»Was hast du gesagt?«

»Daß er dich liebt. Wieso sonst hätte er für ein Abenteuer seinen Arsch riskiert. – Ja, ich komme ja schon!!!« rief Nina zur Seite. »Wann ist die Hochzeit?«

»Haben wir noch nicht entschieden …«

»Ich komme ja schon!!!« schrie Nina durchdringend. »Nicht einmal in Ruhe reden kann man. Ist das ein Leben? Sag bloß: Ist das ein Leben?«

Nina legte auf. Man ließ sie nicht weiterreden, vielleicht war auch der Kuchen angebrannt.

Nadka rief Xenia an.

»Das kann nicht sein«, sagte Xenia. »Er lügt …«

»Wieso denkst du das?«

»Weil das schon viel zu lange so geht. Die Männer heiraten in der Regel sofort oder gar nicht. Und bei euch läuft das schon sieben Jahre so.«

»Er hat eben seine Gefühle geprüft.«

»Ich glaube ihm nicht«, sagte Xenia. »Na, und wozu willst du überhaupt heiraten?« Kinder hast du, Geld hast du. Was kann besser sein als die Freiheit?«

»Besser als die Freiheit kann die Liebe sein«, sagte Nadka.

Xenia schwieg einen Moment, dann sagte sie verträumt: »Ich möchte ein Häuschen am Meer … Morgens die Augen aufmachen und sofort ins warme Meer laufen. Da arbeitest und denkst du den ganzen Tag ganz anders …«

»Kannst du mal einen Moment an jemand anderen als an dich selbst denken?« fragte Nadka.

»Du hörst mir bloß nie zu«, meinte Xenia.

»Und du hörst mir nie zu.«

Nadka legte den Hörer hin und dachte, daß bei Xenia eben die Liebe zum Beruf alle anderen menschlichen Gefühle mit einschloß. Nadka hatte niemanden, mit dem sie ihren Sieg teilen konnte. Wegen eines schäbigen Parkplatzes jubilierte das ganze Haus. Und ihr Glück, das Glück ihres ganzen Lebens, das sie um den Preis so großer Leiden und Erniedrigungen errungen hatte, dieses Glück war allen völlig egal. Allen außer einer – Swetlana. Der war es nun wirklich nicht egal. Das war sicher. Siegesfanfaren, ertönt! Aber irgend etwas in Nadka stand bloß da und bremste. Keinerlei Siegesfanfaren. Stille. Sie legte sich schlafen und versuchte, ihre innere Stimme zu hören, doch die schwieg. Merkwürdig…

Am nächsten Tag lud Andrej Nadka zum Mittagessen ein.

Sie kam ins Restaurant – ebendas, in dem er seinen Geburtstag gefeiert hatte – und setzte sich Andrej gegenüber. Die Kellner sangen nicht. Offenbar sangen sie nur abends.

Nadka wartete die Weiterentwicklung des Vorschlages vom Vorabend ab. Sie interessierte sich für die Details: Wann würde Andrej mit all seinen Sachen zu ihr ziehen? Wo würde ihre Hochzeit stattfinden?

Zu welchen Bedingungen gab ihn Swetlana frei? Aber Andrej schwieg sich aus. Er wandte die Augen ab.

Nadka bohrte ihren Blick geradewegs in seine Augen, aber Andrej schaute an ihrer Nasenspitze vorbei. Dann an ihrem Ohr vorbei. Er ließ den Blick schweifen und sagte schon nichts mehr davon, daß er es leid war, gegen sich selbst zu kämpfen. Alles bliebe beim alten: Swetlana war seine Ehefrau, Nadka seine Geliebte.

Nadka begann zu essen. Alles wurde langsam klar: Am Vorabend hatte sich Andrej einen angesoffen, hatte alle möglichen Flausen im Kopf gehabt. Heute war er wieder nüchtern, und die Flausen waren ihm vergangen.

All die Jahre hatte Nadka wie Sisyphus einen Stein den Berg hochgeschleppt. Und wenn er oben war, dann entglitt ihr der Stein und rollte wieder bergab, alles ging wieder von vorn los. Aber Sisyphus war ein gesunder Kerl gewesen, und Nadka war eine schwache Frau mit chronischer Bronchitis.

»Ich liebe dich«, sagte Andrej mürrisch.

»Ich weiß«, sagte Nadka.

Diese Liebe entschied gar nichts. Sie war nur dazu gut, seine Ehe zu festigen.

Der Kellner brachte den Salat. Die Kräuter waren nicht mit dem Messer geschnitten, sondern mit den

Fingern abgezupft, nicht kaltes Metall hatte sie berührt, sondern warme Hände.

Nadka aß schweigend. Dann zog sie Geld aus ihrer Handtasche. Der Kellner kam.

»Nehmen Sie es nicht von ihr«, sagte Andrej erschrocken.

Nadka legte hundert Dollar auf den Tisch. Sie hatte keine kleineren Scheine.

Sie stand auf und ging.

23

Zu Hause roch es nach Vanille. Tanja buk ein süßes Hefegebäck. Mascha lief um sie herum, sie half ihr. Luka baute etwas mit Legosteinen zusammen. Es war wohltuend ruhig, als hätte ein Engel seine Flügel über allem ausgebreitet.

Nadka sank kraftlos auf einen Stuhl. Andrej hatte ihre Seele in Stücke gerissen wie eine Katze ein Vogelnest zerrupft. Doch er brachte auch etwas ein. Er schenkte Liebe. Ein so vollkommenes Glück, aber auch so vollkommenes Unglück fühlte sie bei niemandem sonst. Doch jetzt war Schluß. Alles andere wäre Schizophrenie. Wenn das so weiterginge, könnte sie sich wirklich bald mit Benzin übergießen und verbrennen.

Xenia rief mit einer guten Neuigkeit an: Nach ihrer Ausstellung würde es ein Buffet geben, das von irgendwelchen Sponsoren bezahlt wurde.

»Zieh dir was Schickes an!« befahl Xenia.

Nadka war ihr Meisterwerk und sollte entsprechend zur Geltung gebracht werden. Nach Andrej fragte sie nicht einmal. Hatte sie es vergessen? Oder war ihr die Ausstellung wichtiger? Vor dem Hintergrund der Ausstellung schien für sie alles andere keine Bedeutung zu haben.

Die Ausstellung erwies sich tatsächlich als interessant.

Nadka sah zum erstenmal alle Arbeiten ihrer Mutter zusammengestellt. Ein wirkliches Meisterwerk waren ein Hahn aus Bronze, und eine tönerne Kuh mit einer Glocke. Die Kuh – war ganz Xenia selbst, genauso vertrauensselig und gütig, mit Wimpern aus Bürstenhaaren...

Nadka zog ihre Mutter gern auf, so in der Art von: ›Was hast du dein ganzes Leben schon verdient?‹ Doch Xenia sah den Sinn ihres Lebens außerhalb des Materiellen. Xenia bewegte die Finger, vertiefte sich in ihre Lehmwelt, und ihr ging es dort gut. Der Erfolg und die schöpferische Arbeit, der erfolgreiche Schaffensprozeß, das war die stärkste Droge. Es war so viel mehr als Geld.

Geld verschönert das Leben, aber es ist nicht sein Sinn. Xenia war ein reicher Mensch, nicht weil sie viel Geld hatte, sondern weil sie wenig brauchte.

Die Menschen flanierten durch die Ausstellung. Xenia wurde von Evelina aus dem Ministerium umschwänzelt und von ein paar Männern in Jacketts, die wohl die Sponsoren sein mußten.

Xenia stellte allen ihre Tochter vor und fragte: »Habe ich nicht eine schöne Tochter?«

Als wenn das nicht offensichtlich gewesen wäre ...

Nadka sah ihre Mutter voller Mitgefühl an. Sie war ein Mensch mit Talent, aber ihr Talent war in ihr verborgen, was man sah, war ein Clown mit schlechten Reprisen. Vielleicht war Xenia aber auch nur verlegen ... Wenn man sich nicht richtig traut, klingt alles irgendwie falsch.

Nach der Eröffnung fielen alle übers Büffet her.

Die Tische waren zu einem U gestellt worden. Das Essen war einfach: Pellkartoffeln, aber wenigstens heiß, Heringe, aber nicht zu stark gesalzen, belegte Brote mit einer billigen Wurst, aber die war wenigstens frisch, gevierteltes Obst.

Die Sponsoren entpuppten sich als arm oder geizig. Nadka war es peinlich, aber sie blieb. Sie schenkte sich ein großes Glas Wodka ein, sollten die anderen denken, es wäre Mineralwasser. Sie trank in kleinen Schlucken, ertränkte die Leere. Früher war in ihr ›ein einziges Singen und Reißen‹ gewesen, sie wollte sich immerzu mitteilen, etwas erklären oder jemandem etwas beweisen. Aber jetzt war in ihrer Seele nichts als Wüste, und nur der Wind trieb Sand vor sich her. Sie hatte keine Lust, jemandem etwas zu erklären, denn Worte bedeuteten sowieso nichts. Worte waren nur Luft, die durch die Laute in Schwingungen versetzt wurde. Irgendwann hörte die Luft auf zu vibrieren, und fertig. Xenias ganzes Leben waren der Hahn und die Kuh. Aber was für ein Hahn und was für eine Kuh waren das! Sie waren ein ganzes Leben wert. Obwohl, hol's der Teufel, gar nichts ist ein ganzes Leben wert.

Vom anderen Ende des Tisches starrte Nadka ein Mann an: der Abgeordnete Schubin. Wie kam der denn hierher? Nadka ging zu ihm und fragte: »Was machen Sie denn hier?«

»Na, was macht ein reicher Mann auf einer Verkaufsausstellung?«

»Etwas kaufen«, sagte Nadka.

»Ganz genau«, lobte der Abgeordnete. »Und was machen Sie hier?«

»Ich bin die Tochter der Künstlerin.«

»Na, prima«, meinte der Abgeordnete.

»Worin besteht mein Verdienst?«

»Sie haben sich die richtige Mama ausgesucht. Sie hätten ja bei wer weiß wem auf die Welt kommen können.«

Nadka wollte höflich lächeln, aber dann überlegte sie es sich anders. Warum lächeln, wenn einem nicht danach war…

»Und was wollen Sie kaufen?« fragte Nadka.

»Es sind drei Werke.«

»Welche denn?«

»Der Hahn. Die Kuh. Und das Bad.«

›Der hat was kapiert‹, dachte Nadka. ›Ist zwar ein Provinzler, aber er versteht was von Kunst.‹

»Es tut einem richtig leid, sich von den Arbeiten zu trennen. Es ist fast so, als gäbe man seine Kinder her«, beklagte sich Nadka.

»Dann kommen Sie mal zu mir nach Sibirien. Besuchen Sie Ihre Kinder.«

Nadka hob in einer unbestimmten Geste die Brauen. Wozu sollte man so weit fahren, bloß um Grütze zu löffeln…

24

Nadka hatte drei große Gläser Wodka getrunken, daher hatte sie Angst, sich ans Steuer zu setzen.

Der Abgeordnete erbot sich, sie heimzubringen.

Nadka ließ sich auf den Rücksitz plumpsen, klappte zusammen und schlief ein. Das Auto wurde von einem Chauffeur gelenkt, der keine Miene verzog.

»Zuerst fährst du mich nach Hause«, ordnete der Abgeordnete an.

Das hieß, daß er keine Zeit und Mühe auf die lange Fahrt quer durch Moskau verschwenden wollte.

Sie fuhren zu einem schicken Haus. Der Abgeordnete hatte dort eine Dienstwohnung, damit er während seiner Aufenthalte in Moskau nicht in Hotels wohnen mußte. Die Dienstreisen nach Moskau fanden häufig statt. Man versuchte schon sehr lange und ausgiebig, den Abgeordneten ganz nach Moskau zu ziehen. So viele kluge Leute gab es ja schließlich auch nicht im Land, wie sich herausstellte. Alle diese Großtuer in der Duma waren wie Gockel, reckten die Hälse, krähten und plusterten sich auf. Und was kam dabei heraus...

Aber der Abgeordnete wollte nicht nach Moskau. Er war ein freiheitsliebendes Tier und ungezähmt wie ein Bär. Ein Herr der Wälder.

Der Abgeordnete stieg aus dem Auto. Nadka erwachte und stieg ebenfalls aus.

Der Chauffeur setzte eine fragende Miene auf.

»Na gut, du kannst heimfahren, komm morgen wieder«, beschloß der Abgeordnete.

»Wann?« fragte der Chauffeur.

»Ich rufe dich an.«

Im Arbeitszimmer des Abgeordneten befand sich eine unglaubliche Menge von Enten: aus Porzellan, aus Glas, aus Stein gehauen, aus Pappmaché.

»Was ist denn das für eine Menagerie?«

»Meine Frau sammelt die.«

»Schon wieder eine Frau«, seufzte Nadka. »Mir wird schon schlecht von diesen Frauen.«

»Wie bitte?« fragte der Abgeordnete, er meinte, nicht richtig gehört zu haben.

»Ach, nichts. Bloß so.«

Nadka ging ins Bad. Sie ließ sich ein Schaumbad einlaufen, zog sich aus und kletterte ins warme Wasser. In ihr war eine solche Kälte, daß es ihr vorkam, als könne sie sich nie wieder aufwärmen.

Der Abgeordnete wartete und wartete... Er mußte früh aufstehen, mußte zu einer bestimmten Stunde zum Abstimmen in der Duma sein. In seiner Heimatstadt sollte ein Forum der Intelligenzija stattfinden.

Nach der Perestroika, als alle Strukturen mit einem Schlag zerstört wurden, war die Intelligenzija des Landes in alle Windrichtungen davongelaufen. Jetzt heulten sie wie die Hunde aus allen möglichen Ecken, und niemand hörte ihnen zu.

Früher, im real existierenden Sozialismus, hatten sie alle eng beieinander gelebt, sie hatten ihre Verbände, ihre Klubs, ihre Ernährer gehabt, niemand mußte hungern. ›Der Poet ist in Rußland mehr als ein Poet‹, hieß es damals. Und jetzt brauchte in Rußland überhaupt niemand mehr einen Poeten. Niemand brauchte diese Talente und ihre unschätzbaren Gedanken. Glück gehabt, wenn einer es schaffte zu sterben, ohne vorher diesen Zustand der Entehrung erlebt zu haben.

Nadka kam und kam nicht aus dem Bad heraus. Und wieso wusch sie sich überhaupt? Der Abgeordnete hatte nicht die Absicht, sie zu verführen. In einer Dienstwohnung konnten sehr gut Wanzen und sogar Kameras installiert sein. Man könnte ihn filmen und dann am Fernsehen seinen nackten Hintern zeigen. Das hatte es alles schon gegeben. Staatsmänner verloren ihren Posten und vor allem – die Ehre. Da konnte man sich bloß noch erschießen.

Der Abgeordnete hielt es nicht mehr aus. Er spähte ins Badezimmer. Nadka schlief unter einer Schaumdecke, den Kopf auf die Schulter gelegt.

Der Abgeordnete erschrak, sie hätte sich verschlucken können und ertrinken. Dann würde in seiner Wohnung die Leiche einer jungen Frau gefunden. Miliz käme. Die Journalisten. Und das alles am Vorabend der Wahlen zur zweiten Amtsperiode.

Der Abgeordnete warf das Jackett ab, dann zog er energisch die nackte, schwere Nadka aus dem Wasser. Er warf sie sich wie einen Sack Kartoffeln über die Schulter und schleppte sie ins Schlafzimmer. Dann lud er sie auf dem Bett ab.

Nadka bewegte sich, ringelte sich zusammen und schlief weiter. Ihr Schlaf war wie ein freier Fall, traumlos, völlig außerhalb von Zeit und Raum.

Der Abgeordnete betrachtete die nackte Nadka wie ein Kunstwerk. Der Schöpfer hatte sie ganz aus einem Guß gemacht. Nichts Überflüssiges war an ihr, alles war genau richtig.

Iwan Schubin war einundfünfzig Jahre alt. Er spürte sein Alter nicht, doch er wußte: Noch zwanzig Jahre, und eine Decke der Gleichgültigkeit würde ihn zudecken. Und zwanzig Jahre, das war so wenig... Außerdem vergingen die Jahre in der zweiten Lebenshälfte doppelt so schnell. Der Abgeordnete begann zu ahnen, daß ein Trumpf des Lebens die Jugend war. Nadka hatte sie. Und ihm blieb nur noch wenig davon.

Der Abgeordnete löschte das Licht und legte sich

neben Nadka. Von ihr ging ein zarter Geruch aus, fast wie von Maiglöckchen. Das Blühen der Jugend. ›Meine Güte, wie lange ist das her…‹

Iwan Schubin war seit dreißig Jahren verheiratet. Die Gefühle zu seiner Frau hatten sich fast bis zum völligen Verschleiß abgenutzt. Er sehnte eine Veränderung herbei, aber er tat nichts dafür. Er hatte keine Zeit. Iwan hatte immer davon geträumt, daß eines schönen Tages eine wunderschöne Unbekannte auf ihn zukäme, ihn bei der Hand nähme und in ein anderes Leben führen würde. Und er würde ihr einfach folgen, denn um ihr den Hof zu machen, um sie zu kämpfen oder für sie zu leiden, für all das hatte er weder Zeit noch Kraft.

Nadka träumte gegen Morgen, daß sie mit einem Schlitten eine steile Böschung hinunterraste. Unten war eine Wiese, die unter Wasser stand, und der Schlitten fuhr direkt in das eisige Wasser. Nadka sah ihren Tod im vollen Bewußtsein vor sich. Entsetzen erfüllte sie… Die Unausweichlichkeit des Endes stand ihr vor Augen. Nadka versank im Wasser, aber anstelle von Atemnot und Kälte verspürte sie einen mächtigen Orgasmus. Dann war also der Todeskampf in Wirklichkeit ein Orgasmus. Und die Menschen wußten es nur nicht, denn die Verstorbenen kehrten ja nicht zurück. Sterben, so stellte sich heraus, war so angenehm…

Nadka schlug die Augen auf. Der Abgeordnete turnte auf ihr herum. Seine Aktivitäten endeten in angenehmer Mattigkeit.

»Guten Morgen«, grüßte Nadka.

Sie war glücklich, daß die Eiswasserwiese nur ein Traum gewesen war.

25

Den ganzen folgenden Tag rannte der Abgeordnete wie ein Hamster im Laufrad. Es gab eine unendliche Menge ungelöster Fragen, und er löste sie.

Der Abgeordnete rief jemanden an, jemand rief ihn an. Er ging zu jemandem, jemand kam zu ihm. Aber worum es auch immer ging, Iwan Schubin dachte nur an Nadka. Das Thema der Gespräche war natürlich präsent, aber es existierte vor einem Hintergrund, und der Hintergrund war die schlafende Nadka, ihr jugendlicher Atem, wie Musik, und die erwachende Nadka…

Das Privatleben des Abgeordneten war wie eine nie ablaufende Sanduhr, deren Strahl von einem Gefäß ins andere floß. Der einzige Wert darin war die Stabilität: So war es, so ist es, so wird es bleiben.

Aber war ein Sarg nicht auch stabil? Und doch beeilt sich kaum einer, dort hinein zu kommen.

Der fröhliche Abgeordnete, der Herr der Wälder, war ein einsamer Bär. Seine Einsamkeit spürte er in den Nächten. Der nahende Morgen riß ihn heraus und trieb ihn im Kreis herum. Dieser Kreis war immer interessant und spannend, wie Roulette. Oder eher wie ein Sport. Stabhochsprung: anlaufen, abspringen, sich hochschrauben und ab über die Latte!

Doch in letzter Zeit wollte ihm irgend jemand den Stab entreißen, so daß der Abgeordnete nicht mehr richtig abspringen konnte. Dieser Jemand war entschieden jünger als er. Er hatte kräftige Eckzähne, fürchtete rein gar nichts und spuckte auf den Boden wie ein Wilder.

Die Zeit arbeitete natürlich für die Jungen, aber daran wollte er lieber gar nicht denken. Schließlich gab es auch den Spruch: ›Eine alte Stute hat die Jungen auf den Friedhof gezogen …‹

Lieber wollte er an die Tochter der Künstlerin denken. Dem Abgeordneten wurde plötzlich bewußt, daß er nicht einmal ihre Telefonnummer hatte. Wo diese Frau wohl jetzt war?

Der Abgeordnete wies seinen Assistenten an, die Künstlerin Warlamowa anzurufen, die Telefonnummer und Adresse ihrer Tochter zu erfragen und ihn mit ihr zu verbinden. Und an ihre Adresse einen

Blumenkorb zu schicken. Die Mächtigen hatten ihre eigene Orangerie und Floristen, die Bouquets für alle Anlässe zusammenstellten.

Eine halbe Stunde später wurde der Abgeordnete verbunden. Er hörte Nadkas heisere Stimme.

»Schläfst du noch?« fragte der Abgeordnete und spürte, daß er aufgeregt war. Das war ihm vor dreiunddreißig Jahren zum letztenmal passiert, beim Abschlußexamen seines Studiums.

»Ich weiß nicht recht«, antwortete Nadka. Sie wußte wirklich nicht, ob sie noch halb schlief oder schon wach war.

»Komm doch heute abend um neun zu mir«, bat Iwan Schubin.

»Von wegen…«, ließ sich Nadka vernehmen. »Wenn du was von mir willst, dann komm du zu mir.«

»Und wohin?«

Nadka schwieg einen Moment, sie überlegte. Dann diktierte sie ihm ihre Adresse.

»Ich will was von dir, also komme ich«, sagte der Abgeordnete.

Er legte auf. Er hatte sehr wohl bemerkt: Nadka fürchtete sich vor gar nichts. Sie sprach mit einem Abgeordneten wie mit einem Schulkameraden. Das war gut. Er hatte genug von all den unterwürfigen Blicken und schmeichlerischen Stimmen, denen so oder so irgendwann ein ›Gib mir‹ folgte.

Alle wollten etwas von ihm: eine Wohnung, ein Amt oder Geld. Und er selbst mit seinen Stimmungen, seiner Einsamkeit und seinem Bluthochdruck, war allen doch völlig egal.

26

Abends fuhr Iwan Schubin zu Nadkas Haus. Er drückte auf die Klingel. Aus dem Hauseingang kam ein kahlköpfiger Mann, es war wohl der Concierge.

»Zu wem wollen Sie?« fragte er, obwohl er den Abgeordneten wahrscheinlich erkannte. Politiker waren jetzt in Mode wie die Stars aus dem Show-Business.

»Zur Warlamowa«, antwortete der Abgeordnete fügsam.

»Einen Moment…«

Der Concierge überprüfte die Angabe per Telefon, dann sagte er: »Vierte Etage.«

Der Abgeordnete fuhr in den vierten Stock. Nadka erwartete ihn in einem gelben Kimono. Eine Geisha. Der Abgeordnete wollte sie umarmen, aber er genierte sich. Nadka war auch verlegen. Sie standen herum, verlegen wie Schüler.

Dann gingen sie in die Wohnung. Plötzlich sprangen ihnen die Kinder um die Beine wie die Erbsen, eine Junge und ein Mädchen. Sie freuten sich über den Gast.

»Zu wem gehören denn die?« fragte Iwan.

»Zu mir, zu wem denn sonst?«

»Und dein Mann?«

»Was für ein Mann? Ich habe keinen Mann.«

Iwan seufzte erleichtert auf. Er hatte schon befürchtet, Nadka habe ihn in ihre Familie eingeladen. Wieso auch nicht? War es etwa schlecht, mit einem Abgeordneten für eine Region zweimal so groß wie Frankreich befreundet zu sein?

In der Wohnung roch es nach Apfelkuchen. Die stille Haushälterin zog die Kinder in ihr Zimmer. Von dort erklang ihr glockenhelles Lachen.

Der Tisch im Eßzimmer war gedeckt. Das Hauptgericht war Kartoffel mit Pilzen. Der Abgeordnete liebte Kartoffeln mit Fleisch. Fleisch gab es auch. Es stand daneben.

Der Abgeordnete war konservativ im Essen, wie ein Kind. Seine Kindheit und Jugend hatte er auf dem Dorf verbracht und dort nur Fleisch, Kartoffeln, Brot und Milch verzehrt. Wenn er auf Empfängen war, ignorierte er alle Delikatessen.

»Danke für die Blumen«, sagte Nadka. »Ich habe noch nie ein so schönes Bouquet bekommen.«

Der Abgeordnete betrachtete den Strauß, der in einer Bodenvase stand. Er selbst liebte Feldblumen, Kornblumen, Margariten .... Diese weißen Calla erschreckten ihn eher, für ihn waren das Friedhofsblumen.

»Das glaube ich nicht«, sagte Iwan.

»Doch, doch. Heute lüge ich den ganzen Tag nicht.«

Nadka saß ihm gegenüber. Sie war ruhig und traurig.

Der Abgeordnete schenkte ihnen Wein ein, der schwer und herb war.

»Hast du den aus deinen eigenen Weinbergen?« fragte Nadka.

»Nein. Der ist aus französischen. Bei uns in Sibirien wächst kein Wein.«

Sie tranken und sahen einander an.

»Erzähl mir etwas von dir«, bat der Abgeordnete.

»Da gibt es nichts Interessantes zu erzählen«, sagte Nadka.

»Aber für mich ist alles interessant.«

Also begann Nadka dann doch zu erzählen. Sie berichtete von ihrer ›europäischen Periode‹, ihrer ›Moskauer Periode‹ und auch von der Periode namens Andrej. Sie ließ keinen ihrer Ehemänner aus und auch nicht die Türken und Araber.

Nadka wollte sich selbst zuhören und selbst verstehen: Warum klappte es nicht endlich? Was war schuld?

Die Periode namens Andrej war beendet, und jetzt war in Nadka nur Leere, Finsternis und nichts, was sie erdete. Es war wie im endlosen Kosmos. Und sie wußte nicht, wie weiterleben.

»Wenn ich vor dem Tod Angst hätte, dann würde ich schon nicht mehr leben«, sagte Nadka.

Das Licht war heruntergedimmt. Im Halbdunkel sah Nadka so jung aus, fast wie ein Mädchen, und doch war sie schon so todmüde vom Leben.

»Du hast einfach noch keinen Mann gehabt«, schloß der Abgeordnete.

»Was heißt hier keinen? Du hast wohl nicht richtig zugehört. Ich hatte jede Menge.«

»Jede Menge, das heißt: keinen einzigen. Du brauchst nur einen einzigen.«

Nadka schwieg. Sie verdaute die einfache Wahrheit.

»Mein erster Mann hatte viele Komplexe, er verfolgte nur seine eigenen Interessen. Der zweite war ein kranker Mensch. Er war abhängig. Wie konnte ich mich von einem Menschen abhängig machen, der selbst abhängig war ... Der dritte ...

Der dritte ist nicht mein Mann. Er ist ein Liebhaber.«

»Wie heißt er?«

»Nennen wir ihn X.«

»Na gut, dieser X ist infantil wie ein Kind. Er grapscht nach allem, will aber für nichts Verantwortung übernehmen. Lieben – das ist auch ein Talent.«

»Er war ein guter Liebhaber.«

»Ich rede von etwas ganz anderem. Sex und Liebe sind nicht dasselbe. Du warst allein. Ohne Unterstützung. Du hast eben überlebt, so gut es ging.«

»Vielleicht bin ich echte Liebe nicht wert?«

»Du bist grellbunt, voller Talent und voller Überraschungen wie ein Feuerwerk am Nachthimmel ...«

›Feuerwerk am Nachthimmel‹, das war ein ganz neuer Standpunkt. Nadka war es gewohnt, daß alle etwas an ihr auszusetzen hatten: Dies durfte sie nicht, jenes war schlecht ... Und jetzt stellte sich heraus, daß alles gut war. Sie hatte recht, allein durch das Faktum ihrer Existenz. Es gab sie, und das war genug.

In Nadkas Brust entzündete sich ein warmes Gefühl als Antwort. Nadka betrachtete den Abgeordneten, er erschien ihr schön, in seiner Reinheit, mit seiner braunen Glatze, mit sauberen kräftigen Zähnen. Eine männliche Kraft ging von ihm aus.

»Bleib hier«, sagte Nadka.

»Und die Kinder?«

»Die Kinder sind in ihrem Zimmer, und wir in unserem.

»Ich kann das nicht ...«

»Das verstehe ich nicht.«

»Ich bleibe nur dann, wenn ich dich heirate. Dann ist es für die Kinder klar, warum ich hier schlafe.«

»Dann heirate mich«, sagte Nadka einfach.

»Willst du das?«

»Ja.«

»Und wieso? Du bist noch jung, ich bin schon fünfzig.«

»Ich habe immer davon geträumt, Aristoteles Onassis zu heiraten. Und du bist ihm ähnlich.«

»Genauso klein und glatzköpfig?«

»Wenn du dich auf deine Brieftasche stellst, bist du der Allergrößte.«

»Du tauschst also Jugend gegen Geld?«

»Nein. Ich tausche Jugend gegen Kraft.«

Iwan glaubte ihr. Er wollte es glauben, also glaubte er es. Er spürte sein Alter nie, er wußte zwar, daß er fünfzig war. Aber diese Zahl hatte zu ihm keinerlei Bezug.

»Bleib«, bat Nadka.

»Nein. Ich kann das nicht, morgens auf Zehenspitzen wie ein Dieb … Ich bin ein Mann vom Dorf, ein einfacher Kerl. Mein Stolz erlaubt das nicht.«

»Merkwürdig …«

Andrej war genau so aus dem Haus gegangen, auf den Zehenspitzen, wie ein Dieb. Nadka hatte ganz vergessen, daß es anders hätte sein können.

Der Abgeordnete fuhr mit dem Lift hinunter. Der Concierge sah ihn an, seine Augen blinkten bedeutungsvoll. ›Ein Getreuer des alten Berija‹, dachte Iwan. Doch der Concierge war für einen von Stalins ehemaligen Geheimdienstlern zu jung. Diese Generation war am Aussterben.

Der Abgeordnete ging die Treppe zum Ausgang hinunter. Langsam lies der Chauffeur den Wagen heranrollen.

›Klappe halten!‹ befahl sich Iwan Schubin selbst. Doch dann sagte er plötzlich: »Ich hab mich verliebt.« Er vertraute seinem Chauffeur.

Der Chauffeur reagierte nicht, tat, als ob er nichts gehört hätte.

»Ich werde sie heiraten«, sagte Iwan.

Der Chauffeur hob die Brauen.

»Wenn nicht jetzt, wann dann?« Das war ein rhetorische Frage, die keiner Antwort bedurfte.

»Kennen Sie sie gut?« fragte der Chauffeur. Das war eher eine Warnung als eine Frage.

»Ich spüre sie gut«, antwortete Iwan. Gefühle waren wichtiger als Wissen.

27

Der Abgeordnete war gegangen. Nadka rief Xenia an.

»Ich hab eine Neuigkeit«, sagte Nadka.

»Bist du schwanger?« fragte Xenia erschrocken.

»Der Abgeordnete Schubin hat mir einen Heiratsantrag gemacht.«

»Das kann nicht sein,« sagte Xenia ungläubig.

»Wieso denn nicht?«

»Weil das einfach nicht sein kann.«

»Iwan Saweljewitsch hat mir einen Antrag gemacht, und ich habe angenommen.«

Xenia schwieg lange. Dann fragte sie: »Was findet er an dir?«

»Einfach mich«, sagte Nadka. »Und sich selbst.«

Sie legte auf und wählte dann Nellys Nummer.

»Ich werde heiraten«, verkündete Nadka.

»Das hast du mir schon gesagt.«

»Nein, es ist nicht Andrej. Ich heirate den Abgeordneten Schubin.«

»Wie kommst du denn zu dem?« fragte Nelly verständnislos.

»Den hat mir der liebe Gott geschickt.«

»Nach Hause?«

»Ja. Auf Bestellung.«

»Wann?«

»Gestern.«

»Und jetzt schon gleich heiraten?«

»Wenn es sein soll, dann klappt es sofort. Oder nie.«

Nelly schwieg bedrückt. Wahrscheinlich hatte Nadka recht. Die ›düstere Frieda‹ saß fest in ihrer Ehenische, und es schien unmöglich, sie da herauszulösen. Aber es versuchte es ja auch niemand ernsthaft.

Der nächste Anruf galt Nina.

»Ich heirate. Einen Onassis.«

»Einen Griechen?« wunderte sich Nina.

»Nein, einen Russen. Unter den Russen gibt es auch Onassisse.«

»Und was ist mit Andrej?« fragte Nina fassungslos. »Das war doch die große Liebe…«

»Liebe kann lange währen, aber das Leben währt länger…«

»Das ist aus einem Lied…«, bemerkte Nina.

Am nächsten Morgen rief Iwan Saweljewitsch an und lud sie ein, ihn zu dem Forum der Intelligenzija zu begleiten. Er konnte schon nicht mehr ohne sie sein. Und er wollte es auch gar nicht.

Nadka erkannte seine Stimme nicht, weil sie noch nicht daran gewöhnt war, mit ihm zu telefonieren.

»Was für ein Forum?« fragte sie morgenmuffelig. »Was für eine Intelligenzija?«

»Sei um ein Uhr mittags fertig. Man wird dich anrufen, und ich lasse dir einen Wagen schicken. Ich erwarte dich dann am Flughafen.«

Sie brauchte also nur ja oder nein zu sagen. Alles andere würden andere tun. Kein Wunder, daß Macht so begehrt war.

28

Der leidenschaftslose Chauffeur fuhr Nadka zum Flughafen Wnukowo. Das Auto hielt direkt vor dem Eingang der VIP-Lounge für die Politiker. Innen standen weiche Sofas, und ein Breitwand-Fernseher war eingeschaltet. Man servierte Kaffee und Kognak. Eine Gesellschaft mitten in der Gesellschaft. Ein Staat im Staat.

Die Intelligenzija, das Salz der Nation, stand im allgemeinen Wartesaal wie eine Herde alter Pferde. Und die Diener des Volkes versanken in weichen Sesseln und tranken teuren Kognak.

Der Abgeordnete zwinkerte mit den Augen. Er war ganz in Schwarz-Weiß angezogen. Schwarzer Regenmantel, schwarzer Anzug, weißes Hemd, Schlips mit Sternchen. Eine Weste umspannte seinen Bauch.

›Grauenvoller Schlips‹, dachte Nadka. ›Und die Weste muß er ausziehen. Diese Schwarz-weiß-Kombination ist zu sehr Asien. Man muß ihn mal richtig stylen.«

Nadka betrachtete den Abgeordneten wie eine Wohnung. Und sie sah nicht die Wohnung, wie sie war, sondern die Wohnung, die sie sein könnte: ein Kaschmirjackett, die Hosen einen halben Ton heller, eine Versace-Krawatte. Dann würde ein Aristoteles Onassis oder ein Silvio Berlusconi aus ihm.

Sie erreichten das Flugzeug.

Nadka und Iwan stiegen ein und gingen zu den Erste-Klasse-Sitzreihen. Nadka setzte sich neben den Abgeordneten. Das Salz der Nation verteilte sich auf die Economy-Class, wo sie sich sofort, die Brillen auf der Nase, in ihre Zeitungen und Zeitschriften vertieften.

»Bezahlt man ihnen die Reise?« fragte Nadka.

»Nein«, antwortete der Abgeordnete.

»Wieso fliegen sie dann hin?«

»Weil es sie interessiert. Dort wird man ihnen zuhören, ihnen die gebührende Aufmerksamkeit schenken. Hier hört doch niemand auf sie. Niemand braucht sie. Dabei sind das sehr kluge Leute. Echte Sokratesse.«

Nadka stand auf und lugte in die zweite Klasse. Die Sokratesse sahen sehr nach Landstreichern aus.

»Warum sehen die so aus?« fragte Nadka. »Schämt ihr euch denn nicht, sie so rumlaufen zu lassen?«

»Wer ist ›ihr‹?« fragte der Abgeordnete verständnislos.

»Du und solche wie du.«

»Und was kann ich da tun?«

»Einen Abgeordneten-Fonds gründen. Für ihre Denkarbeit bezahlen. Sie können doch nichts dafür, daß sie alt geworden sind…«

»Und was hab ich damit zu tun?«

»Der Staat hat sie an einen rostigen Nagel gehängt, und du, nimm sie runter von diesem Nagel.«

»Darüber muß ich nachdenken…«, ließ der Abgeordnete verlauten.

Das Flugzeug rollte auf die Startbahn. Es beschleunigte, riß sich schließlich von der Erde los und stieg auf. Es war ein kleines Flugzeug, verglichen mit einer Boeing, keine sonderlich vertrauenerweckende Maschine.

»Mir kommt da eine Idee: Du könntest bei mir arbeiten, im Bereich Öffentlichkeitsarbeit.«

»Gegen Bezahlung?« fragte Nadka.

»Natürlich. Jetzt arbeitet da eine Klara Petrowna für mich. Ihr Lieblingsbuch ist *Wie der Stahl gehärtet wird.*«

»Was ist denn das für ein Buch?«

»Na ja… Deine Generation kennt dieses Zeug schon nicht mehr.«

Das Flugzeug gewann an Höhe. Nadka spürte einen Druck auf den Ohren, als würde man ihr einen spitzen Finger in die Ohrmuschel bohren. Sie schmiegte sich an den Abgeordneten. Seine Schulter war fest und warm wie ein sonnengewärmter Stein.

Die Stewardessen liefen geschäftig im Flugzeug hin und her. Eine dynamische Stimme verkündete: »Wegen einer technischen Störung unterbricht die Maschine den Flug und landet wieder im Flughafen Wnukowo. Wir bitten Sie, Ruhe zu bewahren.«

Nadka drückte sich noch mehr an den Abgeordneten. Es kam ihr so vor, als könnten alle abstürzen, nur er nicht.

Das Flugzeug landete allerdings nicht sofort. Es zog Kreise über Moskau, um Brennstoff zu verbrauchen. Mit einem vollen Tank konnte es nicht landen, höher aufsteigen durfte es aus Erwärmungsgründen auch nicht. Das Flugzeug zog also seine Bahnen, verbrannte Treibstoff und verschliß Nerven.

Alle schwiegen bedrückt. In der Flugzeugkapsel eingesperrt, waren alle mit einem Schlag gleich abhängig geworden. Jeder war so weit von der Erde entfernt wie sein Sitznachbar – die Fallhöhe war für alle gleich.

Der Abgeordnete drückte Nadkas Hand und fragte: »Wenn wir nicht abstürzen, heiratest du mich dann?«

»Ja. Ich kann ja schon nicht mehr ohne dich sein.«

»Und ich nicht ohne dich.«

Irgendein Beamter, der das Forum begleitete, fragte die Stewardess streng: »Und wieso serviert man uns nichts zu essen? Wollen Sie den Zwischenfall dazu benutzen, das Essen in die eigene Tasche zu stecken? Ich ziehe gleich mal meine Papiere heraus, dann sehen Sie, mit wem Sie es zu tun haben und wen Sie hier hungern lassen.«

Nadka wunderte sich nur, daß diesem Menschen nicht der Appetit vergangen war.

Die Stewardessen berieten sich, dann teilten sie die Mahlzeiten aus. Die Sokratesse bekamen Plastikboxen, die das allerlangweiligste Aeroflot-Essen enthielten: ein paar Stücke versalzener Vorderschinken, geräucherte Wurst, ein trockenes Brötchen und eine Ecke Schmelzkäse.

Die erste Klasse bekam Lachs, Zunge und Rotwein. Nadka hatte plötzlich einen Riesenhunger. Sie beobachtete, daß alle um sie herum schweigend und gierig aßen. Was noch vor ihnen lag, wußte ja niemand. Und solange der Mensch noch lebt, will er essen.

Gemeinsam mit den Sokratessen flog auch ein berüchtigter Kritiker zum Forum. Er war durch seine radikalen Ansichten berühmt geworden: ›Rußland den Russen.‹ Zum Forum flogen nebenbei bemerkt um die sechzig Prozent Juden und zwanzig Prozent Tataren. Die Russen waren wieder mal in der Minderheit. Offenbar war die russische Intelligenzija hauptsächlich jüdisch. Und wenn das Flugzeug jetzt abstürzen würde, dann würde er, der Rechtgläubige, in einem Haufen mit all diesen Andersgläubigen enden…

Der Kritiker aß sein Brötchen mit Schmelzkäse und schnaufte hörbar durch die Nase.

Das Flugzeug setzte zur Landung an. Die Stewardessen sammelten eilig die Essensboxen ein und baten, sich anzuschnallen. Alle waren angespannt.

Das Flugzeug fuhr polternd das Fahrwerk aus und rollte dann die Landebahn entlang.

»Wir sind gelandet«, sagte Nadka aufatmend.

»Gelandet sind wir«, stimmte der Abgeordnete zu. »Fragt sich nur, wo.«

Nadka zog verwundert die Brauen hoch.

»Wir glauben, daß wir hier sind, aber wir sind es schon nicht mehr…«

»Wo sind wir dann?« fragte Nadka. Sie fühlte sich, als würde sie gleich überschnappen.

»Im Fegefeuer.«

»Und wo ist das Fegefeuer?«

Iwan Schubin zögerte mit der Antwort. Dann sagte er ausweichend: »Die Seele meint bloß, um nicht verrückt zu werden, daß alles normal ist. Alles, wie es war.«

Nadka sah aus dem Fenster. Schneestaub wehte umher. Alles war normal, alles wie immer.

Man schob die Gangway heran. Nadka stieg hinter dem Abgeordneten hinunter.

»Wieso erschreckst du mich?«

»Hast du wirklich Angst gehabt?« Er sah ihr ins Gesicht, hielt es nicht aus und küßte sie vor allen Leuten.

Die Stewardess verkündete laut: »Die Reparatur dauert drei Stunden. Dann können wir wieder starten.«

»Ich fliege nicht mit«, lehnte Nadka mürrisch ab. »Ich habe schließlich Kinder. Ich will nach Hause.«

»Man wird dich fahren«, sagte Iwan. »Ich will auch nicht, daß du mitfliegst.«

»Dann laß uns zusammen heimfahren.«

»Das geht nicht. Ich habe Pflichten.«

Nadka fuhr durch die nächtliche Stadt. Der Chauffeur war ein anderer, aber er war genauso unerschütterlich. Er sah schweigend auf die Straße, ließ sich nicht ins Gespräch ziehen. Und Nadka zweifelte immer mehr: War sie im Fegefeuer oder auf der

Erde? Und was war das Fegefeuer? Was wurde da gefegt? Die sündigen Seelen? Mußten sie Schlange stehen für das Gespräch mit dem Allerhöchsten? Oder gab es eine Auswahlkommission, die entschied, wer wohin geschickt wurde?

Nadka betrat ihren Treppenaufgang. Alles war wie immer. Der Concierge Nikolai grüßte und half ihr, die Taschen zum Aufzug zu schleppen. Nichts Verdächtiges.

Nadka betrat ihre Wohnung, sah die Blumen von nie gesehener Schönheit, und erst da war sie überzeugt, daß sie noch lebte. Im Fegefeuer konnte es so schöne Blumen nicht geben.

29

Es war Spätherbst in Moskau. Mal fror es, mal taute es. Der Abgeordnete schlug Nadka vor, in wärmere Gefilde zu verreisen, und das taten sie auch.

Das saubere Wasser umspülte ihre Knöchel. Nadka sagte: »Es wäre schön, hier ein Häuschen zu haben…«

Und das Häuschen am Meer erschien! Es war das reinste *Märchen vom Fischer und seiner Frau*. Dazu bedurfte es lediglich eines einzigen Anrufes vom Abgeordneten. Und schon werkelten Anwälte und Notare herum. Ein bestelltes Auto fuhr sie umher. Nadka brauchte sich um nichts zu kümmern. Und das entzückte sie am meisten: Man mußte sich nicht in etwas hineinbohren, sich etwas ganz fest vornehmen, sich anstrengen, Geld auftreiben, sich erniedrigen, seine eigene Leber anknabbern... Man konnte einfach am Ufer stehen und sich mit Karottenlotion einreiben. Karotin war gut für die Haut.

Es gab nur einen unangenehmen Moment: Irgendein Mistvieh hatte sie in die Brust gestochen. Die Brust schwoll an wie ein Zeppelin. Und dann nannte sie Iwan vor Schreck Andrej. Also saß Andrej immer noch in ihrem Unterbewußtsein. Und in ihrem Bewußtsein.

Als sie zurückkehrten, wurde klar, daß die Wohnung zu klein war. Die Kinder turnten in allen Zimmern herum und waren ständig um sie.

Der Abgeordnete kaufte die Nachbarwohnung. Die Nachbarn hatten sich zuerst widersetzt, aber der Abgeordnete machte ihnen ein so großzügiges Angebot, daß sie einfach nicht ablehnen konnten.

Und wieder kamen irgendwelche Leute, sprachen etwas miteinander ab, ließen überschreiben, Arbeiter brachen die Wand durch. Die Kinder trappelten in die Nachbarwohnung wie die Pferde.

»Und wo ist mein Papa?« fragte Luka.

»Er ist weggefahren«, antwortete Nadka.

Aber in Wirklichkeit war sie weggefahren, war ihrem früheren Leben entkommen.

Andrej hatte sie das Auf-der-Stelle-Treten gelehrt: ein Schritt vor und einen zurück. Und nun dieser Aufbruch in den Kosmos. Es war wie bei einer Raketenabschußrampe: wusch – und schon war man in einer anderen Galaxie.

Das Leben mit dem Abgeordneten war wirklich eine andere Galaxie. Sie wurden dauernd eingeladen: auf Empfänge, Präsentationen, Vernissagen. Er gehörte einfach zu den Leuten, die man einlud, gehörte zum Kreis der Auserwählten und Erwünschten.

Alle ohne Ausnahme sahen mit begehrlichem Blick auf den Abgeordneten, wedelten mit dem Schwanz und machten Männchen. Aber Nadka lernte schnell, durch diese Menschen hindurchzusehen. Sie sah sie und sah sie nicht. In Gedanken spuckte sie auf sie. Wenn du nicht willst, daß man auf dich spuckt, dann stell dich nicht hin und bettle nicht. Wenn du um etwas bittest, bist du ein Niemand. Die Machthabenden schätzten Unabhängigkeit. Aber die Sowjetmenschen alten Schlags neigten zu Unterwürfigkeit. Sie waren es seit siebzig Jahren gewohnt.

Nadka war wie besoffen von dem Gefühl der Überlegenheit. In ihr lief das Programm namens Revanche. Man hatte sie lange genug erniedrigt, ihr ein mieses Selbstwertgefühl angehängt. Jetzt war sie am Drücker. Nadka war schon durch Feuer und Wasser gegangen. Nun umwehten sie Fanfarenklänge. Natürlich erklangen und glänzten die Trompeten in Wirklichkeit für Iwan Schubin, aber ihr Abglanz traf auch Nadka.

30

Andrej Chnykin hielt derweil die Funkstille durch. Er empfand Nadkas Schweigen als Druck. Immer wenn sie beleidigt war, meldete sie sich nicht mehr, genau wie jetzt. Sie verfolgte ihn nicht mehr. Zappelte nicht mehr herum wie eine Irre.

Auf ihren Druck in Form von Schweigen antwortete Andrej ebenfalls mit Schweigen. Wer besiegt wen? Wer würde aufgeben müssen?

Jetzt waren zwei Monate vergangen. Andrej hielt es als erster nicht mehr aus.

Er hatte das Gefühl, in die Tiefe zu sinken. Und er konnte nicht mehr atmen. Wenn er jetzt nicht bald unten ankam, würde sein Herz zerplatzen. Er brauchte Nadkas zupackende Energie. Andrej schöpfte aus ihrer Aggressivität seine Kraft. Wenn er so sehr begehrt wurde, dann war er etwas wert. Swetlana zog ihn nach rechts, Nadka nach links, er war mit Drahtseilen gesichert wie ein Hochspannungsmast. So stand er fest. Aber wenn Nadkas Zug nachließ, würde er umfallen, es würde ihm den Boden unter den Füßen wegziehen.

Andrej kaufte Luka ein Fahrrad und fuhr zu Nadka. Ohne vorher anzurufen. Als wenn nichts gewesen wäre. Als hätten sie sich erst gestern getrennt.

Nadka öffnete. Sie war erholt und braungebrannt. Und sie betrachtet Andrej mit mäßigem Interesse, ganz so als würde sie den Postboten betrachten.

»Grüß dich!« sagte Andrej. »Wo bist du so braun geworden?«

»In Ägypten.«

»Mit Nelly?«

»Nein. Nicht mit Nelly.«

»Mit Boris?«

»Wieso mit Boris?« fragte Nadka verständnislos.

»Weil er die ganze Zeit um dich herumscharwenzelt.«

»Nein. Es ist nicht Boris.«

»Wer dann?«

»Der Abgeordnete Schubin. Kennst du den?«

»Na klar ...«

Andrej kannte den Abgeordneten Schubin persönlich. Sein Geld lag auf Andrejs Bank.

»Ist er dein Liebhaber?«

»Nein. Er ist mein Bräutigam. Und ich werde ihn demnächst heiraten.

»Wann?«

»Ich warte nur auf die Kopie meiner Scheidungsurkunde aus Deutschland.«

Andrej sah Nadka prüfend an. »Du lügst. Das gibt's doch nicht.«

»Wieso nicht?« fragte Nadka ganz ruhig. »Ich bin eine freie Frau mit zwei Kindern. Ich will einen Ehemann und für meine Kinder einen Vater. Habe ich dazu etwa nicht das Recht?«

»Das hast du, natürlich. Kann ich hereinkommen?«

»Besser nicht. Tanja putzt gerade.«

»Ist Luka zu Hause?«

»Er hat Englischunterricht.«

»Na, dann tschüs ...«

Andrej stellte das Fahrrad ab und ging zu Fuß die Treppe hinunter.

›Miststück‹, dachte Andrej. ›Verdammtes Luder. Als hätte sie nicht so schon genug Geld ...‹

Die ganze Nacht konnte Andrej nicht schlafen. Er wälzte sich unruhig hin und her.

Einerseits war es Zeit gewesen, diesen Knoten zu zerschlagen. Und Nadka hatte es endlich getan. ›Wenn die Alte vom Fuhrwerk steigt, ist dem Pferd leichter‹, wie man so sagte.

Andererseits hatte er über sie die volle, uneingeschränkte Macht gehabt. Er war sicher gewesen, daß alles so weitergehen würde. Und jetzt? An seiner Stelle war nun Schubin. Und das hieß, daß sie sich jeden Abend mit ihm ins Bett legte. In der Wohnung, die von seinem, Andrejs, Geld gekauft worden war. Und nebenan schlief Andrejs Sohn, der Junge, der für ihn persönlich geboren worden war. Von Andrejs Frau... Was sollte das also? Was hatten die beiden einander zu sagen? Welche Worte gebrauchten sie? ›Zusammen‹? ›Für immer‹?

Aber wieso auch nicht. Nadka war klug und schön. Sie konnte jedem Mann zur Ehre gereichen, sogar einem Abgeordneten oder einem Präsidenten. Andrej hatte sie sich durch die Lappen gehenlassen, doch der Abgeordnete hatte sie angesehen und ihren Wert sofort richtig eingeschätzt.

Aber vielleicht log sie doch? Es gab gar keinen Abgeordneten, und sie wollte ihn nur quälen.

Morgens stand Andrej mit schwerem Kopf auf. Anstatt zur Arbeit zu fahren, fuhr er zu Nadkas

Haus. Er stellte das Auto so hin, daß er den Eingang im Blick hatte, und wartete. Das Warten dauerte eine Stunde.

Um elf Uhr kam der Abgeordnete Schubin heraus. Er war ebenfalls braungebrannt, erholt und trug einen schwarzen Kaschmirmantel mit rotem Schal. Sofort fuhr ein schwarzes Auto vor.

›Es stimmt also tatsächlich …‹, begriff Andrej.

Er nahm sein Handy und wählte Nadkas Nummer.

»Komm bitte herunter …«

»Wo bist du?« fragte Nadka.

»Am Eingang.«

»Du kannst auch hochkommen«, erlaubte Nadka.

»Kann ich nicht.«

»Warum?«

»Weil ich nicht will.«

Es war ihm verhaßt, ein Haus zu betreten, wo es nach ›Diebstahl‹ roch.

Nadka zog einen Pelz über und ging zu Andrej hinunter. Sie setzte sich in sein Auto.

»Daß du es weißt: Das Kind gebe ich nicht her«, verkündete Andrej.

»Es ist ja nicht dein Kind«, sagte Nadka einfach.

»Doch. Er heißt Chnykin, Luka Andrejewitsch.

»Dann laß einen Vaterschaftstest machen.«

»Luka sieht mich als seinen Vater an. Und ich betrachte ihn als meinen Sohn. Was sollen da irgendwelche Vaterschaftstests ...«

Alles wiederholte sich Punkt für Punkt, aber diesmal genau umgekehrt. Und auch Nadka war eine andere. Sie hatte andere Augen, ein anderer Blick lag darin. Den mußte er irgendwie brechen.

»Na gut«, sagte Andrej. »Du hast mich fertiggemacht. Ich lasse mich scheiden.«

»Das ist deine Sache.«

»Jawohl, meine. Aber du mußt ihn noch heute rauswerfen.«

»Nein. Laß du dich erst mal scheiden.«

»Aber was ist denn das für ein Kuhhandel, Nadka ...! Wir sind doch hier nicht auf dem Markt ... Glaubst du mir etwa nicht?«

»Nein.«

Nadka sah Andrej ruhig und leidenschaftslos an. Sie wollte nichts und fürchtete daher nichts.

Die frühere Nadka war nervös und angespannt gewesen, wie ein herrenloser Hund, der auf einen fremden Hof gelaufen war. Die neue Nadka war wie ein Hund auf einer Ausstellung, der einen stolzen Herrn hat und sämtliche Medaillen bekommt. Und dieser Hund sah ihn selbstsicher von oben herab an.

Nadka sah auf die Uhr und stieg aus. Für sie gab es Wichtigeres als Andrej. Und doch war vor ganz kurzer Zeit Andrej wichtiger als alles gewesen.

Andrej schlüpfte aus dem Auto und fing an zu schreien: »Aber du legst dich heute mit ihm ins Bett, und ich ertrage das nicht!«

»Das erträgst du schon«, sagte Nadka ruhig. »Dabei passiert dir gar nichts.«

Andrej suchte einen Schuldigen und fand ihn sehr schnell. Swetlana. Sie hielt ihn im Würgegriff mit ihrer Anständigkeit.

»Wir müssen miteinander reden«, sagte Andrej, als er in ihr Büro kam.

»Vielleicht sollten wir das zu Hause besprechen?« schlug Swetlana vor.

»Nein. Hier fällt es mir leichter.

Swetlana sah auf die Uhr. Es war halb zwei. Mittagspause.

»Gut, ich höre«, sagte Swetlana und legte die Hände auf den Tisch wie eine Schülerin.

Andrej schwieg. Er zögerte, die Worte, die wie Gewehrkugeln wären, herauszulassen. Schließlich war er kein Mörder.

In den zwanzig Jahren ihres gemeinsamen Lebens hatte Swetlana gelernt, ihren Mann zu spüren wie sich selbst. Sie las seine Gedanken und ahnte seine Gefühlszustände.

»Willst du dich scheiden lassen?« fragte Swetlana.

»Ja.«

»Was ist passiert.«

»Ich liebe sie.«

»Das war doch früher schon so. Was ist daran neu?«

»Sie hat einen anderen gefunden.«

»Und wer ist das?«

»Der Abgeordnete Schubin.«

»Ach … Iwan Sawljewitsch. Ein reicher Mann.«

Swetlana sah auf den Tisch. Ein siebenjähriger Krieg war verloren. Und wer hatte gesiegt? Swetlana schätzte ihre Gegnerin nicht gerade hoch ein.

»Glaubst du, daß sie Schubin fallenläßt und zu dir zurückkommt?«

»Ja. Wenn ich frei bin, kommt sie zu mir.«

»Sie wird den Abgeordneten nicht fallenlassen, bevor sie ihn nicht bis auf die Unterhosen ausgezogen hat. Also bereite dich auf einen Marathon vor.«

»Ihr Marathon hat sieben Jahre gedauert. Wenn es sein muß, werde ich durchhalten.«

»Halte durch, aber übernimm dich nicht.«

Swetlana stand auf und gab damit zu verstehen, daß das Gespräch beendet war. Noch keine drei Minuten war es her, daß ihr ganzes Leben in Scherben gegangen war. Sie hätte gern den Kopf in die Hände gelegt und geschluchzt, wollte anfangen zu schreien, hätte gern die Welle des Leidens aus sich herausgespült. Aber vor Andrej würde sie nicht weinen.

Andrej war Nadkas Mann, also war er ein Teil von ihr. Und von dem, was sich Nadka nannte, und wenn es nur ein Teil von ihr war, wollte sie sich so weit wie möglich entfernt halten.

»Ich hab noch zu tun«, sagte Swetlana trocken, als wäre Andrej nur ein Bankkunde.

»Und du... wirst du auf mich warten?« fragte Andrej wie ein Kind.

»Kommt drauf an wie die Würfel fallen. Ich werde nichts überstürzen, aber ich werde mir auch nichts verbieten. Weißt du, was Treue heißt? Daß man sich etwas verbieten kann.«

Sie durchdrangen einander mit den Augen. Andrejs Augen waren krank und aufgewühlt, wie bei einem tollwütigen Hund. Er tat ihr leid, aber sie verbarg das Mitleid mit ihm aus denselben Gründen, wie sie das Mitleid mit sich selbst verbarg.

31

Andrej zog aus und nahm sich eine Wohnung. Jetzt wartete er, daß Nadka dem Abgeordneten den Laufpaß gab. Aber Nadka hatte es gar nicht eilig.

Der Abgeordnete war alles für sie. Er liebte sie

und hütete sie wie einen Augapfel. Er liebte sie einfach ganz und gar. Auf jede Bitte antwortetete er nur: ›Na klar, meine kleine Nadka…‹ Es ist leicht, Liebende um etwas zu bitten, denn es ist für sie eine Freude und keine Last.

Das, was den anderen an Nadka nicht gefiel, ihre Habsucht, Dreistigkeit, ihre Skrupellosigkeit in der Wahl der Mittel, all das empfand Schubin als Kreativität und Furchtlosigkeit. Nadka hatte keine Angst vor dem Leben, biß mitten hinein. Und im Endeffekt gewann sie.

Frauen waren meistens konservativ, gingen auf ausgetretenen Pfaden, hatten vor allem Angst. Aber Nadka war ein seltenes wildes Tier, wenn nicht sogar ein Raubtier.

Der Abgeordnete war ein gutmütiger Mann, auch wenn er Politiker war. Und wenn jemand neben einem menschliche Güte ausstrahlt, dann möchte man selbst auch auf diesem Niveau antworten, man möchte diesem Menschen entsprechen. Das neue Sein bestimmte Nadkas neues Bewußtsein.

Nadka rief Nelly an.

»Stell dir vor, er liebt mich, so wie ich bin. Obwohl er alles von mir weiß, ja, gerade *weil* er es weiß«, sagte sie eindringlich.

»Er liebt dich einfach ganz und gar«, sagte Nelly.

Genau das hatte Nadka hören wollen.

Der nächste Anruf galt Nina.

»Er liebt mich, trotzdem er alles von mir weiß, ja, gerade *weil* er alles weiß«, sagte Nadka gefühlvoll. »Wenn man weiß, daß man nicht verurteilt wird, dann kann man gar nichts Schlechtes tun. Im Gegenteil...«

»Und du? Liebst du ihn denn?« fragte Nina.

»Was heißt da lieben?« entgegnete Nadka gereizt. »Ich will ihn lieben, also liebe ich ihn.«

»Merkwürdig...«, sagte Nina grübelnd.

»Was ist daran merkwürdig?«

»Sich mit dir zu verbinden, das ist doch wie Achterbahn fahren.«

»Vielleicht ist er eben noch nie Achterbahn gefahren.«

Nelly sagte meistens das, was man von ihr hören wollte. Aber Nina sagte, was sie dachte.

Der Abgeordnete bedeutete Nadka alles. Aber auch Andrej bedeutete ihr alles. Eine siebenjährige Liebesbeziehung war wie ein langer Zug, der konnte auch nicht mit einem Schlag anhalten. Der Bremsweg war zu lang.

Die Liebe vermischte sich mit dem triumphalen Sieg über Swetlana. Und das nicht auszukosten wäre schade gewesen.

Nadka schwankte, bis zu dem Moment, als ihr

schlecht wurde. Zuerst dachte sie, es käme von den Nerven. Aber dann begriff sie, daß der Grund ein anderer war. Sie war schwanger.

»Ich bekomme ein Kind«, sagte Nadka zu Andrej.

»Na wunderbar«, sagte Andrej. »Dann haben wir zwei Kinder.« Ihm war das doch egal, ob er nun ein fremdes Kind oder zwei hatte.

»Es sind drei«, verbesserte Nadka. Aus irgendeinem Grunde wurde die kleine Mascha immer vergessen.

32

Nach den Gesprächen mit Nadka fuhr Andrej in seine neu gemietete Wohnung, um nachzudenken und zu leiden.

Der Kühlschrank war leer. In den Restaurants traf er nur Leute, die er nicht sehen wollte. Er sehnte sich nach einem warmen, selbstgekochten Essen und Zuwendung, die nur ihm galt.

Eines Tages entdeckte Andrej, daß er vor der Tür seiner alten Wohnung stand. Er war wohl in Gedanken gewesen und hatte gar nicht bemerkt, welchen

Weg er genommen hatte. Die langjährige Gewohnheit hatte ihn geführt.

Andrej zog seinen Hausschlüssel heraus und öffnete die Tür.

Swetlana verhielt sich ganz ruhig, als wäre nichts geschehen. Als wäre Andrej einfach nur von der Arbeit zurückgekehrt, schickte sie ihn Händewaschen, und er tat es. Dann setzte er sich an den Tisch. Swetlana schenkte ihm heißen Borschtsch ein mit einem Stück Fleisch, das von den roten Beten rosa gefärbt war.

Nach dem Essen setzte sich Andrej vor den Fernseher und schlief ein wie ein alter Mann. Er war so müde.

Swetlana kam und sagte: »Leg dich doch ins Bett.«

Andrej schleppte sich zum Bett. Er zog sich aus. Noch im Einschlafen dachte er: ›Es gibt kein Glück auf der Welt, aber es gibt Ruhe und Freiheit.‹ Sein Glück war Nadka, und dieses Glück gab es nicht mehr. Ruhe – das war Swetlana. Ohne Swetlana würde er keine Ruhe finden. Aber Freiheit in Form einer gemieteten Wohnung mit einem fremdem, widerlichen Geruch, die brauchte er nicht.

Also bedeutete nun Swetlana Ruhe und Freiheit. Und Stabilität.

Stabilität war die Basis von allem. Der Puls

schlägt stabil siebzigmal in der Minute. Der Atem ist stabil: einatmen, ausatmen. Auf der Basis der Stabilität gedeiht die geistige Arbeit. Und sogar der Faktor Nadka – die sinnliche Blüte – gedeiht nur auf der Basis der Stabilität.

Mitten in der Nacht tastete Andrej nach Swetlanas Hand und drückte sie in seiner. So hatten sie geschlafen, als sie jung waren. Sie waren damals miteinander in einen jungen Traum gelaufen, Hand in Hand, als hätten sie gefürchtet, daß man sie voneinander wegziehen könnte.

Morgens fragte Andrej: »Hast du gewußt, daß ich zurückkomme?«

»Ja, natürlich. Und du hast es auch gewußt.«

Er überlegte: Hatte er es gewußt oder nicht? Das Wichtigste war, daß die Gewehrkugel im weichen Stoff hängengeblieben war, der Knochen war noch ganz. Alles würde wieder zusammenwachsen und schnell verheilen wie bei einem Hund.

Vielleicht würde es auch nicht zusammenwachsen und nicht richtig verheilen. Und sie würden mit dem Schmerz leben müssen. Aber sie würden leben.

33

Eines Morgens kam Nina angestürmt, ohne vorher angerufen zu haben, mit einem Brief an den Bürgermeister. Nicht mehr und nicht weniger.

»Was steht in dem Brief?« fragte Nadka.

»Es ist eine Anfrage. Mein Mann und ich wollen eine Lizenz.«

»Was für eine Lizenz?« Nadka verstand nicht.

»Zerbrich dir darüber nicht den Kopf«, meinte Nina. »Jedenfalls ist diese Lizenz ein Weg zum Paradies.«

»Na gut, dann übergib den Brief doch dem Bürgermeister selbst.«

»Ich komme doch gar nicht an den ran. Und für Iwan Sawljewitsch ist das so einfach wie einmal ausspucken. Er geht ins Büro des Bürgermeisters und legt es ihm auf den Tisch. Das ist doch gar nichts.«

Nadkas Miene verdüsterte sich leicht. Das, was Nina nicht schwierig vorkam, war in Wirklichkeit eine große Anstrengung. Etwas für jemanden zu erbitten, war doch trotzdem eine Bitte. Und das nächste Mal würde man eine Gegenbitte an den Abgeordneten haben.

Nina war nicht mehr auf dem laufenden. Nach

der Perestroika erbat man nichts mehr. Inzwischen wurde alles nur noch gekauft und verkauft.

»Na gut. Ich gebe es ihm.« Nadka nahm den Umschlag.

Nina hatte den Verdacht, daß Nadka den Umschlag verschwinden lassen würde, und beschloß, das zu überprüfen.

»Gib mir die Telefonnummer von Iwan Sawljewitsch.«

Nadka schrieb sie ihr auf einen Zettel.

Es war eine alte Mobiltelefonnummer, bei der immer nur eine Stimme sagte, daß der Teilnehmer im Moment nicht erreichbar war. Die Stimme im Telefonhörer war eine Frauenstimme, sie hatte etwas Schmeichlerisches und irgendwie Lasterhaftes.

Nina rief Nadka an und fragte: »Wieso machst du das? Wir sind doch seit der Kindheit befreundet…«

»Ich schütze bloß Iwan Sawljewitsch«, antwortete Nadka.

»Aber es gibt so was wie teilen, schon mal gehört? Wenn du Glück hast, dann mußt du ein Prozent vom Erfolg abgeben.«

»Wer sagt denn das?« fragte Nadka.

Nina hatte begriffen. Sie mußte selbst zu einer hochstehenden Persönlichkeit gehen, und zwar durch den Diensteingang und nicht durch Nadkas Hintertür.

Eine Woche später rief Nadka Nina an, als sei nichts gewesen. Bloß so. Sie wollte ›sich ausquatschen‹.

Nadka lag etwas schwer auf der Seele. Andrej war völlig aus ihrem Gesichtsfeld verschwunden, sein Auto stand nicht mehr am Eingang ihres Hauses. Das war nun wirklich das Ende. Und jedes Ende ist ein kleiner Tod. Und jeder Tote wird plötzlich größer, als er zu Lebzeiten je war.

Nadka war das alles klar, aber sie litt trotzdem. Sie wollte sich jemandem mitteilen, den Schaum von der überkochenden Seele abfließen lassen. Doch Nina wollte ihr Ohr nicht zur Verfügung stellen.

»Ruf Nelly an«, schlug sie vor.

»Bist du gerade beschäftigt?«

»Nein, ich bin nicht beschäftigt. Ich hab einfach keine Lust, mir das anzuhören.«

»Na, das ist ja interessant...«, sagte Nadka verwundert. »Und so was nennt sich Freundin...«

Sie war es gewohnt, daß sich Nina bereitwillig all ihr seelisches Auf und Ab anhörte. In Ninas Leben war es wie in einem Sumpf, nichts war im Fluß, außer der Arbeit. Und Nadka zuzuhören war, als schaute man sich eine endlose Fernsehserie an. Aber offensichtlich hatte Nina das Interesse an den neuen Folgen verloren. Es war doch auch so alles klar. Nadka liebte und wurde geliebt. Sie erwartete ein Kind. Was sollte da noch kommen?

Nadka rief Karina in Frankreich an, aber auch Karina wollte nicht zuhören. Sie sagte: »Geh zu einem Psychoanalytiker. Ich habe keine Zeit.«

Nadka rief Nelly an.

»Hallo«, sagte sie. »Was meinst du, soll ich dieses Kind zur Welt bringen oder nicht? Ich habe noch eine Woche Zeit, es zu entscheiden.«

»Und was sagt der Abgeordnete?«

»Er weiß es noch nicht. Ich sage es ihm nur, wenn ich es austrage.«

»Natürlich sollst du es austragen.«

»Drei Kinder von drei verschiedenen Männern. Bin ich denn eine Asoziale?«

»Die Asozialen gebären nicht, die treiben ab. – Hör mal, kannst du mir mal für drei Monate was leihen?«

»Was redest du denn jetzt von Geld leihen? Bei mir geht es um eine lebenswichtige Frage.«

»Bei mir auch«, antwortete Nelly.

Nadka knallte den Hörer auf. Dieses Geldleihen kannte sie schon. Alle wollten sie sie nur rupfen, glaubten wohl, daß der Abgeordnete sein Geld selbst druckte. Und in Wirklichkeit verdiente er es im Schweiße seines Angesichts und unter größter Anstrengung seines Gehirns.

Nadka wurde wütend. Das Blut stieg ihr ins Gesicht. Sie hätte jetzt Lust gehabt, Swetlana anzurufen und ihr ein paar Gemeinheiten zu sagen. Aber Nadka beherrschte sich. Sie war schließlich die Braut eines Abgeordneten. Keine fünf Minuten von der Hochzeit entfernt. Dann wäre sie eine First Lady. Na gut, eine Second Lady…

Der Abgeordnete hatte seine Scheidung auf nach den Neuwahlen verschoben. Er befürchtete, daß die Opposition seine ›moralische Instabilität‹ ausnutzen könnte und die Scheidung als Trumpf gegen ihn ausspielen würde. Die Wähler mochten unbeständige Politiker nicht, er hätte Stimmen verlieren können. Er hätte seinen Posten verlieren können, und von einem hohen Roß herunterzufallen tut weh und ist kränkend. Es war eine Sache, Abgeordneter zu sein, und eine andere, Exabgeordneter. Wer war er dann noch? Ein alternder Onkel mit Ambitionen. Wozu brauchte Nadka ihn dann? Und wozu brauchte er dann sich selbst noch?

Der Abgeordnete liebte die Macht. Er schöpfte aus ihr seine Kräfte. Er hielt Machtgier weder für eine Tugend noch für einen Makel. Er war einfach so. Die Macht gab einem die Freiheit der Wahl, und genau das war Lebensqualität. Man konnte Gutes tun und das in die Waagschale werfen. Und am Schluß, im Fegefeuer, würde das Gute überwiegen, und man bekäme den Passierschein fürs Paradies.

»Na, du bist mir ein Schlauer«, sagte Nadka und drohte ihm mit dem Finger. »Hier willst du's dir gut einrichten und dort auch schon...«

»Und was wäre besser: weder hier noch dort?« fragte der Abgeordnete.

Nadka überlegte. Es kam ihr so vor, als sei es nicht möglich, daß es einem im Diesseits gutging und dort drüben auch... Nur eines von beiden schien möglich.

34

Nadka wartete auf die Kopie ihrer Scheidungsurkunde aus Deutschland. Sie mußte Rainer finden.

Rainer schien inzwischen völlig in Ordnung zu sein. Er hatte Susie geheiratet, ebenjene Susie, der er damals von der Schippe gesprungen war. Offensichtlich hatte Rainer noch mal Glück gehabt.

»Und wieso? Hat Susie keinen normalen Ehemann gefunden?« konnte Nadka nicht an sich halten.

»Ach! Normale Ehemänner sind in Deutschland jetzt eine große Seltenheit«, sagte Rainer.

»Und wo sind sie hinverschwunden?«

»Sie sind alle schwul geworden. Oder alt. Und ich bin wenigstens nur ein Säufer…« Rainer hatte gute Laune. Er befand sich offensichtlich gerade in einer Hochphase.

Nadkas erster Mann, Günther, war auch wieder verheiratet. Mit einer Deutschen. So war es ruhiger.

Jean-Marie war noch reicher geworden.

Ljowa Rubintschik wohnte in zwei Ländern. Er wollte noch eine Wohnung in Israel kaufen. So würde er sogar in dreien leben.

Alles hatte sich im Leben ihrer Exehemänner und Liebhaber also gut gefügt. Sie lebten und waren nicht traurig. Und auch Nadka lebte und war nicht traurig. Sie war ja gerade dabei, einen Onassis zu heiraten. Welche andere Frau konnte sich noch mit einer solchen Karriere brüsten…

Die Klugen und Bescheidenen saßen zu Hause in ihren Plattenbauten, brieten sich Ei mit Wurst. Sie waren böse und neidisch. Die Bosheit kam von der Hilflosigkeit. Nadka kannte das. Sie war auch boshaft gewesen, sie schämte sich geradezu, wenn sie daran dachte. Sie hatte die arme Swetlana tyrannisiert, hatte ihren Paß zerrissen. Und was konnte denn Swetlana dafür? Schließlich war Nadka der Eindringling gewesen, und Swetlana war der standhafte Soldat, der sein Territorium gegen den Feind verteidigt hatte.

Nadka hatte sich von ihrer Vergangenheit losgerissen, wie ein Flugzeug sich von der Erde losriß. Wusch – und hoch in die Luft. Die Vergangenheit versank im Nebel, und es schien, als wäre all das nicht ihr geschehen oder sogar überhaupt nicht geschehen.

35

Iwan Schubin flog zu den Neuwahlen nach Sibirien – und tauchte nicht mehr auf. Eine Woche verging. Er rief nicht an. Das war äußerst merkwürdig. Nadka wußte nicht, womit sie sich noch beschäftigen sollte. Von morgens bis abends saß sie vor dem Fernsehapparat und schaltete hin und her.

Die ›Filmsternchenfabrik‹ gebärdete sich wie besessen, strahlte Jugend und Glück aus. Vierzigjährige Asse saßen in der Jury der Talentfabrik, begutachteten Teenager und leckten sich die Schnauzen wie die Kater. Inzwischen zählten nur noch die Jungen, und ja, die fast noch Pubertären. Schönheit, eine grelle Energie, das Fehlen von Lebenserfahrung, das waren die Prioritäten von heute.

Nadka konnte schon nicht mehr so springen und

herumwirbeln. Sie war schon dreiunddreißig. Das balzacsche Alter. Viele denken, daß das balzacsche Alter fünfundvierzig wäre. Aber sie irren sich. Sie haben Balzac nicht richtig gelesen, oder gar nicht.

Und wenn Iwan plötzlich auf so ein junges Ding gestoßen wäre, und sie hätte ihm das Paradies der Apfelsinen gezeigt…

Das Telefon klingelte. Nadka nahm ab. Es war Boris.

»Ich hab den Umbau einer Datschensiedlung an Land gezogen«, verkündete Boris. »Vielleicht willst du einsteigen? Dann sind wir Partner.«

»Ja, vielleicht steige ich mit ein…«, sagte Nadka düster.

»Du hörst dich so merkwürdig an. Bist du krank?«

»Ich leide.«

»Dann liebst du. Das ist gut.«

Nadka legte auf. Sie kehrte wieder in ihren Sessel zurück. Über den Fernsehbildschirm schlenderte gerade ein wunderschöner Tiger. Er lebte sein vernünftiges Raubtierleben.

Aber wo war Iwan? Die Zeit blieb stehen. Die Kinder vermißten ihn. Sie streiften rastlos umher. Und auch Nadka existierte bloß wie ein nicht angenähter Ärmel. Was war ein Ärmel allein für sich? Nichts.

Am Anfang der Affäre hatte Nadka Iwan als provisorische Füllung betrachtet, die ein Loch im Zahn stopfen konnte, damit es nicht weh tat. Aber dann wurde mit der Zeit immer klarer, daß die Plombe kein Provisorium war, sondern eine ständige. Und sie stopfte ein Loch nicht im Zahn, sondern in der Seele. Mehr noch, sie stopfte ein Loch in einem Schiff, das schon dabei war unterzugehen.

Mascha kam angelaufen und fragte: »Und wo ist unser Iwka?«

Iwka war ihr Spitzname für Iwan.

»Er kommt bald wieder«, versprach Nadka.

»Ich kann nicht mehr länger warten, ich kann's einfach nicht abwarten …«

Als erste erfuhr es die Haushälterin Tanja.

Sie wischte gründlich naß auf, und damit ihr dabei nicht langweilig wurde, schaltete sie den Fernseher ein. Es gab Nachrichten.

Ein Journalist mit kurzer Nase verkündete, daß der Ex-Abgeordnete Iwan Schubin neunundvierzig Prozent der Stimmen auf sich hatte vereinigen können, wogegen sein Rivale einundfünfzig bekam.

Woher waren diese zwei Prozent gekommen? Wer hatte das ausgezählt? Da war für die zwei Prozent bezahlt worden, klare Sache.

Tanja versteinerte mit gramvoller Miene. Sie

mochte Iwan Sawljewitsch sehr. Hinter Nadkas Rücken steckte er ihr ab und an etwas zu. Er lebte und ließ andere leben.

In letzter Zeit hatte er sich allerdings etwas entspannt, hatte wohl die Zügel zu locker gelassen, und man hatte ihn nun überholt.

Die Wohnungstür klappte auf und zu. Nadka kam vom Einkaufen heim. Tanja würde der Hausherrin die unangenehme Nachricht nicht überbringen. Sollte sie es von anderen erfahren.

Nadka erfuhr es von Xenia.

»Er wird nicht wiederkommen«, sagte Xenia düster, als sie die Wohnung betrat.

»Wieso?« fragte Nadka verständnislos.

»Wenn solche Leute die Macht verlieren, dann leben sie nicht mehr, sondern überleben nur noch. Und überleben kann er besser zu Hause in Sibirien.«

»Wer verliert die Macht?«

»Schalt mal den Fernseher ein«, riet Xenia.

Nadka drückte auf den Knopf.

Auf sämtlichen Kanälen zeigte man den neuen Abgeordneten. Der Neue war jünger, sportlicher, aber irgendwie sah er nach Bestechung aus. Seine Zähne waren zu groß, um echt zu sein. Er lächelte immerzu, offensichtlich war er stolz auf seine neuen Zähne und zeigte sie, wo er nur konnte.

Es wurde allmählich klar, warum Iwan schwieg. Überleben konnte er besser zu Hause. Seine Frau hatte sich jahrelang bewährt, und Nadka war ein Feuerwerk am Nachthimmel. Man wußte nicht genau, wohin die Funken sprühen würden.

Xenia stand hinter Nadka.

»Bloß gut, daß sie ihn nicht umgebracht haben«, kommentierte sie das Geschehen. »Sie hätten ihn auch erschießen oder mit dem Hubschrauber abstürzen lassen können.«

Nadka bekam plötzlich heftige Kopfschmerzen. Xenia hatte wirklich ein Talent, immer genau das Falsche zu sagen.

»Bleib du bei den Kindern«, bat Nadka. Sie ging in den Flur und zog sich an. Sie mußte einfach aus diesem Haus raus, brauchte frische Luft und Bewegung.

Nadka trat auf die Straße. Sie ging einfach los, egal wohin.

In ihrer Handtasche klingelte das Handy. Nadka wollte den Anruf annehmen, aber der Reißverschluß klemmte. Sie riß heftig daran. Und zerriß ihn.

Es war Andrej. Nadka war enttäuscht.

»Hast du es schon gehört?« fragte Andrej.

»Meinst du vielleicht, du weißt es und ich nicht?« sagte Nadka düster.

»Etwas weiß ich schon, was du nicht weißt.«

Nadkas ganzer Körper spannte sich an. Was denn nun noch...

»Er hat all sein Geld auf das Konto seiner Frau überwiesen«, verkündete Andrej. »Er hat sein Konto aufgelöst.«

»Geld wäscht die Schande ab, wie man so sagt«, meinte Nadka.

»Stimmt schon«, sagte Andrej. »Aber jetzt hat er keine Kopeke mehr.«

»Macht nichts. Dafür bin ich reich.«

»Und was hast du?« fragte Andrej verwundert.

»Ich habe Iwan.«

Andrej schwieg, es entstand eine kosmische Stille. Vielleicht war aber auch die Verbindung unterbrochen worden. Der Akku war wohl leer.

Ein Onassis ohne Brieftasche... Na und? Eine Brieftasche bläht sich auf und fällt in sich zusammen wie ein Gummireifen. Aber der Mensch bleibt derselbe.

Vor dem Schlafengehen legt man die Brieftasche in den Nachtkasten, die Papiere steckt man in die Anzugjacke, aber schlafen legt man sich nackt. Der Mensch legt sich nur mit seiner Gesundheit, seinem Gewissen und seiner Liebe ins Bett. Die Gesundheit, das ist das Leben; das Gewissen, das ist Gott; und die Liebe ist die Liebe. Nur das war von Bedeutung. Und Geld war höchstens Bequemlichkeit.

Mehr nicht. Hatte denn all sein Geld Onassis schützen können?

Nadka ging ins Kino. Der Saal war halbleer, denn die Tickets waren teuer.

Es lief eine amerikanische Räuberpistole. Übertrieben große Menschen schossen auf picklige Monster.

Nadkas Gedanken schweiften ab. Wenn Iwan all sein Geld seiner Frau überwiesen hatte, dann hatte er für die Freiheit bezahlt. Freiheit kostet viel. Als Tompelsman zur schon kranken Jackie gehen wollte, preßte seine Frau viele Millionen aus ihm heraus. Wieso sollte die Frau von Tompelsman das dürfen, und Schubins Frau nicht... Aber wenn Iwan jetzt frei war, wo war er dann?

Sodbrennen quälte Nadka. Das war das Kind, das in ihr saß, wie in einem Zimmer, und den Gips von den Wänden knabberte. Sie hätte jetzt gerade noch abtreiben können, doch Nadka liebte dieses Kind bereits. Sie glaubte, daß es ein Junge werden würde, ein asiatisches kleines, rundes Brot. Sie hatte sich schon einen Namen ausgedacht: Sawuschka. So hieß Iwans Vater. Ach, Iwan... Wo war er jetzt? ›Solche Leute leben nicht mehr, wenn sie die Macht verlieren, die überleben höchstens.‹ Und wenn er plötzlich beschlossen hatte, daß er überhaupt nicht mehr leben wollte?

Nadka eilte schnell aus dem dunklen Saal. Sie lief hinaus auf die Straße und hielt ein Taxi an. Sie fuhr zu seiner Dienstwohnung, eben der mit den Enten. Nadka wurde von ihrer Intuition geleitet.

Das Taxi hielt vor dem Haupteingang. Nadka stieg aus. Sie sah nach oben. In den Fenstern seiner Dienstwohnung brannte Licht.

Sie nahm den Lift. Beim Aussteigen schnüffelte sie: keinerlei Gasgeruch.

Nadka rannte zur Tür, stieß mit der Schulter dagegen. Die Tür war nur angelehnt, und Nadka wäre fast in den Flur hineingefallen. Aber sie fing sich wieder und lief weiter.

Die Wohnung war völlig leer. Nackte Wände. Der einzige Stuhl stand mitten im Wohnzimmer. Darauf saß Iwan und starrte auf den Boden. Inmitten des leeren Raumes sah er aus wie ein Denkmal seiner selbst.

In einer Ecke waren mehrere Quadratmeter mit leeren Flaschen vollgestellt. Iwan wollte sich wohl bis zur Bewußtlosigkeit besaufen.

»Und wo sind die Enten?« fragte Nadka.

»Weggeflogen. In warme Länder.«

Iwan betrachtete Nadka ohne Verwunderung.

»Ich mache die Wohnung frei. Für meinen Nachfolger.«

Seine Lippen artikulierten schlecht, es war, als

seien sie erfroren. Iwan hatte abgenommen, ein Dreitagebart wuchs ihm. Der Landstreicher-Touch stand ihm. Er war fast schön.

»Ich liebe dich«, verkündete Nadka.

»Das hast du schon gesagt«, erinnerte Iwan sie.

»Ja. Ich hab es dir schon einmal gesagt, aber damals habe ich es selbst nicht so recht geglaubt. Aber jetzt hat sich herausgestellt, daß es tatsächlich stimmt.«

Nadka trat auf ihn zu. Er erhob sich. Sie umarmte ihn, drückte ihn fest an sich, barg ihn an ihrem Körper, als wäre er ihr Sohn, den die Jungs auf dem Hof verprügelt hatten.

Iwan stand mit hängenden Armen da. Er konnte nicht begreifen: Hatte er jetzt verloren oder gewonnen?

36

In letzter Zeit gab es in Moskau mehr Autos als Fußgänger, oder wenigstens genauso viele. Sie steckten in Staus fest, kamen ewig nicht vom Fleck.

Boris sah konzentriert auf den Weg. Er hatte ein schönes Profil und roch nach einem guten Aftershave. Das war wichtig. In letzter Zeit quälten Nadka die Gerüche.

»Wieso hast du mich eigentlich nie angebaggert?« fragte Nadka plötzlich. »Wolltest du mich nie?«

»Als ich wollte, warst du anderweitig vergeben. Und später hab ich begriffen: Freundschaft ist sowieso besser als Liebe. Weil die Liebe vergeht und die Freundschaft nicht.«

»Freundschaft, das ist die härteste Währung«, stimmte Nadka zu.

In letzter Zeit dachte sie dauernd darüber nach, wie sie das Häuschen am Meer am günstigsten verkaufen könnte: gegen Dollar oder Euro.

Das Leben war in seine Bahnen zurückgekehrt, es drehte sich, aber in Aufwärtsspiralen. Damals hatte sie Geld gebraucht für ihre Wohnung. Jetzt brauchte sie es, um sich in diesem Datscha-Siedlungsprojekt einzukaufen. Im Grunde hatte sich nichts geändert.

Sie fuhren auf die Ringstraße hinaus. Boris schaltete Musik ein. Es erklangen Lieder aus den Siebzigern. Ein Nostalgie-Programm. Gute Musik, aber die Zeit damals war eine merkwürdige gewesen – die Zeit des real existierenden Sozialismus. Nur ein künstliches System wie dieses hatte den Traum von einem Onassis produzieren können. Ein guter Onkel kommt und legt dir alles mit großer Geste zu

Füßen. Aber man mußte selbst Onassis werden und selbst auf seiner Brieftasche stehen. Das war sicherer…

Der Auspuff des vor ihnen fahrenden Autos knatterte und sonderte übelriechende Abgase ab.

»Wird dir nicht schlecht?« fragte Boris.

»Nein. Alles in Ordnung.«

Die Übelkeit und das Sodbrennen hatten Nadka verlassen. Offensichtlich war ihre Schwangerschaft in die zweite Phase eingetreten.

Sie kamen vor Ort an. Das Ganze stellte sich als ein verlassenes Pionierlager, mit dem Namen ›Auf der Höhe‹, heraus. Es befand sich tatsächlich auf einer Anhöhe und stand schon seit zwanzig Jahren leer. Das große Hauptgebäude war völlig verwüstet, man hatte sogar die Tür- und Fensterrahmen ausgebaut. Im Inneren wehte der Wind und lag Schnee.

Das Haus war verwaist, war abgerissen und heruntergekommen wie ein Landstreicher. Es wurde einem kalt, wenn man es nur ansah.

Über das Fußballfeld, auf dem die Tore noch standen, hallte – so schien es einem – der Klang von Kinderstimmen. Es gab Statuen von Pionieren mit abgebrochenen Nasen und Händen…

Eine Schwimmerin mit einem gut entwickelten Hintern… Was hatte die Schwimmerin hier zu suchen? Offensichtlich war diese Statue irgendwo übriggeblieben.

Nadka sah sich das alles an, aber sie sah nicht das, was war. Sie sah das, was sein würde.

Hier würde eine goldene Stadt entstehen, mit durchsichtigen Pforten und mit einem Stern aus Edelsteinen. Und in der Stadt wäre ein Garten, mit Wiesen und Blumen, in dem Tiere von überirdischer Schönheit herumspazieren würden.

Nadka sah neue Holzhäuser, aber im traditionellen Isba-Stil gebaut, wozu man Holzstämme aus Archangelsk holen würde. Die Holzstämme mußte man mit einem bestimmten Wachs behandeln. Dann würden sie in der Sonne immer goldener werden und selbst Licht ausstrahlen.

Der Glücksvogel, schwer und fett wie ein Truthahn, erhob sich und flog davon.

Nadka verstand. Ihr Glück hatte nicht die Form eines Vogels, sondern es sah eher wie eine junge Wölfin aus, die umherstreifte, etwas riskierte und nie wußte, wie ihr Tag enden würde. Würde sie das Kalb reißen, oder selbst unter die Hufe geraten?

Aber das Abenteuer der Jagd! Und erst das Vorgefühl des Sieges!

Viktorija Tokarjewa im Diogenes Verlag

Zickzack der Liebe

Erzählungen. Aus dem Russischen
von Monika Tantzscher

Die Menschen der Viktorija Tokarjewa rebellieren gegen ein Leben, das mit der Regelmäßigkeit eines Uhrwerks abläuft und keinen Raum für spontanes Glück läßt. Sie träumen vom Überschwang des Herzens und von leidenschaftlicher Liebe – zu deren Unbedingtheit sie sich dann doch nicht entscheiden können. Das Leben zu zweit erscheint wie ein spannender Kampf ›zwischen Wahrheit und Lüge‹. Ironisch und mit Herzblut erzählt eine selbstbewußte Autorin von den Partnerschaftsnöten russischer Frauen.

»Die große Kunst der Viktorija Tokarjewa besteht im äußerst sparsamen Gebrauch der erzählerischen Mittel. Überflüssige Details zu vermeiden und auf kürzestem Weg ins Herz der Dinge und der Menschen vorzudringen ist die Maxime der Autorin. Ihre Erzählungen sind von geradezu elementarer Wucht. Sie ist eine Meisterin.« *Frankfurter Allgemeine Zeitung*

Mara

Erzählung. Deutsch von
Angelika Schneider

Die ehrgeizige Mara hat nur zwei Ziele: Macht und Geld. Da sie beides mangels Ausbildung auf direktem Wege nicht erreichen kann, geht sie den Umweg über Männer. In *Mara* entwirft die Autorin das psychologisch feinfühlig gezeichnete tragikomische Bild einer modernen russischen ›femme fatale‹.

»Ihre Erzählungen führen sehr direkt an das Wesen der Menschen heran. Was sie sagt, sagt sie in äußerst gedrängter Form. Eine ›Vaterschaft‹ Čechovs scheint

vor allem im Umgang mit der Sprache, in der Beobachtungsgabe und im manchmal fast melancholischen Humor durchzuschlagen. Und obwohl Viktorija Tokarjewa in der Sowjetära lebt, sind ihre Figuren zeitlos, sieht man von den wenigen Tönen des Zeitkolorits ab. Wieviel klingt da mit.«
Regula Heusser/Neue Zürcher Zeitung

Happy-End

Erzählung. Deutsch von
Angelika Schneider

Aus purem Trotz heiratet Elja viel zu früh den sie naiv vergötternden Tolik und zieht mit ihm zu seinen Eltern in ein russisches Provinznest. Als sie an der Langeweile des Kleinstadtlebens zu ersticken droht, verliebt sich Elja in den Schauspieler Igor, der so wunderschön Lermontow rezitiert. Sie zieht mit ihm nach Moskau. Aber Igor ist Alkoholiker und hat seit Jahren keine guten Rollen mehr gespielt...

»Vor allem aber liegt der Zauber von Viktorija Tokarjewas Schreibweise in einem Čechovschen Humor, der das schwere Leben leichter macht, dazu in gelegentlichen Ausflügen ins Träumerisch-Phantastisch-Absurde, im Witz der Formulierung, der den Geist vom Druck der Verhältnisse befreit.«
Deutsche Welle, Köln

Lebenskünstler

und andere Erzählungen
Deutsch von Ingrid Gloede

»Viktorija Tokarjewas Geschichten sind seit je von großer Anmut, allesamt Kunst-Stückchen, die einem die Vorstellung von Leichthändigkeit suggerieren. Nicht jedoch von Leichtgewichtigkeit. Die Genrebilder aus dem sowjetischen Alltagsleben, die die Autorin in ihrem Kaleidoskop aufleuchten läßt, sind nichts

weniger als heiter, sie sind stellenweise sogar niederdrückend und bestürzend. Wenn sie uns dennoch ein Schmunzeln entlocken, dann liegt das daran, daß die Tokarjewa über einen ausgeprägten Humor verfügt und diese Gabe durchweg einsetzt. Es ist kein Humor der satirischen Art, eher eine sanfte Ironie, gewürzt mit einer Prise Traurigkeit und einem vollen Maß an mitmenschlichem Erbarmen.«
Sabine Brandt / Frankfurter Allgemeine Zeitung

»Sie erzählt von Menschen – erstaunlich emanzipierten Frauen –, die einem Ideal nachjagen, dauernd im Aufbruch begriffen sind und doch an den realen Bedingungen klebenbleiben wie an Leimruten.«
Die Weltwoche, Zürich

Sag ich's oder sag ich's nicht?

und andere Erzählungen
Deutsch von Angelika Schneider, Monika Tantzscher und Elsbeth Wolffheim

Sag ich's oder sag ich's nicht? lautet die bange Frage, die sich durch das Leben einer jungen Frau zieht wie ein roter Faden. Als reife Frau hält sie Rückschau auf alle Gelegenheiten, die sie durch ihr langes Abwägen verpaßt hat. Als sich eine letzte Gelegenheit bietet, wagt sie schließlich den Sprung ins Ungewisse.

Je suis, tu es, il est ist die Geschichte einer alleinerziehenden Mutter, deren ganzer Lebensinhalt ihr Sohn ist. Eines Tages bringt der Sohn ein junges Mädchen mit nach Hause. Die Mutter findet die junge Frau unsympathisch und wartet, daß ›der Besuch‹ wieder geht. Da teilt der Sohn ihr mit, daß das Mädchen seit ein paar Tagen seine Ehefrau ist.

Pascha und Pawluscha heißen zwei Freunde, die unterschiedlicher nicht sein könnten: Pascha, der Introvertierte, ist Lehrer in einer Sonderschule und geht in der Sorge um ›seine‹ behinderten Kinder auf.

Pawluscha, der Sunnyboy, interessiert sich vor allem für Autos und wie man sie gewinnbringend weiterverkaufen kann. Trotzdem verbindet die beiden eine lange Freundschaft – bis Pawluscha eines Sommers auf der Krim dem Freund die Freundin ausspannt...

Der Pianist

Erzählungen
Deutsch von Angelika Schneider

Dem Star-Pianisten Igor, für den bisher nur Karriere und Familie zählten, begegnet eine Vamp-Frau, die sein Leben schlagartig verändert; die jüngst verwitwete Maskenbildnerin Lena verliebt sich in einen Fotografen, der behauptet, nur sie könne ihn retten; der junge arbeitslose Schauspieler Nick läßt sich von einem alten Millionär für bestimmte Dienste anheuern; spannend bis zum Schluß bleiben sie allemal, diese drei leidenschaftlichen Geschichten über Liebe, Tod, Macht und Geld.

»Ohne Aufhebens und mit großer erzählerischer Kraft sagt Viktorija Tokarjewa die Wahrheit über Menschen, nichts als die schmerzliche Wahrheit.«
Matthias Rüb / Frankfurter Allgemeine Zeitung

Lampenfieber

Erzählungen
Deutsch von Angelika Schneider

Sie wollen im Rampenlicht stehen, sind süchtig nach dem Lampenfieber vor den großen Auftritten. Sie würden alles tun, um endlich groß rauszukommen, und vergessen dabei, daß es für gute Schauspieler keine schlechten Rollen gibt, außer vielleicht das eigene Leben.
Fünf hinreißende Künstlergeschichten von Sternchen, Eintagsfliegen, Möchtegernkünstlern und wahren Artisten – und von der Liebe.

»Tokarjewas Geschichten riechen nach Wodka, schmecken nach Sehnsucht und handeln von Liebe. Sie sind erfüllt von zarter Ironie, feinem Humor und von einer wunderbaren Art der Schwermut.«
René Freund/Wiener Zeitung

Eine Liebe fürs ganze Leben

Erzählung. Deutsch von
Angelika Schneider

Wieviel wirklich große Lieben kann man in seinem Leben haben? Eine, findet Irina – wenn man Glück hat. Als sie nach einer gescheiterten Ehe schon nichts mehr vom Leben erwartet, lernt sie Kjamal kennen. Kjamal ist Aserbaidschaner, jung, schön, und er riecht nach Erdbeeren. Er liebt Irina, aber heiraten kann er sie nicht.

»Zu Irinas Lebensglück fehlt immer ein Steinchen im Mosaik: Erst heiratet sie, ohne zu lieben, dann liebt sie, ohne zu heiraten. Kjamal entscheidet sich für eine andere. Irina verliert dazu noch ihre Heimat, ihre Kinder und ein Dach über dem Kopf. Doch ihr Glaube an Gerechtigkeit bleibt und läßt sie weitermachen. – All das erzählt Tokarjewa rasant, komisch und sehr weise. Herausragend!« *Woman, Hamburg*

»Diese Erzählung muß lesen, wer über die Liebe, über Rußland und seine Menschen etwas erfahren will. Denn Viktorija Tokarjewa präsentiert mit *Eine Liebe fürs ganze Leben* die Biographie einer Frau. Und schildert damit wie nebenbei den Zerfall der alten Sowjetunion.« *Sabine Dultz/Münchner Merkur*

Andrej Kurkow im Diogenes Verlag

Picknick auf dem Eis

Roman. Aus dem Russischen von Christa Vogel

Als Tagträumer hat es Viktor schwer im Kiew der Neureichen und der Mafia: Ohne Geld und ohne Freundin lebt er mit dem Pinguin Mischa und schreibt unvollendete Romane für die Schublade. Doch eines Tages bietet ihm der Chefredakteur einer großen Zeitung eine gutbezahlte Stelle an: Viktor soll Nekrologe über berühmte Leute verfassen, die allerdings noch gar nicht gestorben sind. Wie jeder Autor möchte Viktor seine Texte auch veröffentlicht sehen, doch erweisen sich die VIPs als äußerst zählebig. Bei einem Glas Wodka erzählt er dem Freund seines Chefs davon. Als Viktor ein paar Tage später die Zeitung aufschlägt, sieht er, daß sein Wunsch beängstigend schnell in Erfüllung gegangen ist.

»Kurkow beweist, daß man auch in Rußland wieder frische Geschichten erzählen darf: intelligent, witzig, weder die Realität verkleisternd noch sie ausblendend, nicht angestrengt antirealistisch, aber auch nicht wirklich traditionell.«
Thomas Grob / Neue Zürcher Zeitung

Petrowitsch

Roman. Deutsch von Christa Vogel

Die Suche nach den geheimen Tagebüchern des ukrainischen Vorzeigedichters Taras Schewtschenko führt den jungen Geschichtslehrer Kolja in die kasachische Wüste, wo er in einen Sandsturm gerät. Ein alter Kasache und seine beiden Töchter retten ihm das Leben. Doch das ist erst der Anfang einer langen Reise – und einer zarten Liebesgeschichte.

»Viel russische Seele, viel Melancholie und Traurigkeit. Doch dann und wann blitzt auch ein Augenzwinkern durch, ein Funke Hoffnung – worauf auch immer.«
Jürgen Deppe / Norddeutscher Rundfunk, Hamburg

Ein Freund des Verblichenen

Roman. Deutsch von Christa Vogel

Tolja findet das Leben nicht mehr lebenswert, denn seine Frau betrügt ihn. Er würde sich am liebsten umbringen, aber er schafft es nicht. Da kommt ihm die Begegnung mit dem ehemaligen Klassenkameraden Dima gerade recht. Man trinkt auf die alte Freundschaft, erzählt sich sein Leben, und so ganz nebenbei fragt Tolja, ob Dima nicht Kontakte zu einschlägigen Kreisen habe, die einen ›ganz speziellen Auftrag‹ ausführen könnten. Dima, der glaubt, Tolja wolle den Liebhaber seiner Frau aus dem Weg räumen lassen, verspricht Hilfe. Aber da trifft Tolja Lena und hat plötzlich gar keine Lust mehr zum Sterben. Doch der Profi ist bereits unterwegs.

»Die Idee ist so verrückt, wie sie nur in einem Roman von Andrej Kurkow vorkommen kann, der hintergründige Komik und sarkastischen Witz auf die Spitze zu treiben versteht. Eine fesselnde Geschichte, zugleich traurig und komisch, nicht ohne Tiefgang, aber mit unglaublich leichter Hand präsentiert.«
Eckhard Thiele / Berliner Morgenpost

Pinguine frieren nicht

Roman. Deutsch von Sabine Grebing

Auf der Polarstation in der Antarktis, wohin Viktor vor der Mafia geflüchtet ist, hält er es nicht lange aus. Das Vermächtnis eines ebenfalls ins ewige Eis geflohenen, sterbenden Bankiers und nicht zuletzt der Gedanke an den Pinguin Mischa, dem Viktor noch etwas schuldig ist, lassen ihm keine Ruhe. Doch Viktors

Hausschlüssel paßt nicht mehr, und in seinem Bett schläft inzwischen »ein anderer Onkel«, wie ihm die kleine Sonja vertrauensvoll mitteilt. Doch all das und anderes kann Viktor nicht von seiner Suche nach Mischa abbringen.

»Gibt es etwas Anrührenderes als einen melancholischen Mann und einen Pinguin? Ja. Noch anrührender sind ein ukrainischer melancholischer Mann und ein einsamer Pinguin. Ein wunderbar abgründiger Roman.« *Tobias Gohlis / Die Zeit, Hamburg*

Die letzte Liebe des Präsidenten

Roman. Deutsch von Sabine Grebing

Der ukrainische Präsident des Jahres 2013, Sergej Pawlowitsch, ist mit Anfang Fünfzig auf dem Gipfel seiner Macht angelangt. Aus kleinen Verhältnissen stammend, kannte er vor der Wende bereits die richtigen Leute, die ihm später geholfen haben, ein erfolgreicher Geschäftsmann zu werden. Nur privat läßt ihn das Glück im Stich: Auch die teuersten Schweizer Ärzte können seiner Frau nicht helfen. Da beschließt Sergej Pawlowitsch, Politiker zu werden; die Zukunft seines Landes liegt ihm ehrlich am Herzen – und einsam ist er sowieso. Er arbeitet Tag und Nacht und wird schließlich Präsident. Doch im Parlament wimmelt es von Intrigen. Wem kann Sergej Pawlowitsch überhaupt noch vertrauen? Den Parteifreunden, die ihn um ein Haar vergiftet hätten? Vielleicht nicht einmal dem Arzt, der ihm ein fremdes Herz transplantiert hat... Doch da taucht eine unerfüllte Liebe aus früheren Zeiten wieder auf. ›Alte Liebe rostet nicht‹, spürt der Präsident – und das läßt ihn einen Neuanfang wagen.

»Nein, die Zukunft der Ukraine schaut wirklich nicht rosig aus! Bleibt das fröhliche Gekicher eines Humoristen, der seine Feder in Vitriol taucht mit dem Segen des großen Gogol.« *L'Express, Paris*

Doris Dörrie im Diogenes Verlag

»Doris Dörrie ist als Erzählerin Spezialistin in diffizilen Angelegenheiten der kleinen Rache und gezielten Ohrfeigen zum Zwecke der Unterstützung des eigenen Selbstwertgefühles. Sie ist eine sehr gute Kurzgeschichten-Schreiberin mit der erforderlichen Prise Selbstironie und mit stilistischer Eleganz.«
Annemarie Stoltenberg/Die Zeit, Hamburg

»Es ist vollkommen gleichgültig, ob Sie Doris Dörrie in der Badewanne, im Intercity-Großraumwagen, im Lehnstuhl oder in der Straßenbahn lesen, nur: Lesen Sie sie!« *Deutschlandfunk, Köln*

Liebe, Schmerz und das ganze verdammte Zeug
Vier Geschichten
Daraus die Geschichte *Männer* auch als Diogenes Hörbuch erschienen, gelesen von Anna König

»Was wollen Sie von mir?«
Erzählungen. Mit Fotos von Helge Weindler

Der Mann meiner Träume
Erzählung

Für immer und ewig
Eine Art Reigen

Love in Germany
Deutsche Paare im Gespräch mit Doris Dörrie. Unter Mitarbeit von Volker Wach. Mit 13 Fotos

Bin ich schön?
Erzählungen

Samsara
Erzählungen

Was machen wir jetzt?
Roman

Happy
Ein Drama

Das blaue Kleid
Roman

Mitten ins Herz
und andere Geschichten. Ausgewählt von Daniel Keel. Mit einem Nachwort der Autorin

Und was wird aus mir?
Roman

Kinderbücher:

Mimi
Mit Bildern von Julia Kaergel

Mimi ist sauer
Mit Bildern von Julia Kaergel

Mimi entdeckt die Welt
Mit Bildern von Julia Kaergel

Mimi und Mozart
Mit Bildern von Julia Kaergel

Sibylle Mulot im Diogenes Verlag

»Willkommen! Eine deutsche Autorin, die über Scherz, Satire, Ironie und Selbstironie verfügt: Qualitäten, die nahezu angelsächsisch anmuten.«
Kyra Stromberg / Süddeutsche Zeitung, München

»Nicht selten hört man die Klage, daß die deutsche Gegenwartsliteratur besonders arm sei an gut geschriebenen und unterhaltsamen Büchern, die gedanklich gleichwohl nicht ›unter Niveau‹ gehen. Wenn dem so sein sollte, dann wäre dies ein Grund mehr, auf Sibylle Mulot aufmerksam zu machen.«
Helmuth Kiesel / Frankfurter Allgemeine Zeitung

»Die Autorin erzählt in einer Sprache, die glänzt und glitzert wie das Meer zur Hochsommerzeit.«
Nicole Hess / Tages-Anzeiger, Zürich

»Mulots Prosa wird von Buch zu Buch immer knapper, dichter und geschliffener.«
Martin Ebel / Neue Zürcher Zeitung

Liebeserklärungen
Roman

Das Horoskop
Erzählung

Die unschuldigen Jahre
Roman

Das ganze Glück
Eine Liebesgeschichte
Mit einem Hafis-Orakel im Anhang

Die Fabrikanten
Roman einer Familie

Die Unwiderstehlichen